NA BEANNTAICHEAN GORMA
AGUS SGEULACHDAN EILE
À CEAP BREATAINN

THE BLUE MOUNTAINS
AND OTHER GAELIC STORIES
FROM CAPE BRETON

Na Beanntaichean Gorma agus Sgeulachdan Eile à Ceap Breatainn

Air an deasachadh le Iain Seathach

The Blue Mountains and Other Gaelic Stories from Cape Breton

Translated and edited by John Shaw

McGill-Queen's University Press
Montreal & Kingston • London • Ithaca

ISBN 978-0-7735-3256-4 (cloth)
ISBN 978-0-7735-3257-1 (paper)

Legal deposit second quarter 2007
Bibliothèque nationale du Québec

Printed in Canada on acid-free paper that is 100% ancient forest free (100% post-consumer recycled), processed chlorine free

This book has been published with the help of a grant from the Canadian Federation for the Humanities and Social Sciences, through the Aid to Scholarly Publications Programme, using funds provided by the Social Sciences and Humanities Research Council of Canada. Funding has also been received from the International Council for Canadian Studies through its Publishing Fund.

McGill-Queen's University Press acknowledges the support of the Canada Council for the Arts for our publishing program. We also acknowledge the financial support of the Government of Canada through the Book Publishing Industry Development Program (BPIDP) for our publishing activities.

Library and Archives Canada Cataloguing in Publication

The Blue Mountains and other Gaelic stories from Cape Breton / translated and edited by John Shaw = Na beanntaichean gorma agus sgeulachdan eile à Ceap Breatainn / air an desachadh le Iain Seathach.

ISBN 978-0-7735-3256-4 (bnd)
ISBN 978-0-7735-3257-1 (pbk)

1. Tales – Nova Scotia – Cape Breton Island. 2. Scottish Canadians – Nova Scotia – Cape Breton Island – Folklore. 3. Scottish Gaelic language – Dialects – Nova Scotia – Cape Breton Island – Texts. 4. Cape Breton Island (N.S.) – Folklore. I. Shaw, John, 1944– II. Title: Na beanntaichean gorma agus sheulachdan eile à Ceap Breatainn.

PS8235.5.G3B58 2007 398.2089'916307169 C2007-901511-5

Photograph of Dan Angus Beaton courtesy *Am Braighe*
Photographs of all other reciters courtesy Tom Ptacek
This book was typeset by Interscript in 10.5/13 Sabon.

Contents

PART TWO. STORIES ABOUT ROBBERS AND THIEVES
CUID A DHÀ. ROBAIREAN IS MEÀIRLICH

PART THREE. TALL TALES
CUID A TRÌ. RÒLAISTEAN

PART FOUR. TALES OF THE FIANN
CUID A CEITHIR. SGEULACHDAN NA FÉINNEADH

Acknowledgements

My thanks to the storytellers of Cape Breton and their families, whose support and generosity have made so many things possible; to David Newlands for suggesting that I undertake this work some years ago and for his steady support as it progressed; to Tom Ptacek, Cold Spring, NY, for permission to use his photos of storytellers; to my daughter Katie Shaw, Edinburgh, for faithfully transcribing the English translation; to Jim Watson, Queensville, Inverness County, for providing patronymics of storytellers and contributing a host of other important items of information; and to the Nova Scotia Museum for providing funding toward the preparation of the manuscript.

Introduction

STORIES, STORYTELLERS AND FIELDWORK

The present collection has been gathered from the immense store of folktales, doubtless numbering in the thousands, that have been regularly told over six or seven generations in the Gaelic-speaking parts of Cape Breton and the nearby Nova Scotia mainland. Most of the Gaels who arrived from the western Highlands, mainly during the first half of the nineteenth century, had little if any knowledge of English, formal education, or material wealth. Yet through a combination of circumstances arising from geography and politics, eastern Nova Scotia emerged as the primary North American region where Gaelic communities, and their extensive bodies of tradition, established themselves, grew, and flourished over generations. Theirs has been a culture whose most important monuments are not in the form of buildings, paintings, or statues but rather in the less tangible but equally real form of stories, songs, music, dance, oral history, language, and custom and belief that have been enthusiastically transmitted over centuries by the common people. Even the small portion of such oral/aural traditions that has been transcribed on both sides of the Atlantic extends to many volumes. Within Gaelic society – though not always within English-speaking institutions – such works of communal verbal art have been recognized as providing an effective education in history, society, arts, and life; in rural communities, within living memory, they were carefully learned by heart and carried in the retentive minds of the region's singers, reciters, and musicians. That much of the shared legacy has survived in Cape Breton into the present should be credited to over two centuries of vision and dedication on the part of innumerable Gaels throughout the island who were "gifted, kindly, and sensible, and generous with their store of tales" (MacNeil: preface).

CAPE BRETON AND SCOTLAND

Many of the items in the Cape Breton repertoire have close counterparts in the Scottish Highlands and derive from stories that were current in the outlying islands and along the west coast before the thousands of emigrants departed to renew their community life and traditions in pioneer settlements. To this day there are still areas of Scotland that are primarily Gaelic-speaking, just as large parts of Cape Breton were until recently. Serious collecting of Gaelic folktales in Scotland began with John Francis Campbell of Islay, Alexander Carmichael, and their contemporaries in the middle of the nineteenth century. Perhaps because of its geographical isolation in a multi-ethnic continent, the storytelling tradition of Cape Breton Gaels was not gathered in any significant degree until around a century later, and the last half-century has seen a rapid and widespread decline of the Gaelic language throughout the island that has effectively put an end to the older occasions for storytelling and thus to the handing down of stories. It is no surprise, then, that the number of stories retained in Cape Breton is less than those available in Scottish collections or among living Highland storytellers. Nevertheless, the survival of the Gaelic language on the island until our day is an achievement that we too often overlook, and the legacy of tales generously shared by many ordinary people in the rural and industrial areas is easily one of the most important to come to light in any Celtic-language region during the late twentieth century. Although the tales have been recorded late in the life of an imported tradition, the region's Gaelic communities have been characterized by cultural conservatism, maintaining oral and musical traditions over as many as seven generations with the high standards of performance and transmission that were prevalent in Scotland's Gaelic areas during the eighteenth century. In Cape Breton, the standards of storytelling expected of a performer by a traditional audience lived on among reciters until our own time, with all indications being that the best of them were equal to any of their Scottish contemporaries. As for the tales themselves, a good number equal the quality of the known Old World versions in their content and delivery, some Cape Breton versions are superior, and a very few, whose content indicates that they were current in the Highlands sometime before 1800, would have disappeared without a trace had they not been retained on the island (cf. L. MacLellan: 342–9).

HISTORY, ORIGINS AND CLASSIFICATION OF THE TALES

From as far back as the sixteenth century, the tales so popular among Scottish Gaels have been dismissed by 'modern' individuals as vain, trivial, and antiquated; to do this in our time, however, would be to ignore the weight of the evidence, historical and contemporary, brought to light by folktale scholarship. The repertoires of Cape Breton's *sgeulaichean* (storytellers) and their counterparts in the Scottish Highlands belong to a living folk tradition that has been shared since early medieval times with Ireland. Until several generations ago a common Gaelic culture, with its various dialects, was found in a large part of the British Isles, from Sutherland in the north of Scotland to Munster in the south of Ireland. That Gaels have distinguished themselves as storytellers since early times is beyond doubt, as medieval sources from Ireland attest. Research into the history of specific tales collected in Scotland and Cape Breton during the nineteenth and twentieth centuries demonstrates clearly that their origins are far more cosmopolitan and ancient than most casual observers – even the well educated – would imagine. Many hero-tales told by reciters such as Joe Neil MacNeil of Middle Cape or Alec Goldie of Irish Vale (both in Cape Breton County) can be reliably traced back to Irish traditions from the Middle Ages that were often associated with professional storytellers of the Gaelic aristocracy and have been preserved in manuscripts. Other similar tales, also extending back to the time of Chaucer and beyond, can be linked with the sagas of Iceland and the world of the Vikings.

While elaborate, often ornate accounts of heroes and warriors existed within the confines of Gaeldom, another well-known variety of tale represented among our storytellers – the International Tale – has enjoyed wider distribution, crossing language boundaries and even continents to give us the universal favourites made popular early in the 1800s through the Grimm Brothers' collections. "Wonder Tales" – a form of international tale that includes Snow White and other classic 'fairy tales' so well-known through children's storybooks – are the folktales most widely recognised and admired today. Many of these were gathered in Europe and have appeared in printed collections in numerous languages and been recorded in striking oral versions from Gaelic storytellers. The "wonder" element comes from the appearance of magic at critical points in the story; other characteristics are settings with kings, castles, and dragons, heroes setting out on seemingly impossible quests, and happy endings. Many wonder tales have been shown to have wide geographical distributions and long histories. *Iain Mac an Iasgair Mhóir* "Ian Son of the Big Fisherman" (the first story in this collection) is found in most European and some Asian traditions and is at least as old as ancient Greece, where some the versions of it have been found in the early literature. *Conall Ruadh nan Car* "Red Conall of the Tricks" (the second story) also arrived in Scotland from the continent and contains a memorable episode that appears in an even earlier Greek source, Homer's *Odyssey.* Cape Breton has also provided versions of wonder tales that appear in tales collected in India during the opening centuries of the Christian era. In other tales found internationally magic does not play such an important part and the adventures of common characters – ex-soldiers and widow's sons – are featured (stories 3, 5, and 6 are examples). Tales of robbers and thieves (7–10) are often international, and I have included four examples in order to highlight their importance in the repertoire of Cape Breton storytellers. A good number of the tall tales told are also international and widely distributed in North America and Europe. They belong to a type of shorter narrative that displays the inventiveness of reciters in Cape Breton and are more common there than in the Scottish Highlands.

As for the Gaelic hero-tales in the collection (which are not classified as international), the stories of Fionn mac Cumhail and his company of warriors (18, 19) belong to a cycle of tales that is central to Gaelic culture and has been universally enjoyed since the Middle Ages by the aristocracy and the common people alike. The Gaelic aristocracy are frequently present in the many historical legends and clan sagas (20, 21). Only a limited number of such tales have been found in Cape Breton, though it is likely that many more were remembered and regularly told in the early 1900s. Historical legends often have as their nucleus a memorable event in the life of a community and have served as an effective and entertaining historical chronicle for Gaels. As with other types of legend, they frequently incorporate elements of the supernatural, codifying and reinforcing communal belief systems. A number of such tales found in Cape Breton (e.g. 20, *Raghnall mac Ailein Òig* "Ranald

Son of Young Allan" and 23, *Caiptean Dubh Bhaile Chròic* "The Black Captain from Baile Chròic") are based on notable historical personages in the Highlands and have been transferred and transmitted intact. Other legends, though not so firmly associated with Highland names or locales, also continue the themes and beliefs of pre-emigration Scottish communities. Some of them, such as the beliefs surrounding fairy mounds found throughout the island (25, *Am Fear a dh'Fhalbh Oidhche na Bainnse 's nach do Thill* "The Man Who Went Out on the Wedding Night and Never Returned") are often localised when they are presented through association with regional landmarks or historic personages. Others are 'migratory' and are also found within the Maritimes beyond Cape Breton as well as in north-western Europe from Scotland and Ireland through Scandinavia and as far east as the Baltic countries. Finally, there are legends in the island repertoire that are unknown in the Highlands and may be either post-settlement folk creations or stories that have disappeared from the repertoire of Highland storytellers.

STORYTELLING OCCASIONS

No less important than the stories are the contexts in which they were told and the gifted individuals who learned them and passed them down. Although the physical environment in Cape Breton differed from that of the western Highlands, the Gaelic social context for performance and transmission of the oral traditions, transferred virtually intact, proved ideal for encouraging community cohesion and fostering verbal arts in the backwoods settlements of the new world. From field evidence amassed since the early 1960s, Gaelic storytelling sessions, on various scales, were a staple of entertainment on the island wherever the language was spoken. The centre of evening social gatherings, and therefore the main intellectual institution of rural Gaels, was the *taigh céilidh* (the céilidh house), a household in the community where people of all ages would gather in the evenings, particularly in the winter, to pass the time in conversation and informal entertainment. In some localities there could be more than one, and there are even accounts of some houses being renowned for tales, others for song or music. Joe Neil MacNeil has described the customary *céilidh* sequence during his youth in Middle Cape, Cape Breton Country, early in the last century. People would arrive by foot over a distance of as much as three miles, to be greeted by the host. The evening would then begin with casual conversation and the exchange of important local news before the main entertainment. It was usually the custom to offer visitors food or drink, depending on what was available, at some point during the evening. As well as being an occasion for passing on current information and what amounted to the common store of the community's intellectual lore, the *céilidh* (in its traditional form best translated as "house visit") was an important and integrating social occasion and Joe Neil points out that modern Cape Breton is much the poorer, culturally and spiritually, for its demise (MacNeil: 13–17). In both *Gàidhealtachds* (Gaelic-speaking regions) however, the practice of storytelling was not limited to the *céilidh* house. There are local accounts of long storytelling sessions at wakes or at night out in the fishing boats, and varied oral and written sources in the Highlands allow us to see how tales begun during a short break from the toil of digging peat or gathering seaweed on the shore could result in no further work being done before the sun set and it was time for the workers to return home. In the late 1850s John Francis Campbell of Islay describes travellers on foot in Uist stopping in the house of a well-known storyteller with a view of the ford to Benbecula and listening to his tales until the tide had receded enough for a safe crossing (vol. 1: xxii–xxiii).

Throughout Gaeldom there are indications that the longer, more elaborate hero-tales and wonder tales were generally viewed as the preserve of male reciters, but to take this to mean that women storytellers were not active, important, and recognised contributors would be to misunderstand Gaelic society. In the accounts that have come down to us it was women – either within the family or sometimes itinerant older women with no fixed home – who were the first to introduce very young children to storytelling as well as to song, providing not only entertainment but an effective entrée into the wider cultural world of the *céilidh* gatherings. Some women, such as Kate (*Ceit Mhór*) Kennedy, of Middle Cape, Cape Breton County, were remembered over most of a century as being excellent reciters in their own right (MacNeil: 40–1), and various women storytellers in Inverness County and elsewhere made an important contribution to the collecting of tales during the 1970s and 1980s.

Certain families, such as the Kennedys and the MacLeans of Middle Cape, the Rankins and the Beatons of the Mabou-Sight Point region of Inverness County, and at least two families of MacLellans in Broad Cove Parish, situated to the north up the western coast, were conscious of having distinct traditions of tales. There were also many equally respected storytellers who acquired their repertoires from outside their family group. Considering the lifelong effort invested and the high levels of narrative skill and memory demonstrated by reciters, the apparent absence of material rewards for storytelling may at first present some difficulties for people raised in a more modern setting with its own perceptions of the value and contexts of entertainment. In the small rural settlements of Cape Breton, as in the Gaelic Highlands, the concept of performance placed more emphasis on the shared perceptions and values of the community than on those of the individual: the performer's role was to articulate commonly held experiences and feelings, promoting the "sense of unity .. physically and ... in spirit" that Joe Neil MacNeil describes from his early youth (MacNeil: 16–17).

Storytelling, in its varied settings, has also functioned in a more practical way, serving as an effective means of affirming and maintaining distinctive cultural values, promoting social cohesion, situating the community and each individual within a larger Gaelic interior oral historical record, socialising children and teaching them about the world of adults, and maintaining the Gaelic intellectual life that had continued even after the artistocracy stopped supporting professional performers, some three centuries ago. In a culture that had only rarely received any support from formal institutions – and where physical punishment for speaking Gaelic in the schoolhouse is still recalled – oral performance in the language in an intensively supportive social context functioned as an effective antidote to cultural pressures from the English-speaking world and as a means of regularly affirming group identity while avoiding direct confrontation.

Important recordings of Gaelic tales have been made on the island since the technology became available in the 1930s (J.L. Campbell: 16–18). During the period of most intensive tale collection, in the 1970s and 1980s, tales were recorded in all major areas where Gaelic was spoken, including the industrial areas. This fieldwork represents a final effort – since the cultural landscape has undergone immense changes and there remain today barely a handful of Gaels capable of performing material that has been at the centre of Gaelic social and cultural life for the majority of the time since the founding of the Highland settlements. Conversations with older people, whose exposure to storytelling dated from the early 1900s, made it abundantly clear that the traditions in their youth were already attenuated versions of the storytelling practice that had existed a half-century earlier. By the 1970s, opportunities to perform had long since disappeared. Those who remembered tales were becoming physically and culturally isolated, and localities with more than a single tale-carrier, such as Mabou, Broad Cove, Christmas Island/Benacadie, and Glendale, had become the exceptions. The decline of the longer, more elaborate tales does not, however, signal the end of an entire multi-layered tradition – indeed one hallmark of Cape Breton culture is the ability to make a good story out of practically anything. To this day where Gaelic is still spoken – or was until recently – innumerable items of local story lore have been retained: short legends with their supernatural elements, humorous stories, and personal experience anecdotes are still to be found in Gaelic or English for those who seek them out and are well worth recording.

RECORDING THE TALES

I recorded the stories in the collection between 1964 and 1989, and very few if any of the contributing reciters, most of whom were even then well advanced in years, are now living. As a rule, like many of their contemporaries who chose to stay on the island, they had remained in rural areas, in manual occupations, and had enjoyed few of the economic or educational advantages so widely associated with life in North America. Most spoke Gaelic by preference, excelled at conversation, and enjoyed high regard within their small communities. Many, once you got to know them, proved to be among the more independent-minded in their outlook, and their observations, often expressed through wit, could border on refreshing irreverence. Those living and working in industrial areas inevitably maintained ties with their birthplace, usually through regular contacts with relatives living there.

Working with storytellers in Cape Breton over nearly thirty years has been a memorable experience, and one that has often led me to reflect on the degree of sociability shown by storytellers and their families as we laboured together to recover the living remnants of a deeply established oral tradition. Contrary to appearances, field collecting, even in the best of circumstances, can place heavy mental and emotional demands on all concerned and requires a considerable degree of trust on the part of the reciter. Given the degree of marginalisation and neglect that their traditional culture had suffered during their lifetimes, the interest and support demonstrated by potential reciters (who in many instances had not told or heard tales for decades) was often remarkable. Recording was rarely limited to one visit – with the most gifted tradition bearers, as the repertoire surfaced and friendships grew, it might extend to a dozen or more sessions. In the reciters' case, the most significant work often took place between visits and the following recording sessions would yield material that surprised the reciter, me, and others who happened to be present. Anyone who makes a living as a full-time field collector learns early on that the work demands far more than the ability to hold a microphone and that the effort is sustained above all by the interaction and growing sense of a common purpose with the reciters, their families, and neighbours. One of my greatest long-term rewards in recording and field-work experience has been observing the effect the process of remembering often had on storytellers, bringing to light a buried resource of meaning, pride in family and ethnic origins, and happy associations in their communities that had lain neglected – often effectively forgotten – for decades. In the case of Joe Neil MacNeil, his triumphant effort to recover his tales – to me as dramatic to watch as the raising of a fine sunken ship from the seabed – resulted in his becoming an active tradition bearer and gaining national and international recognition. Such acts of heroism by apparently ordinary people whose role it is to tell stories in communities are legion and have been recorded by at least two generations of researchers as, increasingly, academic interest has begun focus on the tellers as well as on the tales they tell. Often the international published sources provide a portrait of a strong personality that commanded local respect beyond that conferred by the outward economic or social status associated with working-class, rural origins. The few life stories of Gaelic reciters that have been printed or recorded (Angus MacLellan, 1962), like those of the Scots-speaking travellers in Scotland (Williamson, 1994; Whyte, 1986, 1990), are deeply engaging and are paralleled by those of the Cape Breton Gaels featured in the present collection. With the exception of the autobiographical materials recorded and later published from Joe Neil (1987) and Lauchie MacLellan (2000), the opportunity to record the lives of Cape Breton's *sgeulaichean* (reciters of tales) has irrevocably passed and I can only hope to convey some impressions of the personalities and the quality of the interactions in the short excerpts from fieldwork reports and my own recollections included at the end of this book.

A look at the histories of the tales shows that many of them have endured for centuries as a popular variety of entertainment and will continue to do so, in some form, for a long time to come. The continuous flow of oral transmission of tales to the island's Gaelic storytellers, which had come down over an unknown number of centuries *bho ghlùin gu glùn* "from generation to generation," has, however, effectively ceased. This remarkable legacy, if it is to be remembered at all, must be continued by other means.

COMPILING THE COLLECTION

In selecting the tales I have not attempted to provide a rounded or representative sample of the many kinds and categories of stories told on the island. Stories from women reciters, for example, are not represented and could well form the basis for a separate collection in their own right. A good number of the main categories known to folklorists – e.g., the various classifications of international tales, historical legends, legends of the supernatural, and hero-tales – are covered. For reasons of length, many others – such as ghost stories, religious legends, or the wealth of humorous tales that are so much a part of the common repertoire – are not included here. Centuries ago, professional reciters trained in Ireland and Scotland evolved their own system of classification for tales, based on a medieval Gaelic view of the world. Traces of the older system have persisted among storytellers only in the form of a few archaic, barely understood terms and sayings; modern classification systems (Uther, Christiansen) are used in publications by folklorists in Scotland, Canada, and indeed throughout much of the world. I have attempted to include stories belonging to the main types familiar to reciters and audiences at storytelling gatherings, all of which are part of a wide and varied tradition held in common with Highland reciters. Stories have been chosen for their quality of recitation, for their content, as examples of certain important genres or types of story, or for their sheer entertainment value. From the amount of material on tape yet to be transcribed, there are enough additional stories to produce works comparable to this one several times over.

In compiling and editing the present work it has not been my intention to produce a definitive collection (assuming that such a thing is possible). Instead, the aim is to provide a popular introduction to the cultural and artistic wealth of an important storytelling region, designed for a readership interested in Gaelic culture, the world of Cape Breton, or folktales the world over. A primary purpose is to make materials recorded at first hand from the tradition easily available to Nova Scotians and others, complementing existing collections of regional traditions and of Gaelic traditions gathered and published from Old and New World sources. The tales themselves, coming from one of the most highly regarded popular traditions in Europe, may have something to offer to the folktale specialist or comparatist, but the collection should not be regarded as the sort of specialised scholarly work that is produced for an academic audience in order to promote a set of theories. In addition to making the tales accessible for their entertainment value, the collection can be used as a primary source in Nova Scotia cultural studies programs offered in schools and higher education centres. The language of the storyteller in Cape Breton and elsewhere reflects Gaelic oral prose at its best. In its vocabulary and use of idiom, it can serve as a useful model for high-school students, college students, and others with an interest in Gaelic. With this in mind I have placed the English translations on pages facing the Gaelic text for easy comparison. I have kept the editing of the recorded Gaelic story texts at a minimum, leaving out only the inevitable pauses, false starts, repetitions, interjections, and the very occasional unclear utterances and errors that can occur in every recitation of a tale. Although the transcriptions use conventional Gaelic orthography, I have taken care to retain notable dialect forms as they occur in the recordings. With the occasional exception, the endnotes contain only the basic information for each tale: the reciter, time and place of recording, and, for the international tales, the international tape type designated by ATU followed by a number (see Uther, Thompson 1946 in the bibliography). Where appropriate, a migratory legend (ML) number is provided. The select bibliography consists of key works on Gaelic and world storytelling and is designed to guide readers wishing to learn more to a wide range of important works in a very broad field.

CUID A H-AON

Sgeulachdan Eadar-nàiseanta

PART ONE

International Tales

1 Mac an Iasgair Mhóir

Bha fear ann ris an abradh iad an t-Iasgair Mór agus tha e coltach gu robh e ùine ri iasgach 's gu robh e 'na iasgair math. Thànaig an sin ceiltinn air an iasg agus cha robh iad ri'm faotainn idir. Bha a h-uile rud gu math gann. Ach lath' dha nuair a bha e amach ag iasgach thànaig maighdean-mhara neo creutair mór anuas às a'chuan ri taobh a'bhàta agus dh'fhoighneachd i dha an robh e a'faighinn iasg an diugh. O, thuirt e nach robh. A nist bha seòrsa do dh'eagal aige ro chreutairean mar sin – gu robh droch-chumhachd aca – agus bha e glé choma dhi. Ach co-dhiubh, dh'fhoighneachd i dha gu dé an duais a nist a bheireadh e dhi-se nan cuireadh i gu leòr do dh'iasg fo na lìn aige. O, thuirt e nach robh duais aigesan a bheireadh e do dhuine sam bith airson sian. Agus dh'fhoighneachd i dha an robh sian aige 'na ainm fhéin. O, thuirt e rithe nach robh sian aigesan ach seann làir agus seann ghalla agus seann bhean: gura h-e sin a bh'aigesan ris an t-saoghal uile.

"Matà," ors' ise, "nan tugadh tu dhomhsa gealltanas air do cheud mhac nuair a bhios e seachd bliadhna a dh'aois, cuiridh mi iasg gu leòr gu d' lìn a h-uile latha."

"Bu duilich dhomhsa," ors' esan, "sin a dheanamh. Mar a thuirt mi cheana," ors' esan, "tha mi fhìn agus mo bhean sean le chéile agus chan eil duine idir theaghlaich againn."

"Coma leat," ors' ise, "ma bheir thu do ghealltanas dhomhsa."

A nist air tàilleabh gu robh eagal aige roimpe, thuirt e rith' gun toireadh e a ghealltanas dhi. Agus chuir i gràineannain do dh'fhùdar neo do shìol air choireiginn 'na làimh anns an dealachadh agus thuirt i ris,

"Seo," ors' ise, "gabh cùram dhe sin. Agus nuair a théid thu dhachaidh," ors' ise, "cuiridh tu trì ghràineannain dhe sin anns a'bhiadh a bhios a'bhean a'gabhail. Agus cuiridh tu," ors' ise, "trì ghràineannain dhe anns a'bhiadh a bhios tu a'toirt dhan làiridh. Agus cuiridh tu trì ghràineannain dhe anns a'bhiadh a bhios tu 'toirt dhan ghallaidh. Agus théid mi'n urras," ors' ise, "mun tig trì bliadhna a dh'ùine gum bi atharrachadh air an dachaidh agad seach mar a th'oirre an diugh."

1 The Big Fisherman's Son

There was once a man called the Big Fisherman, and it seems that he had worked at fishing for some time and that he was a good fisherman. Fish became so scarce then that there were none to be caught, and there was a shortage of everything. But one day as he was out fishing a mermaid or some other large creature emerged from the ocean beside the boat and enquired if he was catching any fish that day. He replied that he was not. Now the fisherman was fairly afraid of creatures of that kind – perhaps that they had evil powers – and acted very indifferent towards her. But she asked him what reward he would give her if she were to drive a good share of fish into his nets, and he replied that he did not have a reward to give to anyone for anything. She asked him then if he had anything to his name and he told her that all he possessed in the entire world was an old mare, and old she-dog and an old wife.

"Well," said the creature, "if you promise me your first son when he is seven years of age, I'll put plenty of fish in your nets every day."

"That would be difficult for me to do," he said. "As I told you already, my wife and I are both old and we have had no offspring at all."

"Don't be too concerned with that," she said, "as long as you give me your promise."

Now because he was afraid of her, the Big Fisherman agreed to give her his word, and as she left him she put grains of powder or some kind of seed into his hand and said to him,

"Here. Take care of this and when you reach home put three grains into the food that your wife eats. Put three grains into the feed that you give to the mare, and three grains into the food that you give the she-dog. And I'll wager," she said, "before three years have passed that there will be a change in your house from the way it is today."

Co-dhiubh, thànaig esan dhachaidh agus fhuair e iasg gu leòr aig an fheasgar a bha sin. Ach ged a bha e faighinn an éisg, bha seòrsa do dh'eagal air ro na cùisean a bh'ann. Ach co-dhiubh, mar a thuirt an té ris, thànaig e fìor gu leòr: mun tànaig na trì bliadhna a dh'ùine bha trì searraich mhòra, bhriagha, dhubh' aig an t-seann làir, agus bha trì cuileinean briagha, reamhar' aig a'ghallaidh. Agus bha triùir mhac aig bean an Iasgair Mhóir.

Ach co-dhiubh bha an ùine a'dol seachad agus thànaig e gu ionnsaigh nan seachd bliadhna a dh'ùine. Ach chaidh an t-Iasgair Mór amach a dh'iasgach mar a b'àbhaist ach cha tug e leis a mhac. Agus nuair a bha e amuigh ag iasgach thànaig a'mhaighdean-mhara an àirde ri taobh a'bhàta 's chuir i fàilt' air.

"Cha tug thu do mhac an seo idir," ors' ise.

"O," ors' esan, "cha do chuimhnich mi air."

"An dà," ors' ise, "bheir me dhut seachd bliadhna eile a dh'ùine. Ach feuch," ors' ise, "nach dean thu dìochuimhn' air."

Agus co-dhiubh, bha an gnothach a'dol air n-aghaidh gu math fad seachd bliadhna, agus an ceann seachd bliadhna chaidh an t-Iasgair Mór amach. Mar a b'àbhaist cha tug e leis a mhac. Thànaig a'mhaighdean-mhara an àirde ri taobh a'bhàta agus chuir i fàilt' air.

"O," ors' ise, "cha tug do mhac an seo an diugh na's motha."

"Cha tug," ors' easan. "Cha do chuimhnich mi air a thoirt ann, ged a b'e seo an latha."

"An dà," ors' ise, faodaidh tu tilleadh dhachaidh. Ach," ors' ise, "an ceann ceithir bliadhna bhon diugh feumaidh tu," ors' ise, "do mhac thoirt an seo neo mura toir," ors' ise, "chan ann dhut a's fheàrr."

Ach co-dhiubh dh'fhalbh an t-Iasgair Mór dhachaidh 's bha e a'faighinn an éisg mar a b'àbhaist. Ach cha robh an ùine fada a'dol seachad agus bha ceann nan ceithir bliadhna gu bhith ann. Agus bha fios aig a bhean mar a dh'inns' e dhi mu dheidhinn mar a bha cùisean co-dhiubh, ach thug an gille an aire gu robh coltas car mì-thoilichte air 'athair – nach robh e idir cho toilichte's a b'àbhaist dha bhith – agus dh'fhoighneachd e dh'a athair gu dé a nist bha a'cur trioblaid air.

"O," ors' easan, "chan eil, "ors' esan, "sian a dh'innsinn dhutsa."

"'S có dha," ors' esan, "a dh'innseas sibh e mur 'n innis sibh dhomhs' e?"

"O," ors' esan, "coma leat dhe sin."

"An dà," ors' esan, "tha mi'n dùil gu feum sinn fhaotainn amach bhuaibh gu dé 'tha 'cur dragh oirbh."

Agus co-dhiubh dh'inns' e dha mar a bha agus rinn an gille gàire.

Anyway, the Big Fisherman went home, and he had caught plenty of fish that evening. But even though he was catching fish again he was still somehow fearful concerning the state of things. In any event what the mermaid had told him came true: before the three years had passed the old mare had given birth to three big, fine, black foals, and the she-dog had three fine, fat pups. And the Big Fisherman's wife had three sons.

Time passed and the end of the seven years arrived. The Big Fisherman went out fishing as usual, but he did not take his son. But when he was out fishing the sea-maiden rose up beside his boat and greeted him.

"You did not bring your son along at all," she said.

"O," said the Big Fisherman, "I did not remember to."

"Well," she said, "I'll give you seven more years' time, but be sure that you don't forget again."

Things went well for seven years, and at the end of those seven years the Big Fisherman went out, as usual not taking his son with him. The sea-maiden came up beside his boat and greeted him.

"O," she said, "You didn't bring your son along today either."

"No, I did not," he replied. "I did not remember to bring him here, though today was the day."

"Well," she said, "you may return home now, but four years from today you must bring your son along or you'll be none the better for it."

So the Big Fisherman went home and continued catching fish as usual, but time was not long in passing and soon the end of the four years was about to arrive. His wife knew how things stood already from what he had told her, but the lad noticed that his father was looking unhappy – that he was not at all as contented as he used to be – and he asked his father what was troubling him now.

"O," said his father, "it's nothing I could tell you about."

"To whom could you tell it if not to me?"

"O," said his father, "don't concern yourself with that."

"Well," said the lad, "I think we must find out from you what is bothering you."

"O," ors' easan, "na cuireadh sin cùram sam bith oirbh. Falbhaidh mis'," ors' esan, "agus théid mi cho fada air falbh bhon chuan agus nach bi cùram gu bean creutair sam bith a bhuineas dhan chuan dhomh."

Agus co-dhiubh thug Iain – 's e Iain a b'ainm do mhac an Iasgair Mhóir – leis biadh agus thog e rithe a'falbh air ceann an fhortain. Agus fada neo goirid gun deachaidh e air a shiubhal, thànaig e gu àite agus bha trì chreutairean ann a'sin, agus iad ri conas 'us ri cath mu dheidhinn biadh a bh'aca. Agus ge dé bha an sin ach an Cù Ciar agus an Dòbhran Donn agus an t-Seabhag Chrom, Liath. Ghabh e suas far an robh iad agus dh'fhoighneachd e dhaibh gu dé bha 'dol air n-aghaidh ann a'seo, agus thug iad dha ri thuigsinn nach b'urrainn dhaibhsan biadh a ghabhail gus an riaraicheadh cuideiginn dhaibh e. Agus thoisich esan air riarachadh a'bhìdh, agus thug e roinn dhen bhaidh a bha sin dhan Dòbhran Donn agus thuirt esan,

"Gheobh thusa biadh air muir 's air tìr agus fon uisge, agus bheir mi dhutsa an roinn a tha seo."

Agus thionndaidh e ris an t-Seabhaig Chrom, Liath agus thuirt e,

"Gheobh thusa biadh air talamh agus gu h-àrd os do chionn, agus bheir mi dhuts' an dà roinn a tha seo. Agus," ors' esan, "chan eil aig a'Chu Chiar bhochd ach na théid a shìneadh dha, agus tha mi a'toirt dhasan trì roinnean." Agus sin mar a bh'ann.

O, bha an cù fuathasach taingeil mar a chaidh an gnothach a lìonadh agus thuirt e,

"Ma bhios feum agad air lùthas ma chasansa gu bràch foghnaidh dhut cuimhneachadh ormsa agus thig mi 'gad chuideachadh."

"Agus mise,"ors' an t-Seabhag Chrom Liath, "mar an ceudna; ma bhios feum agad air lùthas mo sgéithe agus air spionnadh mo spuir, smaointichidh tu ormsa agus thig mi."

"Tha mis'," ors' an Dobhran Donn, "air an dòigh cheudna. Ma bhios feum agad air mo lùthas 's air mo neartsa, air uachdar an talmhainn neo fon uisge, fòghaidh dhut smaointinn orm agus thig mi."

Co-dhiubh dh'fhalbh Iain air a thurus agus fada neo goirid an t-astar gun deachaidh e thànaig e gu àite rìgh. Nuair a chaidh e suas gu àit' a'rìgh chuir e fàilt' air a'rìgh agus chuir an rìgh fàilt air. Dh'fhoighneachd a dha có esan agus thuirt e gura h-esan duin' òg a bha coimhead airson cosnadh. O, bha a'rìgh fuathasach toilichte gun tànaig a leithid a dh'ionnsaigh an taighe.

"An dà," ors' esan, " 's e do leithid a bha 'dhìth orm, ma nì thu buachailleachd," ors' esan, "Tha feum agam air buachaille. Agus," ors'

So the father told him how things stood and the lad began to laugh.

"O," he said, "don't let that worry you at all. I'll set out," he said, "and I'll go so far away from the ocean that there will be no reason to fear that any ocean-creature can touch me."

So Iain – as the Big Fisherman's son was called – took along some food and set out to seek his fortune. Long or short as his journey was, he reached a place where there were three beasts quarrelling and battling over the food that they had. And who was there but the Dusky Hound, the Dun Otter and the Grey Hooked Hawk. Iain went up to them and asked then what was going on there, and they explained to him that they could not eat their food until someone had distributed it to them. He began doling out the food, and he gave a share of the food to the Dun Otter saying,

"You can find food on land, sea, and under water, so I'll give you this portion."

Then he turned to the Grey Hooked Hawk with the words:

"You can find food on the ground and high above you, so I'll give you the two portions I have here. But," he said, "the poor Dusky Hound can only get what people give him, so I'll give him three portions." And so it was.

Now the hound was exceedingly thankful for the way in which the task had been preformed and he said,

"If you should ever need the swiftness of my feet, you need only remember me and I will come to your aid."

"As for me," said the Grey Hooked Hawk. "If you should require the swiftness of my wings or the strength of my talons, think of me and I'll come."

"And myself likewise," said the Dun Otter. "If you should ever need my speed and strength on land or under water, you need only think of me and I'll come."

So Iain continued on his journey, and after covering a long distance or a short one, he came to a king's residence. As he approached the royal seat he greeted the king, and the king returned his greeting. The king asked him who he was and he replied that he was a young man seeking employment. Well, the king was extremely pleased that a lad like him had come to the royal dwelling.

"Indeed," he said, "you're just the sort of person I wanted, as long as you can herd cows. I need a cowherd,

esan, "tha do thuarasdal a'dol a bhith," ors' esan, "agus do bhiadh a réir mar a bhleogh'neas an crodh."

O, thuirt Iain gu robh sin ceart gu leòr agus chaidh e gu tàmh an oidhche sin.

Dh'fhalbh e anns a'mhadainn leis a'chrodh, ach bha an t-aite cho lom agus truagh cha robh ann ach air éiginn chumadh beò an crodh agus nuair a thill e am feasgar 's a thànaig a'bhanarach 's a bhleoghain i an crodh cha robh aca ach fìor-bheagan do bhainne. Cha d'fhuair esan ach rud beag do bhrochan air an fheasagar a bha sin – biadh glé ghann – agus thuirt e ris fhéin,

"Cha fhreagair seo dhomhsa. Ma tha mis' a'dol a dheanamh cosnadh neo buannachd air an obair tha seo feumaidh mi 'n crodh a thoirt gu àite 'sa faigh iad criomadh na's fheàrr na th'aca, neo cha bhi iad bèo."

Agus thog e rithe air la'r-na-mhàireach leis a'chrodh. Dh'fhalbh e leo' agus chum air astar gus na rànaig e gàrradh mór. Bha callaid mhór air a togail suas ann a'sin. Ach dh'fhosgail e cachaileith agus lig e astaigh an crodh dhan lios a bha sin. Neo-ar-thaing nach d'fhuair an crodh gu leòr do chriomadh ann a'sin! Cha mhór nach robh iad fodha gun sùilean anns a'chuid a b'fheàrr do dh'fheur. A nist bha claidheamh mór aig Iain mac an Iasgair Mhoir – thug e leis sin bhon dachaidh – agus tha e coltach gu robh an claidheamh bha sin sònraichte. Ach cha robh e ach glé bheag do dh'ùine 'na shìneadh a null an iomall na h-innis a'ligeil analach nuair a dh'fhairich e crithe air an talamh agus thug e sùil agus bha fuamhaire mór, oillteil a'tighinn ann a'sin agus ghabh e a null agus thòisich e air togail a'chruidh agus a'breith orra air earball agus 'gan caitheamh far a ghualainn. Cha robh e ach 'gan caitheamh cho aotrom 's a chaitheadh tu rodan. Dh'éirich esan 'na seasamh agus dh'eubh e dha,

"Fàg, fàg," ors' esan, "an aona mhart aig mo mhàthair."

" 'S e," ors' esan, "droch-chomhairle a chuir an seo leo' thu ma bha cùram agad dhaibh. Thig a nall an seo," ors' esan, "agus bheir leat i."

Ach co-dhiubh ghabh esan a null air a shocair agus fhuair e chothram agus thug e sràc air an fhuamhaire leis a'chlaidheamh agus bha trì chinn air an fhuamhaire 's chuir e dhe fear dhe ne cinn neo ma dh'fhaoidte a dhà.

"Am bàs os do chionn," ors' esan, ""gu dé t'éirig?"

"Cha mhór 's cha bheag," ors' esan, am fuamhaire, "ach fàg mo bheatha agus 's leat m'each briagh, dubh agus deis'-armachd a fhreagras air aon sam bith a chuireas air i. Agus sin agad m'éirig."

"Bidh sin agam agus do bheatha," ors' esan, agus chuir e crìoch air an fhuamhaire.

and your wages and your food will depend on how the cows milk."

Iain said that that was fair enough and went off to retire for the night. In the morning he set out with the cattle, but the place was so sadly bare that what little there was would hardly keep the cattle alive. When he retired that evening and the milk maid came to milk the cows they only gave a very small amount of milk, so that evening all he got was a small bit of porridge – very little food indeed – and he said to himself,

"This won't do for me. If I'm going to make any gain or profit from this work I must take the cattle to a place where they'll find better grazing than they're getting now, or they won't survive."

The next day he departed again with the cattle, setting out with them and continuing on his way until he reached a big garden. A big fence had been built there, but he opened the gate and let the cattle into the garden, and didn't the cattle find plenty of good grazing there! They were nearly up to their eyes in the best of grass. Now Iain the Big Fisherman's son had a great sword which he had brought with him from home, and it seems that sword was particularly good. But he had not been for long stretched out at the edge of the pasture to catch his breath before he felt the earth tremble. He looked up and there was a big, horrific giant approaching. The giant went over and he started lifting the cattle, catching them by the tail and throwing them over his shoulder. He threw them around as easily as you would throw a rat. Iain rose to his feet and called to him,

"Leave my mother's only milch-cow."

"You were ill-advised to bring your cattle here at all if you were concerned for them. Come over here and take her away."

Iain walked over in a leisurely manner, and when he saw his chance he swung at the giant with his sword. There were three heads on the giant, and he took off one – or perhaps two – of the heads.

"Death is above you," he said, "what is your ransom?"

"It's neither large nor small," said the giant, "but spare my life and my fine black horse is yours along with a suit of armour which will fit anyone who puts it on. That is my ransom."

"I'll take that and your life too," said Iain and he dispatched the giant.

Dh'fhan e ann sin gu feasgar anmoch agus dh'fhalbh e 'n uair sin 's shaodaich e'n crodh air n-ais am feasgar sin cha robh iad gann do bhainne. Bha na cumain a bh'aca air an lìonadh mun do sguir a'bhanarach a bhleoghain a'chruidh, agus neo-ar-thaing nach d'fhuair esan deagh shuipeir an oidhche sin. Fhuair e pailteas ri ithe dhen chuid a b'fheàrr do bhiadh agus chaidh e gu tàmh.

Ach co-dhiubh lean e air buachailleachd a'chruidh agus chaidh e na b'fhaide air n-aghaidh leis a'chrodh gu àite a bha e a'smaointinn a bhitheadh na b'fheàrr agus dh'fhosgail e a'chachaileith agus chaidh e astaigh dhan innis a bha sin agus O, bha an crodh ann an àite neònach an sin leis na bh'ann. Bha feur suas dha na cliathaichean aca agus tòisich iad air criomadh ann a'sin. Cha robh iad cus do dh'ùine ann nuair a chual' e fuaim uamhasach agus thànaig crith' air an talamh agus thug e sùil 's bha fuamhaire mór, eagalach a'tighinn. Ma bha a'cheud fhear a'coimhead gàbhaidh, doirbh agus oillteil, seo fear a bha coltas truaighe buileach air le 'mheudachd agus le 'ghràindead, agus thòisich e air caitheamh a'chruidh air a dhruim mar nach bitheadh aig' ach sopan. Dh'eubh an t-òganach dha,

"Stad, stad," ors' esan, "fàg an aona mhart aig mo mhàthair."

"An dà," ors' esan, "nam biodh cùram agadsa dhaibh, cha bhiodh tu astaigh ann a'seo leo'. Thig," ors' esan, "agus bheir leat i ma tha."

Ghabh e suas air a shocair ach fhuair e cothram 's thug e sràc leis a'chalidheamh air an fhaumhaire agus tha mi cinnteach gun tug e leis a'bhuill' a bh'ann a dhà dhe na cinn agus thuit am fhuamhaire.

"Am bàs os do chionn," ors' esan, "gu dé t'éirig?"

"Cha bheag sin," ors' esan. "Each briagh buidhe agus deis'-aramachd ridire air dath buidhe agus freagraidh i air aon sam bith a chuireas air i. Agus," ors' esan, "tha iad thall anns an stàbul."

" 'S eadh," ors' esan, "bidh sin agam agus do bheatha," Agus chuir e crìoch air an fhuamhaire.

Dh'fhàg e 'n crodh gus na robh e glé anmoch agus shaodaich e 'n uair sin air n-ais iad agis b'fheudar dhaibh air an fheasgar a bha sin tuilleadh do chumain a dheanamh. Cha robh cumain gu leòr aca a chumadh am bainne ud uile. Bha rìgh cho gàbhaidh toilichte às a'ghnothach a bh'ann, cha robh fios aige gu dé bheireadh e ris mar a bha cùisean a'dol. Agus chaidh cùram uamhasach a ghabhail do dh'Iain an oidhche bha seo.

Agus co-dhiubh dh'fhalbh esan mar a b'àbhaist leis a'chrodh ach cha robh e riaraichte idir gu fuirgheadh e air n-ais; 's ann a rachadh e gu àite a b'fheàrr, agus chum e air n-aghaidh an turas seo. Rànaig e àit'

He remained there until the late afternoon and departed, driving the cattle to the king's residence. But that evening when the cattle returned they weren't short of milk. All their milking-pails were filled before the milkmaid stopped milking, and Iain certainly had a good supper that night. He got plenty to eat of the very best, and then he went to rest.

Anyway he continued to herd the cattle and went on further with them to a place that he thought would be better. He opened the gate and went into the pasture and the cattle were in an extraordinary place for all that was there: the grass came up to their sides, and they began grazing there. They had not been there for long, however, when Iain heard a terrible sound and the earth began to tremble. He looked and there was a big, fearsome giant approaching. If the first one looked wild, dangerous and terrible, this one looked altogether formidable in size and ugliness, and he began tossing the cattle on his back as if he were only handling wisps of straw. The youth called out to him,

"Stop! Stop! Spare my mother's only milking cow."

"Well," said the giant, "if you had been at all concerned for them, you would not be in here with them. Come over and take her with you."

He walked up in a leisurely manner and when he saw his chance he took a swing at the giant with his sword, and with that blow I'm sure he took off two of the giant's heads and the giant fell.

"Death is above you," he said, "what is your ransom?"

"No small thing:" said the giant, "a fine yellow horse and a knight's suit or armour, yellow in colour, which will fit anyone who puts it on. And," he said, "they are over in the stable."

"Very well," said the lad, "I'll take that and your life too." And he finished off the giant.

He left the cattle until it was very late and drove them back. That evening they had to make more milk-pails because they did not have enough to hold all the milk. The king was so extremely pleased with the whole affair that he did not know what to say to him about how things had progressed. A great fuss was made over Iain that night.

Anyway Iain left as usual with the cattle, but he was not at all satisfied with staying back; he was going to a better place,

agus dh'fhosgail e cachaileith 's chuir e astaigh an crodh. Agus sin agad far an robh am feur dh'a rìribh: bha am feur suas gu faisg air mullach an droma. Ach cha e robh fada astaigh anns a'mhachaire a bha sin nuair a chual' e fuaim a bha gàbhaidh agus nochd fuamhaire mór. 'S ma bha càch eagalach 'nan coltas agus nan cumadh is as a h-uile sian, sin am fear a b'oillteil dhiubh buileach. Thòisich e air tilgeadh a 'chruidh air a dhruim 's cha robh iad cho trom ris na sopan fhéin a bhith'gan togail 's 'bhreith orr' air earball 's 'gan sadadh suas air a ghuaillean. Dh'eubh Iain,

"Stad! Stad!" ors' esan, "Fàg an aona mhart aig mo mhàthair."

"A," ors' esan, "a dhaor-shloightir! 'S tus," ors' esan, "a bha an seo 's a mharbh mo dhithist bhràithreansa."

"Cha robh mis' an seo," ors' esan, "riamh gus an diugh."

"Ma tha," ors' esan, "thig's bheir leat am mart sin. Nam bitheadh cùram agad dhaibh bha thu air an cumail às a'seo."

Ach dh'fhalbh e a null air a shocair 's fhuair e 'n cothram. Tharraing e sràc 's chuir e a dhà dhe na cinn far an fhuamhaire agus thuit am fuamhaire gu làr.

"Am bàs os do chionn," ors' esan, "gu dé t'éirig?"

"Cha bheag sin, matà. Tha," ors' esan, "each briagh, geal agus coingeis leis a bhith air talamh neo as an iarmailt a'falbh. Agus tha deise ridire," ors' esan, "air dath geal agus freagraidh e air son sam bith a chuireas air i. Agus sin agad," ors' esan, "m'éirig agus tha e thall anns an stàbull."

"Bith sin agam," ors' esan, "agus do bheatha." Agus chuir e às dhan fhuamhaire, agus am feasgar thill e dhachaidh leis a'chrodh.

Cha robh do shoithichean aca air a'rìoghachd a chumadh na bha do bhainne aig a'chrodh am feasgar bha sin – bha iad ann an àite 'sa robh an criomadh cho beairteach buileach.

Ach co-dhiubh dh'fhalbh e leis a'chrodh – tha mi cinnteach gur ann air la'r-na-mhàireach thog e rith' – agus bha e a'fàs cho sanntach, bha e 'dol na b'fhaide air 'n aghaidh agus rànaig e àite an lath' bha seo agus nuair a dh'fhosagil e a'chachaileith 's a lig e astaigh an crodh dhan àite bha sin chan fhac' e riamh a leithid do dh'àite airson spréidh a bheathachadh. Ach cha robh fad' an sin nuair a chual' e fuaim a bha neònach, agus nochd cailleach oillteil astaigh. Cha deachaidh i 'n comhar a'chruidh idir ach gabh e far an robh e a throd ris agus thuirt i,

" 'S tus' am fear a mharbh mo thriùir mhac," or's ise.

"Cha robh mis' an seo riamh gus an diugh," ors' esan.

so this time he pressed on further. He arrived at a place, opened the gate and drove in the cattle. That's where the real grass was: the grass almost came to the tops of their backs! But he had not been in the level meadow for long when he heard a fearful noise and a great giant appeared. And if the others were dreadful in appearance and form and in every other way, this one was the most terrible of all. He began throwing the cattle on his back and they were no heavier for him to lift and catch by the tail and throw on his shoulder than wisps of straw. Iain cried out,

"Stop! Stop! Spare my mother's only milking-cow."

"O, you arrogant rogue!" said the giant, "You're the one who was here before and killed my two brothers."

"I've never been here before," he answered, "until today."

"Come over here then," he said, "and take this cow. If you had cared about them you would have kept them out of here."

Iain walked over at his leisure and when he saw his chance he swung with the sword and took two of the heads off the giant and the giant fell to the ground.

"Death is above you," said he, "what is your ransom?"

"No small thing," replied the giant. "A fine, white horse, and it makes no difference to him whether he travels on the earth or in the sky. And a knight's suit of armour, white in colour, that fits anyone who puts it on. There you have my ransom and it's over there in the stable."

"I'll take that and your life as well." So he slew the giant and returned home that evening with the cattle.

There were not enough containers in the entire kingdom to hold all the milk that the cows gave that evening, for they had been to a place where the grazing was so rich.

In any case he set out with the cattle – I'm certain it was on the next day – and he was growing so greedy that he kept going on farther. That day he reached another place, and when he opened the gate and let the cattle in, he had never before seen a place that was equal to it for grazing. He had not been there long when he heard an extraordinary noise, and a horrible old hag appeared inside. She did not approach the cattle at all, but came in his direction and confronted him, saying,

"You're the one who killed my three sons."

"I was never here before," he said, "until today."

Agus thòisich iad air cath 's b'e sin an cath a bha fiadhaich. Ach mu dheireadh fhuair e a chothram agus thilg e ise air a druim air an talmh agus bhrist e a druim agus bhrist e a gàirdein os a cionn.

"Am bàs os do chionn a nist," ors' esan, "gu dé t'éirig?"

"Cha bheag sin," ors' ise. "Tha ciste do dh'òr agus ciste do dh'airgiod agus ciste làn do sheudan luachmhor fon starsach aig bonn a'bhothain."

"Bidh sin agam," ors' esan, "agus do bheatha." Agus chuir e crìoch air a'chaillich, agus thill e air n-ais.

Co-dhiubh bha e 'falbh air a bhith a'dol leis a'chrodh agus 'gam buachailleachd ach thànaig e dhachaidh feasgar agus an àite an gnothach a bhith cho aighearach mar bu tric' leis a bhith, thachair a'bhanarach ris agus bha i 'sileadh nan deur.

"Gu dé," ors' esan, "tha ceàrr air an fheasgar tha seo gu bheil e h-uile sian a'coimhead cho mì-shunndach, cho trom-inntinneach?"

"O," ors' ise, "tha aig nighean a'rìgh ri dhol a dh'ionnsaigh an loch, agus béist a'tighinn às an loch," ors' ise. "A h-uile bliadhna tha a'bhéist ud a'tighinn às an loch agus té dhe na h-ìgheannan a th'anns a'rìoghachd aice ri fhaighinn gus h-ithe. Agus 's e an dòigh a bh'aca mu dheireadh anns a'rìoghachd a bhith a'tilgeadh chrann – taghadh chrann – feuch có té dhe na h-ìgheannan a dh'fheumadh falbh, agus 's ann air nighean a'rìgh a thuit na cruinn air an turas seo. Feumaidh an nighean falbh," ors' ise, "agus suidhe shuas aig ceann àrd an loch' air leac agus a bhith ann a'sin gus an tig a'bhéist."

"Chan fhaoidte a bhith," ors' esan, "gu bheil iad a'dol a ligeadh leis a'bhéist nighean an rìgh a thoirt leis. A bheil idir," ors' esan, "aon ann a shàbhaileas nighean an rìgh?"

"O," ors' ise, "chan fhaod a h-aon a dhol ann ach tha'n gaisgeach a's fheàrr 's a's motha a th'anns an dùthaich a'dol a dh'fheuchainn ri a sàbhaladh."

Co-dhiubh bha ise 'na suidhe shios air leac 's bha 'n gaisgeach am falach air eagal 's gu faiceadh a'bhéist e 's nach tigeadh i 'n àirde. Thug ise sùil agus chunnaic i ridire a'tighinn air each dubh agus bha e tighinn anuas às an iarmailt. Bha an t-each a'falbh cho luath anns an iarmailt 's a dh'fhalbhadh e air talamh agus anuas a bha e. Stad e air a'chladach ri taobh. Leum e anuas far na dìollaid' agus chaidh e a null a sheanachas rithe agus dh'fhoighneachd e dhi gu dé chuir an seo i agus dh'inns' i dha mar a bha cùisean.

"Agus a bheil idir," ors' esan, "a h-aon ann a dh'fheuchas ri' d' shàbhaladh?"

The battle began and it was indeed a fierce struggle. But at last he got his chance and threw her on the ground on her back and broke her arms over her head.

"Death is above you," he said. "What is your ransom?"

"No small thing," said she. "There is a chest of gold, a chest of silver, and another one filled with precious jewels under the threshold at the foot of the hut."

"I'll have that and your life too," said he. So he disposed of the hag and went back.

He continued going off with the cattle and herding them, but one night he came home and instead of things being cheerful as they usually were when he returned, the milkmaid met him and she was shedding tears.

"What is so wrong this evening," said Iain, "that everything looks so cheerless and melancholy?"

"O," she said, "the king's daughter must go to the loch where a monstrous beast will emerge. Every year the monster comes forth from the loch and gets one of the maidens in the kingdom to eat. Finally it became their custom in the kingdom to cast lots to see which one of the girls must go, and this time it fell to the king's daughter. She must go," she said, "and sit on a flat rock at the upper end of the loch and remain there until the monster comes."

"It cannot be," said Iain, "that they'll let the monster take away the king's daughter! Is there anyone at all who can save her?"

"O," she answered, "none may go there, but the best and greatest warrior in the country is going to attempt to rescue her."

So the princess was sitting down on the flat rock and the warrior had concealed himself in case the monster would see him and not emerge. She looked up and saw a knight approaching on a black horse, descending from the sky. The horse was travelling as fast in the sky as it would travel on the ground, and down he came, coming to a halt beside her on the shore. The knight leapt down from the saddle and went over to talk to her. He asked her what had brought her there and she told him how things were.

"And is there anyone at all," said he, "who will try to save you?"

Thuirt i gu robh an gaisgeach a b'fheàrr a bh'anns an dùthaich, gu robh e ann ach gu robh e 'm falach gus an tigeadh a'bhéist. Thuirt e gu fuirgheadh esan airson cuideachadh a thoirt dhi – airson a sàbhaladh – 's gu rachadh e eadar i 's a'bhéist.

"O," ors' ise, "chan fhaod thu a bhith ann a'seo. Ma chì a'bhéist thu ann a'seo," ors' ise, "cha tig i idir."

"Ma tha," ors' esan, "thig mise sios 'nam shìneadh air a'chladach ri d'thaobh far nach fhaic i mi agus ligidh mi mo cheann air do ghlùin. Agus ma chaidileas mise mun tig a'bhéist a'tighinn an àirde, ma dh'fhàilnicheas ort mo dhùsgadh ann an dòigh seach dòigh," ors' esan, "am bior crom a tha seo, cuiridh tu sin suas an cuinnlean mo shròineadh agus dùisgidh sin mi."

Ach co-dhiubh an ceann greis do dh'ùine 's esan 'na shuain fhada thànaig a'bhéist a bha seo agus trì chinn oirre. Bha i 'coimhead gu math grànnd' 's thànaig i 'n àirde. Agus thòisich ise air feuchainn ri esan a dhùsgadh 's ged a bhiodh i 'g éibheach dha 's 'ga chrathadh cha dùisgeadh esan ach smaointich i air a'bhior chrom a bha seo agus chuir i seo suas ann an cuinnlean a shròineadh agus leum esan air a bhonnaibh agus tharraing e'n claidheamh. Agus b'e sin a claidheamh a bh'ann dh'a rìreabh agus ghabh e amach. O, bha cath aca bha neònach agus chuir iad cath a bha oillteil ach mu dheireadh gheàrr e fear dhe na cinn dhen bhéist agus sios a ghabh i. Choisich esan suas a dh'ionnsaigh bàrr a'chladaich agus leum e air druim an eich agus co-dhiubh 's e an t-adhar a thog e neo'n talamh a shluig e cha robh an còrr sealladh aice dhe. Ach co-dhiubh, an ceann a ghèarr e far na bhéist', bha e air a chur air gad agus dh'fhàgadh sin aice. Dh'éirich an gaisgeach a bha 'm falach agus thog e rithe suas gu taigh a'rìgh agus ceann na béisteadh aige air a'ghad agus chan fhaodadh nighean a'rìgh guth a ràdha nach b'e seo an duine a rinn gnìomh, agus rànaig iad shuas. O, bha an naidheachd mun cuairt ach cha robh ise riaraichte ris a'ghnothach co-dhiubh.

Dh'fheumadh i falbh air la'r-na-mhàireach agus air an fheasgar bha i na suidhe air an leac agus tha mi cinnteach gu robh i gu math tùrsach. Ach bha beagan do dhòchas aice gu faodadh an ridire tighinn mar a thànaig e air an fheasgar roimhe sin. Agus bha an gaisgeach duineil a bha 'ga geàrd, bha e 'm falach 'n cùl tom neo an àiteiginn am falach co-dhiubh. Thug i sùil 's chunnaic i each briagh, buidhe a'tighinn agus bha e falbh na bu luaithe anns an iarmailt na dh'fhalbhadh each air talamh. Thànaig e anuas 's bha marcaiche air a dhruim: ridire àlainn agus deise bhriagh, bhuidhe m'a thimcheall agus leum e anuas far druim an eich agus chaidh e far an robh i. Dh'fhoighneachd e dhi gu dé a b'aobhar dhi

She replied that the best warrior in the land was hiding there until the monster came. The knight said he would stay to help her – to save her – and that he would put himself between her and the monster.

"O," she said, "you can't remain here. If the monster sees you here it will never come."

"Then I will stretch myself out," he he answered, "on the shore beside you where it won't see me and I'll lay my head on your knee. And if I fall asleep before the monster emerges and you fail to waken me by trying one thing after another, put this curved stick into my nostril and that will wake me."

After a length of time, when the knight had fallen into a long and deep sleep, the three-headed monster emerged. Up it came, looking very ugly, and she began trying to wake the knight, but though she called to him and shook him he would not awaken. But she thought of the curved stick, so she put it up his nostril and he leapt to his feet and drew his sword. That was some sword indeed, and he advanced. Well, they had an extraordinary battle and a terrible struggle until at last he severed one of the heads from the monster and down she fled. He walked up toward the top of the shore, leapt on the back of his horse, and whether it was the heavens that raised him or the earth that swallowed him, he vanished from her sight. Now he had put the head he cut from the beast on a withe[1] and left it with her, and the warrior who had been hiding arose then and took off toward the king's house with the monster's head on the withe, but the princess could not say a word to the effect that he was not the man who preformed the deed when they arrived there. So the news went around, but she was not pleased with it.

The next day the princess had to go again and that evening she was sitting on the rock, very sorrowful I'm sure, but with the faint hope that the knight might come as he had the evening before. The manly warrior who was supposed to be guarding her was concealed behind a hillock – or hiding somewhere anyway – when she looked up and saw a fine, yellow horse approaching, travelling more swiftly in the sky than it could on the earth. It descended and there was a rider on its back: a splendid knight encased in a fine, yellow suit of armour, and he leapt down from the horse's back and went over to her, asking the cause of her being there. Well, she told him how things were and he said that he would guard her.

1 A tough, supple twig used for binding things together.

bhith ann a'sin. O, dh'inns' i dha mar a bha cùisean agus thuirt e gun geàrdadh esan i.

"O," ors' ise, "chan fhaod thu fuireach an seo. Ma théid t'fhaicinn cha tig a'bhéist."

"O," ors' esan, "théid mi sios 'nam shìneadh air a'chladach ri d'thaobh far nach téid m'fhaicinn agus cuiridh mi mo cheann air do ghlùin agus ma chaidileas mi," ors' esan, "dùisgidh tu mi nuair a thig a'bhéist. Ach chan eil ach aon dòigh a théid mise dhùsgadh. Ma thòisicheas tu air mo chrathadh 's air éigheachd dhomh 's mura dùisg e mi," ors' esan, "geàrraidh thu bàrr beag far mo lùdaig' agus dùisgidh sin mi."

Co-dhiubh nuair a nochd a'bhéist an àirde bha dà cheann oirre fhathast. Nochd i 'n àirde 's bha i 'tighinn astaigh gu tìr 's thòisich ise ris a'ridire a dhùsgadh ach cha ghabhadh e dùsgadh. Ach smaointich i air an rud a thuirt e rith' agus gheàrr i 'm bàrr beag far na lùdaig' aig' agus leum e 'na sheasamh. Tharraing e 'n claidheamh agus amach a ghabh e an coinneamh na béist' ach ma bha cath ann am feasgar roimhe sin aig ridire an eich dhuibh 's ann a bha cath aig an fhear seo. Agus bha cath ann a'sin a bha fuilteach gus an robh a'ghrian a'dol fodha ach gheàrr e 'n ceann far na beist' agus sios a ghabh e 's cha robh a nist oirr' ach an aona cheann. Co-dhiubh ghabh esan air dhruim an eich 's cha robh an còrr sealladh aice-se dheth; co-dhiubh 's e an t-athar a thog e neo an talamh a shluig e cha robh fios cà'n deach e. Dh'fhalbh e co-dhiubh, agus bha an gad air an robh a'cheud cheann, bha 'n ceann eil' air a chur air còmhla ris agus bha sin aice. Thog i fhéin agus an gaisgeach a bha 'm falach orra dhachaidh agus bha na cinn aigesan air a'ghad agus rànaig e shuas – neo-ar-thaing nach robh e bòsdail an oidhche sin! Bha i gus a bhith air a sàbhaladh co-dhiubh ach bha aice ri dhol air feasgar eile sios.

Co-dhiubh dh'fhalbh e air an fheasgar sin agus bha esan am falach mar a b'àbhaist an cul tom neo 'n àite air choireiginn agus tha mi cinnteach gu robh seòrsa do dh'eagal air ma chunnaic e a'bhéist a thànaig co-dhiubh. Ach bha ise ann an deagh dhòchas air an fheasgar seo gun tigeadh cuideachadh agus ann an ceann tiotadh thug i sùil agus chunnaic i each geal a'tighinn anuas às an h-iarmailtean agus ridire geal air a dhruim 's deise bhriagh, gheal air. Agus dh'fhalbhadh an t-each sin, tha mi 'n dùil, na bu luaithe gu h-àrd 'san iarmailt na dh'fhalbhadh e air talamh. Leum am marcaiche anuas agus chaidh e far an robh i agus O, mar a b'àbhaist, dh'innis i a sgeul agus thuirt esan gu geàrdadh esan – gu rachadh esan an coinneamh na béist – agus thuirt i nach

"O," she said, "you can't stay here. If you are seen the monster won't come."

"I'll stretch myself out," he replied, "on the shore beside you where I won't be seen and I'll put my head on your knee, and if I should fall asleep," he said, "you can wake me when the monster comes. But there is only one means by which I can be awakened. If you start shaking me and calling to me and I don't awake, cut the tip from the end of my little finger and that should wake me."

So when the monster emerged, it had two heads remaining. It appeared, rising and coming in to land, and she began to awaken the knight but he could not be aroused. Then she thought of what he had told her, so she cut off the tip of his little finger and up he bounded, drew his sword, and out he went meet the monster. But if the knight with the black horse had had a battle the evening before, this one really had a struggle on his hands. They fought a bloody battle until sunset, but he cut a head from the monster and down it fled with only one head remaining. So the knight mounted the horse, and whether it was the heavens that raised him or the earth that swallowed him she did not have another glimpse of him and did not know where he had gone. He just vanished. As for the withe where the first head was, the second head was strung there alongside it and she had them there. She and the warrior who had remained hiding set out for home. He had the heads on the withe when he arrived and wasn't he boastful that night! She had to be rescued anyway, but she still had to go down one more evening.

The following evening she went down again and the warrior was hiding as usual behind a knoll or somewhere, and I'm certain that he was at least somewhat frightened at seeing the monster that approached them. But on this evening she had high hopes that help would arrive, and after a short time she looked up and saw a white horse descending from the skies and a white knight on its back wearing a fine white suit of armour. That horse could travel more swiftly, I expect, in the heavens above than it could on the ground. The rider leapt down and went over to her. She told him her story as before and he said that he would guard her – would confront the monster – and she said that he could not stay

fhaodadh e fuireach an seo. Thuirt e gu rachadh e 'na shìneadh ri taobh air a'chladach far nach rachadh fhaicinn agus chaidh e sios. Leag e a cheann air a glùin.

"Ma chlaidleas mise," ors' esan, "chan eile ach aon dòigh air mo dhùsgadh. 'S e sin," ors' esan, "mu mheudachd lann an sgadain a ghearradh à mullach mo chinn, eadar craiceann agus feòil, agus dùisgidh sin mi."

Co-dhiubh nuair a nochd a'bhéist dh'fheuch ise a h-uile dòigh air a dhùsgadh, ach cha robh dòigh air. Ach smaointich i air an rud a thuirt e rith' agus gheàrr i rud beag à mullach a chinn agus leum esan 'na seasamh. Tharraing e 'n claidheamh 's ghabh e amach an coinneamh na béist, agus 's ann a'sin a bha 'n cath fuilteach, oillteil nach robh riamh a leithid, tha mi cinnteach, ann eadar ridir' agus béist, neo rud eile. Ach gu math ro dhol fodha na gréineadh gheàrr e 'n ceann far na béist' agus sios a ghabh i dhan ghrunnd. Co-dhiubh bha nighean a'rìgh air a teasraigeadh a nist agus chuir esan an ceann air a'ghad còmhla ri càch agus leum esan 'na dhìollaid, 's an ath sealladh cha robh sgeul air. Co-dhiubh 's e an t-adhar a thog neo an talamh a shluig e, cha robh an còrr sealladh air.

Ach suas a ghabh iad gu taigh a'rìgh agus, O, bha 'n gaisgeach seo ag iarraidh a nist bainis a chur air bhonn gun dàil. Ach thuirt ise nach biodh i deònach air a leithid sin idir gus am faighte amach có 'n gaisgeach a thànaig 's a shàbhail ise,agus thuirt i gu robh comharra aice fhéin air, agus gun aithnigheadh i e, agus a thoirt a h-uile duine a bh'anns a'rìoghachd far an robh i. O, thuirt an rìgh nach deante bainis an dràsd', neo bainis mhór agus féist, ach gu feumte dàil a dheanamh.

Agus chaidh fios a chur mun chuairt feadh na rìoghachd uile iad a chruinneachadh agus bha aig a h-uile h-aon dhiubh ri dhol seachad fo chomhar na h-ighinn. Agus cha b'e seo am fear; cha b'e am fear seo agus bha iad air tighinn uile – thànaig a h-uile h-aon a bh'anns a'rìoghachd is chaidh iad uile seachad. Ach cha tànaig am fear a dh'aithnigheadh is' an comharradh air. Bha an gnothach gu math truagh gun deachaidh a h-uile h-aon dhiubh seachad. Dh'fhoighneachd i,

"An deach iad uile seachad?"

Thuirt iad rith' gun deachaidh, ach am buaichaille. Chaidh òrdugh a thoirt 'sa mhionaid am buachaille a thighinn. Thànaig am buachaille. Thug e a leisgeul: thuirt e nach b'urrainn dhasan a thighinn idir; nach robh e glan gu leòr 's gu'm biodh fàileadh às a thaobh a bhith timcheall air buachailleachd na spréidh; gu'm biodh fàileadh làidir far a chòmhdaich agus nach tigeadh e idir. O, thuirt iad gun gabhte a leisgeul,

there, but he told her that he would stretch himself out on the shore beside her where he would not be seen. So down he went and laid his head on her knee.

"If I fall asleep," he said, "there is but one way to waken me. It is this: to cut a piece of skin and flesh about the size of a herring's scale from the top of my head. That will awaken me."

When the monster appeared she tried every means of waking him but there seemed to be no way to do it. But then she thought of what he had told her so she cut a small piece from the top of his head and he leapt to his feet, drew his sword, and rushed out to face the monster. That battle was indeed a horrible, bloody one whose kind had never before been fought, I'm certain, by a knight against a monster or anything else. But well before sunset he cut the head from the monster and down it went into the depths. In any case the princess had been rescued now, so he put the head on the withe along with the others, jumped into the saddle, and the next time she looked there was no trace of him. Whether it was the heavens that raised him or the earth that swallowed him, he was no more to be seen.

So the others went up to the king's residence, and by this time the cowardly warrior was all for having a wedding arranged without delay. But the princess said that she would not at all be willing to take part in that sort of thing until it was found out who the knight was who had come and saved her, and that she had a means of identifying him so that she could recognise him, and that all the men in the kingdom were to be brought to her. Well, the king said that a wedding, a big wedding with a banquet, would not take place right away, and that it must be postponed.

Word was circulated throughout the whole kingdom for the men to gather, and every one of them had to pass before the princess. But no, it wasn't this one, nor that one, and soon they had all come – every man in the kingdom had come and passed before her, but the man had not come whose sign she would recognize. By the time every one of them had passed by it was a sad state of affairs indeed, and she asked,

"Have they all passed by?"

They told her that they had, except for the cowherd. An order was immediately given for the cowherd to come. The cowherd arrived and excused himself, saying that he had not been able to come at all, for he was not clean enough and he stank from being about herding the cattle and there was a strong stench from his clothing so that he didn't want to come at all. O, they said that he would be excused

gun rachadh a leisgeul a ghabhail airson sin a dheanamh ach nach rachadh a leisgeul a ghabhail airson tighinn fo comhar a'rìgh agus gun a cheann-aodach a toirt dheth. Agus chaidh iarraidh air an currac a bha m'a cheann a thoirt dheth. Dh'fhoighneachd ise dha carson a bha 'n currac m'a cheann. Thuirt e gu robh lot air mullach a chinn agus gur e sin a b'aobhar dhasan a bhith a'cosg a'churraic. Thuirt i ris a churrac thoirt dheth agus nuair a thug e dheth an currac chaidh a choimhead air agus bha an lot beag a bha seo air mullach a'chinn aige. Sgaoil i a nèapaicin-pòc' agus ann an oisinn na neàpaiceadh thug mi amach am pìos a bha seo dhe chraiceann 's do dh'fheòil 's do ghruaig. Chuir e seo 'na àite fhéin 's fhreagair e ann agus chan aithnicheadh tu le coimhead air gun deachaidh a ghluasad riamh.

"Ach c'arson," ors' ise, "a tha 'n cuaran air do làimh?"

"Tha," ors' esan, "far a bheil bàrr mo lùdaig' 'gam dhìth."

"Bheir dhiot," ors' ise, "an cuaran, ma tha."

Thugadh an cuaran far na làimh' aige agus sgaoil e amach a nèapaicin-phòca 's anns an oisinn eile thog i amach pìos a bh'ann a'sin agus chaidh am pìos sin a chur air bàrr na lùdaig' aige agus chan aithnigheach duine gun deachaidh e riamh a ghluasad dheth leis mar a fhreagair e.

"Seo agad," ors' ise, "an ridire a shàbhail mise bhon bhéist."

Am fear eile, bha e 'g éibheachd 's a'dol mun cuairt 's 'g éibheachd pears'-eaglais fhaighinn, ach chaidh breith air an fhear eile 's a chur air falbh 's tha mi cinnteach gun deachaidh a chur air eilean neo air àit' iomallach air choireiginn. Agus chaidh cur mu dheidhinn féisde mhór agus bainis a dheanamh. 'S nuair a chaidh an gnothach bha seo a chur air saod theich am buachaille; thog e rith' 's ghabh e suas a dh'ionnsaigh na lobhtadh agus bha gnothaichean ann a'sin a fhuair e, tha mi cinnteach, bho mhàthair nam fuamhairichean agus chuir e e-fhéin ann an éideadh gu math grinn agus thànaig e anuas. Bha e 'n deaghaidh a cheann a chìreadh 's bha cìr aige 's nuair a chìreadh e a cheann leath' bhiodh a ghruaig air dath an òir. Agus tha mi creidsinn nach fhaca an rìgh riamh a leithid do dhuine eireachdail 'na rìoghachd fhéin neo ann an rìoghachd sam bith a shiubhail e oirre. 'S chaidh a'bhainis a chur air n-aghaidh agus féasda mhór a dheanamh.

Beagan ùine as a dheoghaidh sin bha Iain mac an Iasgair Mhóir agus a bhean, nighean an rìgh, bha iad a'coiseachd sios taobh na tràghad, gu b'e dé chur ann iad, agus thànaig béist mhór anuas às a'chuan. Thachair gura h-esan a b'fhaisg' air a'chladach agus shluig a'bhéist leath' e. Bha a'bhean òg gu math duilich 's gu math brònach. Cha robh

for having done that, but he would not be excused for coming before the king without removing his headgear. So he was asked to take off the cap on his head. She asked why he wore the cap, and he replied that there was a wound at the top of his head and that was the reason. She told him to remove it and when he did they examined him and the little wound was there on top of his head. She spread out her handkerchief and out of its corner she took the piece of skin and flesh and hair, and when she put it back in its proper place it fitted so well that no one would know from looking at it that it had ever been removed.

"But why," she said, "are you wearing a finger-stall on your hand?"

"That's where the tip of my little finger is missing."

"Then take off the finger-stall," she said.

The covering was removed from his hand and she spread out her handkerchief and from the other corner she took out the piece that was there. That piece was put on the end of his little finger and it fitted so well that no one would know that it had ever been removed.

"Here you have the knight," she said, "who rescued me from the monster."

Meanwhile the cowardly warrior was going around shouting, calling for a clergyman to be fetched, but he was seized and sent away, and I'm sure he was banished to an island or some other remote place. It was decided to hold a big feast and a wedding, and when things were underway the cowherd left in haste; he took off up to the loft where there were things that he had obtained, I'm certain, from the giants' mother, so he clothed himself in his most elegant apparel and came back down. He had combed his hair with his special comb; when he used it his hair turned the colour of gold. I believe the king had never before seen such a handsome man in his own kingdom or in any other that he had travelled over. So the wedding was preformed and a great feast was held.

A short time after that Iain son of the Big Fisherman and his wife, the princess, were walking down along the beach, whatever had brought them there, and a great monster came up out of the sea. It happened that he, Iain, was closest to the shore, and the monster swallowed him up and took him away. The young wife was very distressed and sorrowful.

fios aice dé dheanadh i agus chaidh i gu seann duine – fear-comhairle fìor-ghlic a bh'anns a'cheàrnaidh – feuch am faigheadh e amach bhuaithesan gu dé ghabhadh deanamh. Dh'inns' i mar a thachair agus thuirt e nach fhaigheadh i cothram ma dh'fhaoidte air fhaighinn ach air aon dòigh, nan oibricheadh sin: a dh'fhaighinn a h-uile seòrsa flùr bu bhriagha 's a b'eireachdail a b'urrainn dhi fhaotainn, agus tha mi cinnteach seudan eile còmhla ris a'sin, agus an toir' sios a dh'ionnsaigh a'chladaich agus an sgaoileadh 'nan sreathan gu h-àrd air an tràigh. Agus nuair a thigeadh a'bhéist an àirde 's i ag iarraidh pàirt dhen eireachdas a bha sin, a chantail rith' gu faodadh i 'm faighinn uile nan sealladh i dhi-se na bha os cionn a'chrios neo os cionn na cruachainn aig a companach. Agus ma dh'fhaoidte, thuirt esan, gu rachadh aige fhéin air tighinn às a'sin.

Seo an rud a rinn i. Bha e shios air a'chladach a'cur nam flùran 's nan nithean a bha seo ann an òrdadh agus thànaig a'bhéist anuas gu iomall na tràghad agus dh'fhoighneachd i an tugadh i dhi pàirt dhe na flùran agus dhen eireachdas bha sin. O, thuirt e gun tugadh e dhi uil' iad nan sealladh i dhi na bha os cionn na cruachainn' dhe a companach agus nuair a rinn i sin fhuair esan tighinn gu tìr. Agus cha robh aig a'bhéist ach na gnothaichean a bh'ann a thoirt leath' neo 'm fàgail.

Ach co-dhiubh bha iad a'coiseachd sios taobh na tràghad agus bha iad cho toilichte le chéile mar a thachair agus gu dé thachair ach gura h-ise bha amach air an taobh a b'fhaisge a dh'iomall na tràghad agus thànaig a'bhéist anuas agus chaidh ise a shluigsinn leatha. Bha esan na bu mhiosa dhe na bha e riamh an uair sn, agus b'fheudar dha falbh a dh'fhaicinn duine seòlta air air choireigin feuch gu dé ghabhadh deanamh. Chaidh e far an robh duine fìor fhiosrach anns a'cheàrn agus dh'innis' e dha mar a thachair.

"An dà," ors' esan, "chan eil an gnothach furasd' idir. Ma dh'fhaoidte," ors' esan, "gun gabhadh e deanamh. Ach chan eil ann ach ma dh'fhaoidte. Chaidh thusa ghealltainn dhan mhaighdean-mhara agus dh'fheumte an gealltainn sin a chomh-lìonadh. Chan eil ach aon dòigh," ors' esan, "air an gabh e seachnadh: 's e nam faigheadh tu anam na béisteadh agus cur às dhi."

" 'S gu dé mar a ghabhas sin fhaotainn?"

"An dà," ors' esan, "chan eil sin furasda. Tha reithe fiadhaich gu h-àrd air mullach Beinn Sheilg, agus tha lach' am broinn a'reithe, agus tha an t-ubh an broinn na lach' agus 's ann am broinn an ubh a tha anam na béist. Agus gun sin fhaighinn," ors' esan, "chan fhaigh thu cuibhteas e gu bràch. Ach ma gheobh thu an t-ubh," ors' esan, "cuir an t-ubh air leac

She did not know what to do, so she went to and old man – a truly wise counsellor in the region – to see if she could learn from him what could be done. She recounted what had happened and he said that she might not have a chance to get him back except by one means, if indeed it would work: by collecting the finest and prettiest flowers of all kinds that she could find, and other bright ornaments along with them, I'm sure, and taking them down to the shore and spreading them in rows high up on the beach. And when the beast came, asking for a share of that finery, she was to tell it that it could have it all if it would show her what was above the belt or above the hip of its companion. And maybe, he said, he would be able to escape from there.

So that's what she did. She was down on the shore putting the flowers and other things in order and the monster came up to the edge of the beach and asked her whether she would give it part of the flowers and the finery that was there. O, she said she would give it all of them if it would let her see what was above the belt or the hip of its companion. And when it did that, Iain managed to reach land, and all the monster could do was to take the things or leave them.

Anyway they were walking once more along the beach below, both of them so pleased with what had passed, and what happened but that she was on the outside closest to the edge of the beach and the beast returned and swallowed her. Iain was worse off than ever, and he had to go and see some clever man to find out what could be done. He went to a truly knowledgeable man in the region and told him what had happened.

"Well," the man replied, "that is no easy matter. Maybe it can be done, but only maybe. You were promised to the sea-maiden and that promise had to be honoured. There is only one means by which it can be avoided: if you should get the monster's soul and do away with it."

"And how can its soul be obtained?

"Well," said the man, "it's no easy task. There is a wild ram high up on the summit of Ben Sheilg, and there is a wild duck in the ram's belly, and an egg is in the wild duck's belly and inside the egg is the monster's soul. And unless you get that," he said, "you'll never be free of of the monster. But if you get the egg, place it on a flat rock

air oir a'chladaich agus do chas air an ubh agus bi a'leigeadh cudthrom air an ubh.. Agus nuair a thig a'bhéist an àirde 's a dh'éibheas i dhut, 'Fàg m'anam, fàg m'anam,' can 'Chan fhàg mura lig thu dhomhs' fhaicinn na bheil os cionn a'chrios dhen bhana-chompanach'. Agus nuair a gheobh thu do bhana-chompanach cuibhteas a'bheist spleuchdaidh tu an t-ubh agus bidh tu an uair sin sàbhailte."

Ach co-dhiubh dh'fhalbh esan dhan bheinn ach cha mhór am feum a dheanadh sin dha. Bha an reithe fiadhaich cho luath 's nuair a biodh esan air an darna beinn bhiodh am beathach fiadhaich air a'bheinn eile. Ach smaointich e an seo nam biodh an Cù Ciar aige gu robh e luath gu leòr airson a bhith a'bhreith air a'reithe. Agus cha bu luaith' a smaointich e air a'chù na thànaig an Cù Ciar agus ghabh e as deaghaidh a'reithe agus cha robh e fada gus na rug e air. Cha bu luaith' a rug e air a'reithe na amach às a bheul a thànaig a lach' agus thog i rithe. Bha e a nist na bu mhiosa dhe na b'àbhaist, ach smaointich e nam biodh an t-Seabhag Chrom Liath an seo gum beireadh e air a'lach. Smaointich e oirr' 's thànaig i agus as deaghaidh na lach' a thug i agus cha robh e glé fhada gus an d'fhuair i a h-ìnean a chur an sàs anns a'lach'. Ach ma fhuair, bha iad cho faisg air oir an loch anns an àm agus dh'fhalbh an t-ubh às a'lach' agus sios a ghabh e dhan uisge agus thug e grunnd a'loch' air. Bha Iain Mac an Iasgair Mhóir cho dona dhe 's bha e roimhe. Ach smaointich e an sin nam biodh an Dòbhran Donn an seo gu faigheadh an Dòbhran Donn an t-ubh dhasan. Thànaig an Dòbhran Donn agus dh'fhoighneachd e dha,

"Gu dé," ors' esan, "an cuideachadh bu mhath leat fhaighinn bhuamsa?"

"Bu mhath," ors' esan, "gu faigheadh tu an t-ubh ann an grunnd a'loch'."

Sios a ghabh an Dòbhran Donn agus cha robh glé fhada gus an robh e am bàrr an uisge agus an t-ubh 'na bheul. Ghlac Iain Mac an Iasgair Mhóir an t-ubh agus chuir e 'n t-ubh air leac agus a chas air a mhuin. Thoisich e air leigeil cudthrom air an ubh agus dh'éirich a'bhéist an oir a'chuain agus thuirt i,

"Fàg m'anam. Fàg m'anam."

"Chan fhàg," ors' esan, "gus an lig thu dhomh fhaicinn na bheil os cionn a'chrios dhen bhana-chompanach."

"Nì mi sin," ors' ise, agus lig e anuas na bha os cionn a'chrios dhen bhana-chompanach agus amach a thug ise à beul na béisteadh. Bha i air oir na tràghad agus mun d'fhuair a'bheist gluasad dh'a h-ionnsaigh spleuchd esan an t-ubh f'a chois agus thuit i 'na closaich sios marbh do ghrunnd a'loch'.

at the edge of the shore with your foot resting on top of it, and apply your weight to it. And when the monster rises up and calls to you, 'Spare my soul, spare my soul,' say, 'I will not, unless you let me see what is above the belt of your female companion.' And when you get her clear of the beast you can crush the egg and then you will be safe."

So he departed for the mountain, but doing so was not much use to him. The wild ram was so swift that when Iain was on one mountain that untamed animal would be on another. But then he thought to himself if only he had the Dusky Hound it would be swift enough to catch the ram. No sooner had he thought of it than the Dusky Hound arrived, and it took off after the ram and caught it in no time. No sooner was the ram caught than out of its mouth came the wild duck, which took off. Now Iain was worse off than ever, but he thought if only the Grey Hooked Hawk were here, that she could catch the wild duck. He thought of her and she came to him. Off after the wild duck she went, and it was not long before she managed to fix her talons on it. But if she did, by then they were so close to the edge of the loch that when the egg fell out of the wild duck, down it went into the water and straight to the bottom of the loch. Iain son of the Big Fisherman was as badly off as before, but he thought if the Brown Otter were there, that it could fetch the egg for him. The Brown Otter came to him and asked him,

"What help do you wish to have from me?"

"I would like," he said, "for you to get the egg at the bottom of the loch."

Down went the Brown Otter and it was not long before it was on the surface with the egg in its mouth. Iain son of the Big Fisherman seized hold of the egg, put it on a flat rock, and rested his foot on it. He began applying pressure to the egg and the beast emerged at the ocean shore saying,

"Spare my soul, spare my soul."

"I will not," he said, "until you let me see what is above the belt of the woman that is with you."

"I'll do that," said the monster, so it exposed what was above the belt of its female companion and she was out of the monster's mouth and on the water's edge. Before the monster had a chance to move toward her, Iain crushed the egg under his foot and the beast sank, a dead carcass, to the bottom of the loch.

Thill iad an uair sin dhachaidh gu taigh a'rìgh agus bha gnothaichean gu math aighearach, toilichte. Ach co-dhiubh thuirt a rìgh gu robh esan air fàs cho sean a nist airson a bhith a'gabhail curam dhe na gnothaichean 's a'siubhal mun cuairt air feadh na rìoghachd, agus thuirt e ri Iain Mac an Iasgair Mhór,

" 'S fheàrr dhut," ors' esan, "thu fhéin a ghabail cùram a null a nist dhen rìoghachd air fad. Tha mise a'dol a dh'fhuireach 'nam thàmh ann a'seo gun an còrr 'ga dheanamh."

Bha sin ceart gu leòr, agus nuair a fhuair e na gnothaichean air an suidheachadh chuir Iain fios dhachaidh air athair agus air a mhàthair airson iad fhéin a dh'fhuireach còmhla riu' air a'rìoghachd, agus chuir e fios air a dhithist bhràithrean. Agus nuair a thànaig iad sin chuir e iad 'nam fir-riaghlaidh: fear dhiubh air ceann an ear na rìoghachd agus fear eile air ceann an iar na rìoghachd.

Agus sin agaibh an sgeulachd mar a fhuair mise i air Mac an lasgair Mhóir.

On their return to the king's dwelling there was great happiness and good cheer. The king declared that he had grown too old to remain in charge of various matters and travelling throughout the kingdom, so he said to Iain the Big Fisherman's son,

"You yourself had better take care of the entire kingdom from now on. I'm going to retire and stay here without doing anything more."

That was all right, and when Iain had settled his affairs he sent home for his father and mother to come and live with them in the kingdom. He sent for his two brothers as well, and when they arrived there he appointed them governors: one over the eastern end of the kingdom and the other over the western end.

And there you have the tale, as I heard it, of the Big Fisherman's son.

2 Am Fear a Fhuair Paidhir Bhròg an Asgaidh

Bha fear eiginn an Abhainn a Tuath aon uair agus bha e dol a Bhadaig. Cha robh stòraichean bhos an taobh-sa 'n uairsin agus bhiodh iad an còmhnaidh a'dol a Bhadaig a cheannach rud a bha a dhìth orra. Agus latha bha seo thuirt e ri bhean gu robh e dol a Bhadaig; gu feumadh e paidhir bhrògan a cheannach. Uill, thuirt a bhean ris an duine seo gum bu chòir dha a chasan a nighe mus deidheadh e a Bhadaig a cheannach bhrògan. A uill, cha robh e glé dheònach air a bhith nigh' a chasan co-dhiubh, ach, uill, rinn e beagan nighe air té dhe chasan agus cha d'rinn e *job* glé mhath oirre.

Co-dhiubh rànaig e Badaig 's chaidh e a stòr am Badaig a dh'iarraidh nam brògan. Co-dhiubh nuair a thug e dheth a'bhòt a bh'air – 's e bòtainnean a bh'air: tharraing e a bhòt dheth – thànaig an t-sogais amach còmhla ris a'bhòtainn, agus 's e seo a'chas a bha e air feuchainn ri nighe. Ach cha d'rinn e *job* glé mhath oirre. Thuirt an ceannaiche ris,

"A, uill, uill, uill. Tha do chas uamhasach salach."

"O, chan eil," ars eisean. "Nigh mi mo chasan a raoir."

"A uill," ars' an ceannaiche ris, "ma gheobh thu cas eile cho salach ris a'chas sin am Badaig bheir mi dhut na brògan an asgaidh."

"O, uill," ars' eisean, "tha mi creidsinn gun téid agam air sin a dheanamh."

'S tharraing e a'bhòt 's an t-sogais far a'chas eile 's, uill, cha do nigh e a'chas eil' idir.

Fhuair e na brògan an asgaidh.

2 The Man Who Got a Pair of Shoes for Free

There was a man from North River who was going to Baddeck. Now there were no stores over here in those days, so they always used to go to Baddeck to buy whatever they required. So one day the man told his wife that he was setting out for Baddeck; that he had to buy a pair of shoes. His wife told him that he should wash his feet before he set out for Baddeck to buy shoes. Well, he wasn't very partial to washing his feet in any case, but he gave one of them a quick once-over without making a very good job if it.

Eventually he arrived at Baddeck and went to a store for some shoes. When he took off his boot – he was wearing boots and he pulled one off – the sock came off along with it. Now this happened to be the foot that he had been trying to wash without making a very good job of it. The salesman said to him,

"Oh well, well, well. Your foot is filthy."

"Oh no it isn't," replied the man, "I washed my feet last night."

"Well," said the storekeeper to him, "if you can find another foot as dirty as that in Baddeck I will give you the shoes for free."

"Oh well," replied the man, "I think that I can manage that."

So he pulled the boot and the sock off the other foot and, well, he hadn't washed that foot at all.

So he got the shoes for free.

3 Na Beanntaichean Gorma

Bha triùir anns an arm – triùir shaighdearan. Bha Gall agus Gàidheal agus Éireannach, agus bha iad 'nan companaich a bha glé chàirdeil. Agus tha mi cinnteach gur e cùis neònach bhiodh ann gum biodh Gall agus Gàidheal cho mór sin aig a chéile. Thachair dhaibh a bhith anns an arm agus tha mi cinnteach nuair a tha feadhainn 'san aon suidheachadh gum bi iad a'falbh car air a réir.

Ach rinn iad suas 'nan inntinne gura h-ann a theicheadh iad as an arm, agus nuair a fhuair iad an cothrom, thog iad rithe. Agus b'fheudar dhaibh an uair sin, nuair a fhuair iad teicheadh, fuireach fo choill' mun rachadh an glachadh. Agus bhiodh iad a'siubhal mu chuairt air an socair air fheadh na coilleadh, agus tha mi creidsinn gu robh iad gu math gann do bhiadh aig amannan. Ma dh'fhaoidte gum biodh cnothan neo dearcan neo measan beaga ri faotainn, ach cha robh an còrr biadh ann an dùil ri faotainn. Agus 's e 's dòcha, ged a gheobhadh iad iasg neo sian nach b'urrainn dhaibh a bhruich a thaobh gu faicte toit. Ach co-dhiubh bha iad a'falbh as an ànradh a bha sin agus air eagal nam béistean fiadhaich a bhiodh air làr, dh'fheumadh iad a bhith cadal 'sna craobhan. Nuair a thigeadh an oidhch' bhiodh iad a'streap suas ann an craobhan àrd' agus 'gan socrachadh fhéin shuas am measg nam meoghlan ann a'sin agus a'deanamh seòrsa do chadal.

Ach thachair air madainn a dhùisg fear dhiubh – tha mi smaointinn gura h-e an Gall a dhùisg – agus chunnaic e caisteal, O, fad às air mullach beinn, agus theàrainn e anuas às a'chraoibh. Agus leis an ànradh agus leis na bha iad air fhulang do dh'acras 'san dol mu chuairt, tha mi cinnteach gu robh iad air fàs car caoin-suarach mu dheoghainn companachas agus mu dheoghainn a chéile 's cha do dh'fhuirich e ri innse gu fac' e sian neo gu robh e falbh, ach togail rithe. Co-dhiubh dh'fhalbh e 's bha e fad a'latha a'siubhal, agus mu dheireadh ann an dorchadh na h-oidhcheadh rànaig e an caisteal a bha seo. Agus nuair a rànaig e bha coltas air a'chaisteal a bhith dùinte, falamh. Bha e 'na sheasamh aig an dorust, agus e smaointinn gura truagh an t-astar a rinn e ma bha an t-àite seo falamh

3 The Blue Mountains

There were three soldiers, a Lowlander, a Gael, and an Irishman, who were comrades in the army and close friends. Now I'm sure it would be a strange thing to see a Lowlander and a Gael so friendly, but as it happened they were in the army and I'm sure when people find themselves in the same situation they adjust to it.

But they decided that they would desert from the army, so when they saw their chance they took off. And once they had managed to desert they had to hide in the woods lest they be caught. So they were walking around through the forest taking it easy and I believe that they were quite short of food at times. Perhaps there were nuts or berries or small wild fruits, but they couldn't expect to find other food. And even if they should catch a fish or something else they couldn't cook it because the smoke would be seen. So there they were wandering around faced by those hardships, and for fear of the wild beasts that were on the ground they had to sleep up in the trees. When nightfall came they would climb up into the tall trees, settling down amongst the branches, and there they would get some sort of sleep.

But on a certain morning when one of them awoke – I believe it was the Lowlander – he spied a castle far away on the top of a mountain, and down he came out of the tree. And with the hardship and all that they were suffering from hunger as they went around the forest, I'm certain that they had grown indifferent to their comradeship and to each other, so he didn't stay to tell his companions that he had seen anything or that he was going; he just left. So he set out and walked all day, and finally as the evening darkened he reached the castle. When he arrived the castle seemed to be closed up and vacant. He stood at the door contemplating his misfortune at having come all this distance to a place that was empty,

agus chual' e fuaim gu h-àrd mar gum bite togail uinneag agus sheall e suas agus bha boireannach òg ann a'sin, agus dh'iarr i air an dorust fhosgladh is tighinn astaigh, agus chaidh e astaigh.

"Tha mi creidsinn," ors' ise, "gu bheil an t-acras ort."

Thuirt e gu robh agus thug i dha biadh. Agus,

"Tha mi creidsinn," ors' ise, "gu bheil thu sgìth. 'S fheàrr dhut a dhol astaigh dhan t-seòmbar agus cadal."

Agus 's e sin a rinn e. Ghabh e astaigh dhan t-seòmbar. Agus fàgaidh sinn a nist am fear sin anns an t-seòmbar far a bheil e gu ùin' eile.

A co-dhiubh, dh'ionndrainnich a chompanaich e – 'gan dìth – ach O, cha d'rinn e ach dol taobh air choireiginn 's nuair a thànaig cromadh na h-oidhch' orra, dhìrich iad suas ann an craobhan mar a b'àbhaist dhaibh bhith deanamh. Agus gu dé thachair, ach gun deach an t-Albannach suas anns a'chraoibh as na chaidil an Gall an oidhche roimhe sin. Agus nuair a dhùisg esan tràth 'sa mhadainn thug e sùil agus chunnaic e caisteal shuas air mullach beinn agus rinn e amach gu robh a'bheinn sin gu math fad air falbh. Ach theàrainn e anuas às a'chraoibh, agus mar a bha an t-ànradh agus an gnothach air a dhol, cha robh còrr suim do shian ach teicheadh suas dh'ionnsaigh a'chaisteil ann an dòchas gu faigheadh e biadh is deoch. Thog e rithe agus feasgar anmoch rànaig e 'n caisteal. Agus mar a fhuair a'cheud fhear an caisteal, bha e air an achd cheunda: coltas gu robh an t-àite falamh. Ach nuair a bha e 'n imis tilleadh mun cuairt chual' e bhith fosgladh uinneag agus bha boireannach 'na seasamh aig an uinneig agus dh'iarr i air an dorust fhosgladh agus 's tighinn astaigh. Sin a rinn e – ghabh e astaigh – agus,

"Tha mi creidsinn," ors' ise, "gu bheil thu riatanach air biadh."

O, thuirt e gu robh. Thug i dha biadh agus,

"Tha mi creidsinn," ors' ise, "gu bheil thu sgìth agus gu bheil thu airson dol a chadal."

Bha. Bha e sin. Agus ghabh e astaigh dhan t-seòmbar a chadal. Nist, fàgaidh mi a'fear sin anns an t-seòmbar agus tillidh sinn air n-ais.

Agus nuair a ruigeas sinn far an robh an t-Éireannach, bha e dol mun cuairt air feadh na coilleadh mar sin ré a'latha agus dh'amais nuair a bha an oidhche a'cromadh air gun deach e a dh'ionnsaigh na ceart chraobh anns na chaidil a dhithist chompanach. Agus dhìrich e suas anns a'chraoibh bha sin agus chaidil e. Agus nuair thànaig a'latha, dhùisg e agus sheall e thuige 's bhuaidhe 's chunnaig e 'n caisteal mór, geal a bha seo shuas air mullach beinn. Theàrainn e anuas às a'chraoibh 's bha e leis fhéin 'san àm co-dhiubh 's thog e rithe – rinn e air a'chaisteal. Agus glé anmoch 'san fheasgar rànaig e 'n caisteal. Agus

and he heard a sound up above as if a window were being raised. When he looked up there was a young woman there, and she asked him to open the door and come inside, so in he went.

"I'm sure you are hungry," said she.

He replied that he was and she gave him food.

"I believe that you are tired also," she added. "You had better go into the room and sleep."

So that's what he did. He went in to the room, and now we'll leave him there where he is until later.

His comrades missed him and thought that he had only wandered off somewhere or other and when night-time approached they climbed up in the trees as was their habit. And it happened that the Gael went up into the tree in which the Lowlander had slept the night before. Early in the morning when he awoke what did he see but a castle on top of a mountain, and he estimated that the mountain was a long distance away. He came down out of the tree and with the hardship and what had gone before, his only thought was to flee up to the castle in hopes that he would find food and drink there. So he set out and late in the evening he arrived at the castle and just as the first soldier had found the castle, it was the same for the him: the castle seemed to be empty. But just as he was about to turn back he heard a window opening and there was a woman standing at the window and she asked him to open the door and come inside. That's what he did – he entered – and,

"I believe that you need food," she said.

Oh, he said he did. She gave him food and,

"I believe you are tired and want to sleep," she said.

Yes indeed he did. So he went into the room to sleep. Now I'll leave this one, too, there in the room and we'll return to the forest.

Returning to the Irishman, he was wandering around the forest all day and as it happened as night was about to fall he went to the same tree in which his two friends had slept. He climbed the tree and fell asleep, and when day dawned he awoke and looked around and there he saw the same large white castle on top of a mountain. Down he came out of the tree and being on his own then he started out in the direction of the castle. He arrived there very late in the evening

fhuair e mar a fhuair càcha: an caisteal air a'choltas a bhith falamh. Ach nuair a bha e 'na sheasamh aig an dorust, chual' e fuaim bhith fosgladh uinneag 's choimhead e suas agus bha boireannach òg ann a'sin 's dh'iarr i air tighinn astaigh dhan chaisteal agus choisich e astaigh. Agus b'e sin an caisteal anns a robh an t-eireachdas agus a'rìomhachd: bha cùirteinean do shìoda 's do shròl an crochadh mu chuairt ann agus ailbheagan do dh'òr a bha gu boillsgeach an ceangal riuth'. Agus shuidhich i bòrd:

"Tha mi cinnteach," ors' ise, "gu bheil an t-acras ort."

"Chan ith mise biadh," ors' esan, " 's chan òl mi deoch gus am faigh mi amach," ors' esan, "có thusa, na có às a thànaig thu na gu dé chuir a'seo thu."

Agus thug i sùil air.

"Mo bheannachd ort," ors' ise, "a laochain. 'S tu a'cheud aon," ors' ise, "a chuir na ceistean sin orm bhon a thànaig mi 'n seo. Agus," ors' ise, "tha mis' an seo sia bliadhn' deug agus 's e nighean rìgh a th'annam agus tha mi fo gheasaibh. Agus chan fhaigh mi cuidhteas na geasaibh sin gu sìorraidh gus an tig cuideiginn a dh'fhuasgaileas iad."

" 'S eadh," ors' esan, " 's gu dé a nist na geasan a bhiodh a'sin?"

"Tha mi," ors' ise, "ann am mór-bharail gura tus' an duine a dh'fhuasgaileas na geasan."

"Nach eil toil a'm," ors' esan, "a chluinntinn."

"Ma tha," ors' ise, "innsidh mi sin dhut. Ach an toiseach," ors' ise, " 's fheudar dhomh innse dhut ge b'e dh'fhuasgaileas mise bho na geasaibh, gu faigh e leth rìoghachd m'athar fhad 's a bhios m'athair beò, agus a'rìoghachd gu léir air a bhàs. Agus ma's roghainnniche leis," ors' ise, "mise air làimh gus a phòsadh."

" 'S mór an duais e," ors' esan. "Ma dh'fhaoidte," ors' esan, "gura mise do ghille."

"Ma tha," ors' ise, "am fear a bheir mise bho na geasaibh, bidh aig', "ors' ise. "ri dhol bho dheich uairean gu meadhon oidhche astaigh anns an t-seòmbar bheag ud," ors' ise, "agus luchd a'tighinn astaigh a chur cath ris agus 'ga riasladh."

Agus co-dhiubh, thuirt e gu feuchadh esan sin. Agus nuair a ghabh e a bhiadh agus bha cùisean seachad thug e dha pìob agus tombaca. Chaidh e astaigh dhan t-seòmbar, ach aig deich uairean thòisicheadh air bualadh an doruist agus air éibheachd dha an dorust fhosgladh.

"O, chan fhosgail mi idir e," ors' esan.

Ach mar thuirt esan nach fhosgladh chaidh an dorust a bhristeadh anuas 'na sgealban mar an tuirt iad m'a cheann agus astaigh a ghabh an

and he found things as the others had: the castle seemed to be empty. But as he stood at the door he heard the sound of a window opening and looked up and there was a young woman and she asked him to come inside to the castle and he entered. Now that was indeed a castle, filled with elegant and beautiful things: there were curtains of silk and satin hanging here and there, with gleaming gold rings attached. The woman set the table:

"I'm sure that you are hungry," she said.

"I'll take no food or drink until I find out," said he, "who you are, where you've come from, and what has brought you here."

The woman regarded him.

"Bless you, my fine fellow," she said, "You are the first one to ask me those questions since I came here. I have been here for sixteen years and I am a king's daughter under spells. I will never be free of those spells until somebody comes who can release me from them."

"Yes indeed. And what would those spells be?" said he.

"I'm very confident that you are the man who can lift them lift the spells," said she.

"I would certainly like to hear what they are," he replied.

"Well I'll tell you," she replied. "But first I must tell you that whoever releases me from the spells will receive half of my father's kingdom while he lives and the entire kingdom upon his death, and if he so chooses," she said, "my hand and marriage."

"That is a great prize indeed. Maybe I'm your man," said the Irishman.

"Whoever rescues me from the spells," she continued, "must go into that little room there from ten o'clock to midnight, and there will be people coming in to assult and torture him."

The Irishman said that he would attempt it. So when he had eaten and everything else was ready she gave him a pipe and some tobacco. He went into the room and at ten o'clock he heard pounding on the door and people shouting at him to open up.

"No, I won't open it at all," he said.

But just as he refused to open it, the door was broken down

fheadhainn a bha sin. Agus lig iad air 'ga shadadh 's 'ga bhualadh 's 'ga bhreabadh 's cur an glùinean air. 'S bha iad ris an iorram sin air gus na ghairm an coileach aig meadhon oidhche, agus thog iad rithe. Bha esan 'na laighe air an ùrlar ann a'sin agus bha e gu math fad air ais: cha robh cus air bharrachd 's a bhith beò.

Bha e ann a'sin gu madainn agus anns a'mhadainn thànaig nighean a'rìgh dhan t-seòmbar agus fhuair i esan 'na shìneadh air làr. 'S thug i botul beag às a pòcaid agus thug i an còmhdach far mullach a'bhotuil 's chuir i sin ri shròin agus theann e ri tighinn beò agus dhòirt i na bha 'sa bhotul bha sin air agus dh'éirich e 'na sheasamh 's bha e cho ùr-chreuchdach 's a bha e riamh.

Bha e smaointinn an uair sin gum bu ghòrach dha a bhith ri a leithid seo idir, an deaghaidh a'riasladh a fhuair e. Ach smaoinich e 'n sin bhon a bha e deònach gabhail os làimh bho thoiseach gu feuchadh e turus eile. Ach air an oidhche sin aig deich uairean chaidh bualadh as an dorust agus iarraidh air an dorust fhosgladh. O, thuirt e nach fosgladh esan an dorust idir, 's bhristeadh an dorust anuas 'na sgealban m'a cheann agus mu choinneimh gach aon a thànaig astaigh air an oidhche roimhe sin bha triùir mu choinneimh an aonfhear air an oidhche seo. Dh'fhàg sin gu math pailt iad agus thòisich iad air a thilgeadh suas os an cionn 's air a thilgeadh mu chuairt air feadh an t-seòmbar 's greis 'ga stampadh 's greis 'ga bhreabadh agus 'ga riasladh anns gach dòigh. Agus aig meadhon oidhche nuair a ghairm an coileach thog iad rithe 's dh'fhàg iad 'na shìneadh air an ùrlar e. 'S O, bha an deò ann – dh'aithnigheadh tu gu robh an deò ann – ach cha robh an còrr air.

Ach nuair a thànaig a'mhadainn thànaig nighean a'rìgh astaigh agus chunnaic i co-dhiubh gu robh an deò ann agus fhuair i 'm botul agus thug i 'm botul às a pòcaid agus thòisich i air a'stuth a bh'as a'bhotul a chrathadh air. Agus ann an ceann tiotadh dh'éirich e 'na sheasamh agus bha e cho ùr-chreuchdach 's a bha e riamh. Ach thuirt e gun deanadh siod gu leòr dhen obair ud: nach robh esan a'dol bhith ris an obair ud tuilleadh – gu robh gu leòr a'sin dhen amaideachd ud. Agus thuirt i ris,

"Feuch," ors' ise, "turus eile," ors' ise. "Cuimhnich," ors' ise, "air an duais a bhios a gheall ort ma bheir thu mise bho na geasaibh."

O, smaointich e an uair sin cho dona 's gu robh a'chùis gu feuchadh e. Agus nuair a bha iad dol dhan t-seòmbar,

"Cuimhnich," ors' ise, "ma bhios iteag dhen bheatha 'nad chom nuair a thig a'mhadainn, théid agam-s' air do thoirt beò gum bi thu cho fallain, slàn 's a bha thu roimhe."

into splinters about his head, as they say, and in they came. They started beating him and kicking him and throwing him around and giving him blows with their knees, and they kept working him over that way until the cock crowed at midnight, and then they left him lying there on the floor in a very bad state: just barely alive.

He was there until morning, and when morning dawned the princess came into the room and found him stretched out on the floor. She took a small bottle from her pocket, removed the cap from its top and put it under his nose, and he began to come around. Then she poured the contents of the bottle over him and he arose and stood up as sound and healthy as ever.

He thought it would be folly for him to endure this again after the going-over he had experienced. But then he thought again – since he had been willing to attempt it in the first place – that he would give it one more try. So that night at ten o'clock there was a pounding on the door and demands to open it. Oh, he said that he wouldn't open the door at all, so the door was broken down into splinters about his head and for every one who had entered the night before, this night there were three. That made for a good number, and they started throwing him up in the air and around the room, stamping on him for a while, then kicking him and then working him over every which way. At midnight when the cock crowed they left him stretched out on the floor, still alive – you could recognise there was still life in him – but not much more.

When morning came the princess entered the room and saw that there was still life in him and she got the bottle, took it out of her pocket, and started to shake the contents of the bottle on him. And after a short time he arose to his feet as whole and healthy as ever. But he told her that he had had enough of that kind of work: he did not intend to perform the like again: enough of that foolishness! And she said to him,

"Try just one more time. Remember," said she, "the prize that you have been promised if you deliver me from the spells."

Then he thought to himself, bad as the situation was he would try once more. And as they were going to the room the princess said,

"Now remember, if there is so much as a feather of life left in your body when morning arrives, I can bring you back to life so that you'll be as whole and healthy as you were before."

Ach nuair a bhrist iad an dorust astaigh m'a cheann an oidhche sin bha triùir mu choinneimh a h-uile h-aon a thànaig an oidhche roimhe sin – bha 'n seòmbar air a dhùmhlachadh leoth'. Agus bha iad 'ga phlùcadh 's 'ga shadadh mun cuairt 's a'deanamh gach nì air agus nuair a dh'fhàg iad e aig meadhon oidhche nuair a ghairm an coileach bha e 'na shìneadh air an ùrlar agus cha robh sian idir ann ach gu robh e beò – bha e duilich aithneachadh *gu robh* an deò ann.

Ach co-dhiubh nuair a thànaig ise astaigh dhan t-seòmbar 'sa mhadainn bha e gu math duilich dhi aithneachadh gu robh e beò idir – shaoil leath' gu robh e marbh. Ach dh'aithnich i mu dheireadh eadar feuchainn cuislean 'na làmh agus uchd gu robh an deò fhathast ann, agus chrath i an t-uisge neo ge b'e dé 'n stuth a bh'anns a'bhotul air agus dh'éirich e 'na sheasamh agus bha e cho ùr-chreuchdach 's a bha e roimhe.

Thug i 'n uair sin slatag bheag dhraodhachd dha agus thuirt i ris, aon sam bith a bhuaileadh e leis an t-slataig sin a bha 'nan cadal gun dùisgeadh iad. Agus ors' ise,

"Tha 'n seòmbar ud shios làn do dh'fheadhainn 'nan cadal. Tha fheadhainn ann," ors' ise, "a tha 'nan cadal ann a'sin bho chionn sia bliadhn' deug 's tha iad ann anuas bhon aimsear sin."

Ach co-dhiubh thuirt i ris,

"Tha mise," ors' ise, "a'falbh a nist dhachaidh. Agus bidh mi ann a'seo," ors' ise, "ann an glé bheag do dh'ùine 'gad iarraidhsa le ceithir eich ghlasa a'tarraing carbad, is falbhaidh tu còmhla rium."

"Coma leat," ors' esan, "dhen bhruidhinn sin. Chan fhaoidte bhith gu bheil thu dol 'gam fhàgail," ors' esan, "an deaghaidh a'riasladh agus an t-saothair a fhuair mi," ors' esan, "a'feuchainn ri'd thoirt bho na geasaibh."

Agus thachair as an àm gun do thionndaidh e mun cuairt, agus nuair thionndaidh e a rithist cha robh sgeul air nighean a'rìgh. Bha i air togail rithe.

Tha mi cinnteach gu robh e faireachdainn car duilich 's car brònach agus neònach san àm, agus choisich e a null agus nuair a bha e dol a shuidhe dh'fhosgail an dorust agus thànaig balach beag astaigh.

"Có thusa?" ors' an t-Éireannach.

" 'S mis'," ors' esan, am balach "a'fear a thànaig a bhruich ur bìdh dhuibh."

"Agus có a dh'iarr ortsa tighinn a'seo?"

"O, dh'iarr," ors' esan, "mo bhana-mhaighstear orm tighinn. Agus bidh i ann a'seo seo 'gad iarraidh fhéin mar a gheall i aig naoidh uairean 'sa mhadainn am màireach."

"Glé cheart," ors' esan.

But on this night when they broke the door down about his head there were three of them for every one that had come the night before. The room was packed with them. They thumped him and threw him around and did everything to him, and when they departed at midnight at the cock's crow there he was lying on the floor just barely alive – in fact it was hard to tell that there *was* any life in him.

In the morning when the princess came into the room it was very difficult for her, too, to see that he was alive at all – at first she thought that he was dead. But at last she saw from taking the pulse in his arm and his body that there was some life left in him yet, and she sprinkled the water or whatever was in the bottle on him and he stood up as whole and healthy as ever.

Then she gave him a small magic wand and said to him that anyone he struck with the wand who was asleep would awaken. She continued,

"The room down there is full of sleeping people. There are people who have been asleep there for sixteen years and have been there from that time."

And she continued,

"I am going to travel home now, and in a very short time I'll be back here to fetch you with four grey horses pulling a carriage, and you will come away with me."

"Don't bother with that kind of talk," replied the Irishman. "It cannot be that you are going to leave me here after all the torture and pain and exertion that I endured trying to deliver you from the spells."

But it happened at that time that he had turned around and when he turned back again there was no sign of the princess. She had left.

I am sure that he felt sorry, sad, and out of place at the time, so he walked over and just as he was about to sit down a door opened and a young lad came in.

"Who are you?" said the Irishman.

"I'm the one who has come to cook your food for you," replied the lad.

"And who asked you to come here?"

"My mistress asked me to," replied the lad. "And she will be here to fetch you as promised at nine tomorrow morning."

Agus bha an sgalag còmhla ris ann a'sin agus tha mi cinnteach nuair a ghabh iad biadh chaidh esan a chadal, agus bha e cho toilichte gu robh ise a'tighinn 'na choinneamh anns a'mhadainn.

Ach co-dhiubh nuair a thànaig a'latha chaidh e amach agus bha e dol a shuidh' anns a'ghàradh gus an tigeadh nighean a'rìgh. Gu dé rinn am balach beag, dona bha seo ach dealg a thoirt às a phòca 's thànaig e anuas air a chùlaibh agus stob e 'n dealg an cùl a'chòta aige agus thuit esan 'na shuain-chadail. Agus bha e ann a'sin 'na chadal trom agus thànaig nighean a'rìgh agus carbad aice agus ceithir eich ghlasa 'ga tharraing. Agus dh'fhoighneachd i dhen ghille,

"C'àite bheil do mhaighstear?"

"Tha e 'na chadal," ors' esan.

"O," ors' ise, "nach dona nach do dh'fhoghainn cadal na h-oidhche dha. Tha mis' a' falbh a nist," ors' ise, "agus bidh mi seo am màireach aig naoidh uairean. Agus mur a bi e 'na dhùsgadh an uair sin airson falbh còmhla rium cha tig mise seo tuilleadh."

Ach co-dhiubh an deaghaidh dhi falbh thug esan an dealg à cùl a'chòta aig an Éireannach agus dhùisg e.

"Robh nighean a'rìgh a'seo?" ors' esan.

"O bha," ors' am balach. "Bha i ann a'seo agus dh'fhalbh i."

"Nach truagh," ors' esan, "nach do dh'fhuirich mi 'nam dhùsgadh," ors' esan. "Gu dé idir a thachair dhomh?"

Thuirt am balach,

"Bi seo am màireach aig naoidh uairean agus chì thu i. 'S mura faic," ors' esan, "cha bhi i tilleadh a'seo tuilleadh."

Co-dhiubh chaidh esan a chadal tràth an oidhche sin – gu math tràth air dòigh 's gum bitheadh a leòir cadail aige seachad mus tigeadh a'latha 's gum biodh e deiseil, ùr 'na dhùsgadh nuair a thigeadh i. Agus sin mar a bha, ach nuair bha an t-àm faisg air gus am biodh ise ri tighinn thànaig an gàrlach anuas air a chùlaibh agus stob e 'n dealg ann an cùl a'chòt' aige mar a b'àbhaist agus thuit esan 'na throm-chadal. Agus ann an tacan beag thànaig ise 's dh'fhoighneachd i dhen bhalach,

"C'àite bheil do mhaighstear?"

"Tha e," ors' esan, " 'na shuain-chadail."

"Nach truagh," ors' ise, "nach fhoghnadh cadal na h-oidhche dha seach a bhith cadal na h-oidhche agus a latha. Ach tha mise falbh," ors' ise, "agus cha till mi seo tuilleadh. Ach seo," ors' ise, "bheir thusa dha an truaill tha seo agus an claidheamh a th'ann, agus bidh mise falbh."

O, thog i rithe agus an ceann tacain thog e an dealg à cùl a'chòta aig an fhear eile agus ghrad-dhùisg e 's dh'fhoighneachd e,

"Very well," said the Irishman.

So the servant remained there with him and I am sure after they had eaten he retired, very pleased that she was coming to meet him in the morning.

But when the day dawned he went outside, intending to sit in the garden until the princess arrived. And what did the wicked little lad do but to take a pin out of his pocket; he came up behind the Irishman and stuck the pin in the back of his coat and the Irishman fell into a deep slumber. There he was, sound alseep when the princess arrived with the carriage pulled by the four grey horses. She asked the lad,

"Where is your master?"

"He is asleep," replied the lad.

"Oh how unfortunate that a night's sleep was not enough for him," said she. "I will leave now and will be here tomorrow at nine o'clock. And if he is not awake then to depart with me I will not return."

Now after she departed the lad removed the pin from the back of the Irishman's coat and he awoke.

"Was the princess here?" he asked.

"Yes she was, but she left," replied the lad.

"It's a shame that I did not remain awake," said the Irishman. "What in the world came over me?"

"Be here tomorrow at nine o'clock," the lad replied, "and you will see her. And if you don't see her then she will not return at all."

The Irishman went to sleep early that night so that he would have plenty of sleep before daybreak and be ready, fresh, and alert when she arrived. And so it was, but as the time of her arrival approached, the little rogue came up behind him and stuck the pin into the back of his coat as before and the Irishman fell into a deep sleep. A short while later the princess arrived and asked the lad,

"Where is your master?"

"He's fast asleep."

"How unfortunate that a night's sleep would not suffice for him instead of sleeping night and day," said she. "I'm going to depart and I will not return again. But here, give him this scabbard with the sword in it, and now I will be going."

So the princess departed and after a while the lad removed the pin from the back of the Irishman's coat and he awoke suddenly and asked,

"Robh nighean a'rìgh a'seo?"

"Bha," ors' esan, an gille. "Bha i seo agus dh'fhalbh i. Ach," ors' esan, "dh'fhàg i 'n claidheamh ann a'seo – an truaill agus an claidheamh agaibh."

"Carson," ors' esan, "nach do dhùisg thu mi nuair a thànaig i seo?"

'S nuair a thug e sùil cha robh duin' ann a fhreagradh a'cheist – bha an gill' air falbh às an t-sealladh.

Ach cha robh an gnothach ach truagh co-dhiubh agus dé bha e dol a dheanamh? Ach smaointich e 'n seo gum biodh e cho math a dhol astaigh dhan t-seòmbar agus tòiseachadh air dùsgadh an fheadhainn a bha 'nan cadal. Chuimhnich a air an t-slataig dhraodhachd a thug nighean a'rìgh dha agus dh'fhosgail e dorust an t-seòmbair 's chaidh e astaigh. Agus gu dé bu mhotha a chuireadh a dh'iaonadh air nuair a chaidh e astaigh seach na bha 'nan suain-chadail ann uile gu léir ach gu robh a dhithist chompanach 'nan cadal anns an t-seòmbar. Agus bhuail e an t-slatag orra fear mu seach 's leum iad 'nan seasamh. Agus ghabh iad fhéin iaonadh nuair chunnaic iad an companach 'na sheasamh cuide riuth'. Ach co-dhiubh choisich iad amach 's dh'fhalbh esan bho dhuine gu duine 's e bualadh na slataig orra, 's mun robh esan réidh 'gan dùsgadh bha iad air dùmhlachadh an doruist 's a'dol amach mar gum bite tighinn amach à talla mór neo eaglais.

Agus nuair a dh'fhalbh iad uile gu léir bha e smaointeachadh gu dé bha e dol a dheanamh; 's ann a dh'fheumadh e a dhol a shiubhal an t-saoghail feuch idir an amaiseadh nighean a'rìgh ris. Agus ghabh e null gu stàball a bha thall an cùl a'chaisteil agus bha eich mhath' anns a'stàball a'sin agus thagh e leis fhéin am fear a b'fheàrr dhe na h-eich a bh'anns a'stàball. Chuir e srian is dìollaid air agus leum e 'na dhìollaid 's amach a thug e a shiubhal an t-saoghail feuch am faigheadh e fios neo forfhais neo am faiceadh e 'n nighean a bha seo.

Agus bha e a'siubhal 's a'siubhal an t-saoghail- bha e còrr mór is dà bhliadhn' a nist a'siubhal – agus cha d'fhuair e fios na iomradh air nighean a'rìgh. Bha e air fàs cho sgìth 's cho coma dhen ghnothach a bh'ann 's e air a chlaoidh eadar mulad agus bha lionn-dugh air cho mór 's mu dheireadh gun tuirt e ris fhéin,

"Tha cho math dhomhsa an saoghal seo fhàgail buileach glan seach a bhith falbh anns an ànradh agus anns an fhulang as a bheil mi."

Agus tharraing e 'n claidheamh às an truaill airson e-fhéin a chur gu crìoch – a shaoghal fhéin a ghiorrachadh buileach glan. Agus nuair a thug e an claidheamh às an truaill thug e 'n aire gu robh sgrìobhadh air

"Was the princess here?"

"Yes," answered the lad. "She was here and she left. But she left a sword here for you – a sword and a scabbard."

"And why did you not awaken me when she came here?" said the Irishman.

But when he looked there was no one to answer the question; the lad had vanished.

It was a sad state of affairs, and what was he to do? But he thought then that he might as well go into the room and begin to revive those who were asleep there. He remembered the magic wand the princess had given him so he opened the door and entered the room, and nothing could have surprised him more as he went in than to find his two friends asleep among all those who were slumbering therein the room. So he struck each of them in turn with the magic wand and they leapt up, astonished to see their old comrade standing there with them. So out they walked and he went from one man to the other striking them with the magic wand and before he had finished waking them they were crowding the door to get out like people leaving a large hall or a church.

When they had all left he began to consider what he would do: he would be obliged to wander through the world to see if he would possibly come across the princess. So he went over to a stable that was behind the castle where there were good horses, and he chose the best horse there. He put a saddle and a bridle on it and leapt it into the saddle and off he went to travel the world too see whether he could find word, rumour, or sight of the princess.

So he wandered and wandered throughout the world – he spent two years and more travelling – and there was neither word nor rumour of the princess. He was becoming so weary and tired of his quest, distressed both by sadness and depression so deep that he finally said to himself,

"It's just as well for me to take leave of this world all together, instead of wandering in the hardship and the suffering that I'm enduring now."

He pulled the sword from the scabbard in order to end his life – to bring it to an end for good – and as he drew the sword from the scabbard he noticed that there was writing on one side of the sword, and he looked more closely and sure enough there was writing

taobh a'chlaidheimh agus choimhead e air gu dlùth agus bha sgrìobhadh air taobh a'chlaidheimh cinnteach gu leòr:

"*Gheobh thu mise anns na Beanntaichean Gorma.*"

Thog seo a mhisneach ged a bha e air fàs sgìth dhen ànradh 's dhen truaigh' a bh'ann agus smaointich e gun toireadh e deuchainn air feuch am faigheadh e nighean a'rìgh. Nam b'urrainn dha faigheann dha na Beanntaichean Gorma tha fios gu robh i ri faotainn.

Agus bha e siubhal 's a'falbh 's a'siubhal agus latha dha na bha e siubhal bha dorchadh na h-oidhcheadh air tuiteam air agus chunnaic e leus beag do sholust ann an taobh bruthaich, agus rinn e cùrsa dìreach air an t-solust a bha sin. Agus nuair a chual' am fear a bh'as a'bhothan bheag as a robh 'n solust a bha sin air boillsgeadh amach thro uinneag bheag, chual' e fuaim aig marcach a'tighinn agus dh'fhosgail e 'n dorust. Sheas e aig an dorust. Ach ors' esan,

"Có thusa, na gu dé chuir a'seo thu? Na có às an tànaig thu?"

" 'S mise," ors' esan, "duine tha siubhal an t-saoghail feuch am faigh mi amach c'àite bheil na Beanntaichean Gorma."

"Matà," ors' esan, an duine, "tha mise seo trì cheud bliadhna, agus cha tànaig," ors' esan, "aon an còir mo thaighe as a leithid seo a dh'ùine 's cha chuala mise riamh guth neo iomradh idir air na Beanntaichean Gorma. Ach thig thus' astaigh," ors' esan, "agus gabhaidh tu biadh agus nì thu tàmh. Fuirghidh tu ann a'seo a nochd còmhla rium. Agus tha leabhar agamsa as a bheil eachdraidh agus cunntais, tha mi smaointinn," ors' esan, "air an t-saoghal gu léir, neo aor a'mhór-chuid dheth co-dhiubh. Agus bidh mi," ors' esan, "a'meamhrachadh 'sa leabhar sin 's a'rannsachadh ma dh'fhaoidte fad na h-oidhch'," ors' esan, "gus am faigh mi amach a bheil sian idir ann mu dheoghainn nam Beanntaichean Gorma."

Agus chaidh an t-Éireannach – nuair a ghabh iad beagan do bhiadh chaidh e gu tàmh agus thòisich a'seann fhear air rannsachadh anns a'leabhar gus an deach e bho thaobh gu taobh dheth mar an tuirt iad. Agus anns a'mhadainn nuair a dhùisg a'saighdear 's a dh'éirich e thuirt a'seann duine ris,

"Gu dubh, dona," ors' esan, "cha robh móran sealbh orm a raoir. Ged thug mi a'mhór-chuid dhen oidhche a'rannsachadh, chan eil," ors' esan, "guth neo iomradh air na Beanntaichean Gorma anns a'leabhar seo. "Ach," ors' esan, "tha bràthair agam a tha fuireach," ors' esan, "mu thuairmeachd naoidh ceud mìle a dh'astar às a'seo. Agus ma dh'fhaoidte," ors' esan, "gum biodh fios aigesan," ors' esan, "gum

on the sword:

"*You will find me in the Blue Mountains.*"

He took courage from this, although he was growing weary of the hardship and the sadness, and he thought that he would once again put things to the test to see if he could find the princess; if he could get to the blue mountains perhaps she could be found there.

So he continued travelling and wandering and travelling, and one day as he was making his way darkness had arrived and he saw a small gleam of light on the side of a slope, and he made straight for it. Now there was a man living in the little hut from which the light had come out through a small window, and when he heard the sound of a rider approaching he opened the door. Standing in the door, he asked,

"Who are you and what has brought you here? Where have you come from?"

"I'm a man who is wandering the world to see if I can find out where the Blue Mountains are," replied the Irishman.

"Well then," said the man, "I have been here for three hundred years, and no one has come to my house in all that time, and I have never heard word or mention of the Blue Mountains. But come in, and you will have some food and rest yourself. You can stay here with me to-night. Now I have a book in which there are histories and accounts, I believe, of the whole world, or most of it anyway. And I'll be studying and researching in the book all night, it's likely, until I find out whether there is anything at all concerning the Blue Mountains."

So when they had had a little to eat the Irishman went to rest and the old man began his inquiries in the book until he had gone from one end of it to the other. And in the morning when the soldier awoke and got up the old man said to him,

"I'm very sorry to tell you that I did not have much luck last night. Although I spent most of the night perusing it, there is no word or mention of the Blue Mountains in this book. But I have a brother who is dwelling approximately nine hundred miles from here. And perhaps he might know;

biodh leabhar aige 's a bheil barrachd eachdraidh agus cunntais 's a tha anns a'leabhar a th'agamsa."

"Bheirinnsa," ors' an t-Éireannach bochd, "còrr mór air latha 's bliadhna mun ruiginn an t-àite tha sin dha'm chois. Tha an t-each a th'agam," ors' esan, "air fàs cho dona mar a tha sibh a'faicinn," ors' esan, " 's gum biodh eagal orm mun rachainn cus do dh'astar leis, gum biodh gu leòr aige gun giùlaineadh e 'n dìollaid."

"O, tha mise faicinn," ors' esan, "gu bheil an t-each agad air fàs glé sgìth agus glé lag. Ach," ors' esan, "na biodh cùram siubhal ort," ors' esan. "Nuair sheasas tu amuigh aig taobh amuigh an doruist," ors' esan, "tha fìdeag agam-s' ann a'seo ann am preas. Agus théid mi amach leis an fhìdeag sin 's nuair sheinneas mis' an fhìdeag falbhaidh tusa," ors' esan, "mar gum biodh tu air sgiathadh thron adhar, agus bidh thu aig taigh mo bhràthar," ors' esan, "mun téid a'ghrian fodha."

Co-dhiubh, seo mar a bha. Nuair a shéid am bodach an fhìdeag dh'fhalbh an saighdear anns an iarmailt 's cha robh fhios aige dé bha dol. Ach co-dhiubh mus deach a'ghrian an cromadh rànaig e taigh a'bhodaich a bha seo. Agus nuair a rànaig e suas dorust a'bhothain chual' a'seann fhear bu leis e cuideiginn a'saltairt amuigh, a'coiseachd, agus dh'fhosgail e dorust a'bhothain.

"Ach gu dé," ors' esan, "a chuir do leithid-s' a'seo? Tha mis' a'seo," ors' esan, "trì cheud bliadhna agus chan fhaca mi duine tighinn a'seo as an ùine sin."

"Matà," ors' esan, an t-Éireannach, "thàna mise," ors' esan, " 'gur n-ionnsaigh feuch an rachadh agaibh air innse dhomh c'àite bheil na Beanntaichean Gorma, na 'n rachadh agaibh air sian innse dhomh mun deoghainn."

"Tha mi duilich," ors' esan, "nach urrainn dhomhsa sian innse dhut aig an àm, ach thig astaigh," ors' esan, "agus gu faigh thu biadh, agus 's fheudar dhut fuireach còmhla rium fhéin a nochd. Agus tha leabhar mór agam-s' ann a'seo, agus rannsaichidh mise," ors' esan, "sin bho chòmhdach gu còmhdach. Agus ma tha cunntais air na Beanntaichean Gorma ann a'leabhar," ors' esan, "idir, tha e ann."

Agus chaidh an t-Éireannach a chadal nuair a ghabh e biadh. Agus anns a'mhadainn nuair a dhùisg e dh'éirich e.

"Matà," ors' esan, an seann duine, "cha do chaidil mis' idir a raoir. Bha mi fad na h-oidhcheadh a'rannsachadh a'leabhair, ach gu dubh dona," ors' esan, "cha robh guth neo iomradh air na Beanntaichean Gorma. Ach," ors' esan, "cha toir sinn suas an càs fhathast. Tha bràthair agamsa," ors' esan, "tha fuireach fada, fada, fad' air falbh às

he might have a book in which there are more histories and accounts than I have in mine."

The poor Irishman replied,

"It would take me much longer than a year and a day before I reached that place by foot. As you can see, my horse had grown so poorly that fear before I went very far at all with him I fear it would be all he could do to carry the saddle."

"Oh I can see," said the old man, "that your horse has grown very weak and tired. But don't be worried about getting there. When you stand outside the door I have a whistle here in the cupboard and I'll go out with the whistle and when I blow on it you will travel as if you flying through the air and you'll arrive at my brother's house before the sun sets."

And so it was. When the old man blew the whistle the soldier went through the sky and he had no idea what was happening. But before the sun had gone down he arrived at the house of the other old man. And when he reached the door of the hut the old man that lived there heard footfalls outside and he opened the door.

"And what has brought a person such as you here? I have been here for three hundred years and in all that time I have not seen a single one coming here."

"Well," said the Irishman, "I have come to you to ask whether you would be able to tell me where the Blue Mountains are situated or whether you could tell me anything concerning them."

"I am sorry," the older man replied, "that I can't tell you anything at this time, but come in and get some food, and you must stay with me tonight. Now I have a big book here and I will go through it from cover to cover. And if there is any account of the Blue Mountains in a book it's here."

When he had eaten the Irishman went to sleep, and when morning arrived he awoke and arose.

"Now," said the old man, "I didn't sleep at all last night. I spent the whole night going through the book but sadly, there was neither word nor mention or the Blue Mountains. But we won't give up yet. I have a brother living far, far, far away from here

a'seo. Agus," ors' esan, "ma dh'fhaoidte gun téid aig an fhear sin air faighinn amach air dòigh air choireiginn dhut mu dheoghainn nam Beanntaichean Gorma. Ach," ors' esan, "cha ruigeadh tusa dha'd chois an t-àite sin fad ma dh'fhaoidte," ors' esan, "seachd bliadhna. Ach séididh mise fìdeag a th'agam ann a'seo, agus théid thusa a ghiùlain ann agus bidh tu ann mun téid a'ghrian fodha."

Co-dhiubh dh'fhalbh an t-Éireannach anns an adhar mar sin, agus mun deach a'ghrian fodha rànaig e taigh an duine bha seo. Agus chual' a'fear sin e a'coiseachd suas dh'ionnsaigh a'bhothain agus dh'fhosgail e 'n dorust.

"An dà," ors' esan, "tha mise seo trì cheud bliadhna agus chan fhaca mi duine tighinn fhathast dh'ionnsaigh a'bhothain seo ach thu fhéin. Dé a nist," ors' esan, "ceann-fàth do thuruis?"

"Ma tha," ors' esan, "mo dhuine math, thàna mise ann a'seo," ors' esan, "feuch a'rachadh agaibh-se," ors' esan, "air fios a thoirt dhomh neo innse dhomh air sian mu dheidhinn nam Beanntaichean Gorma."

"An dà, ma dh'fhaoidte," ors' esan, "bhon a thàna tu 'n seo gu rachadh againn air sin a dheanamh. Ach co-dhiubh," ors' esan, "théid thusa gu tàmh an nochd. Agus anns a'mhadainn am màireach," ors' esan, "cuiridh sinn mu dheoghainn. 'S mis'," ors' esan, "an t-uachdaran a th'air na h-eòin uile gu léir agus fóghnaidh dhomhsa an fhìdeag a shéideadh agus thig a h-uile h-eun thugam air sgéith. Agus," ors' esan, "ma dh'fhaoidte gu faigheamaid amach bho fhear dhiubh sin mu c'àite bheil na Beanntaichean Gorma, na gu faigheamaid amach rudeiginn mun deoghainn."

Agus shéid e 'n fhìdeag thòisich e air ceasnachadh a h-uile h-eun mar a bha tighinn, agus mar a thigeadh eun sgiathadh e air falbh 's bha iad ris a'sin a'chuid bu mhotha dhen latha.

Co-dhiubh, cha d'fhuaireadh sgeula air na Beanntaichean Gorma bho ghin dhe na h-eòin – a h-uile h-eun a thànaig, cha robh fios aig' air sian mu dheoghainn nam Beanntaichean Gorma – agus thuirt an seann duine gu robh na h-eòin uil' air tighinn a nist, ach aon iolaire mhór. Agus,

"Tha 'n iolaire sin," ors' esan, "gun tighinn fhathast, ge b'e tha 'ga cumail."

As an àm chunnacas tùic dhorcha, fada, fad as. Agus bha an tùic bha seo a'dlùthachadh orra beag air bheag, agus mu dheireadh thànaig an tùic mhór – an cnap mór a bha seo – mar gum biodh neul eadar iad 's a'ghrian anuas a thànaig am fìr-eun mór a bha seo air an talamh. Ach ors' esan, an seann duine,

and perhaps he can somehow find out for you about the Blue Mountains. But you could not reach that place by foot within as much as seven years, so I'll blow a whistle I have here and you will be transported there and will arrive before the sun sets."

So the Irishman travelled through the air, and before sunset he reached the man's house. The old man heard someone walking up toward the hut and opened the door.

"I have been here for three hundred years and I never saw a single person coming to this hut except for yourself," said he. "And what is the object of your journey?"

"Well, my good man, I have come here to find out whether you could give me any information or tell me anything about the Blue Mountains."

"Since you have come here perhaps I would be able to do that," replied the old man. "But in any case you will rest here tonight and tomorrow morning we will see about it. I am the lord of all the birds, and all I have to do is to blow on this whistle and every bird will come to me on the wing. And perhaps we will find out from one of them where the Blue Mountains are or at least something about them."

And when the old man blew on the whistle he began questioning each bird that came to him. A bird would come and then fly off on its way, and they were occupied with that for most of the day.

But there was no news concerning the Blue Mountains from any of the birds – every bird that arrived knew nothing of them – and the old man said that all the birds had come now, except for one great eagle.

"And that eagle," he said, "has not arrived yet, whatever is keeping it."

And just then there appeared a dark speck far, far away which approached them little by little, growing in size, until finally it became like a cloud between them and the sun, and down came the great eagle to earth.

"Gu dé bha 'gad chumail," ors' esan, "cho anmoch gun tighinn seach na h-eòin eile? Bha dùil a'm nach tigeadh tu idir."

"O," ors' ise, "nach robh mise cho fad às seach càcha. Bha glé fhaisg," ors' ise, "air fhichead uidhir do dh'astar agamsa ri dheanamh 's a bh'aig a'mhór-chuid dhe na h-eòin a bha sin."

" 'S eadh, 's eadh," ors' esan, an seann duine. "Có às," ors' esan, "a thànaig thu nuair a bha 'n t-astar sin agad?"

"O," ors' ise, "thànaig mise às na Beanntaichean Gorma."

" 'S eadh," ors' esan, an seann duine, agus e togail sunnd air. "Gu dé an naidheachd a th'agad às a'sin, na gu dé tha dol anns na Beanntaichean Gorma?"

"Ma tà," ors' ise, "tha móran a'dol air n-aghaidh as an àm seo," ors' ise, "anns na Beanntaichean Gorma."

" 'S eadh," ors' esan. "Gu dé a nist a tha dol air n-aghaidh?"

"Tha," ors' ise, "cabhag mhór is a h-uile duine," ors' ise, "falbh mun cuairt agus iad a'deanamh deisealachd airson fèasda mhór agus bainis."

" 'S eadh," ors' esan. "fèasda mhór agus bainis. 'S fheudar gu bheil a'bhainis ri bhith mór."

"O," ors' ise, "tha nighean a'rìgh ri bhith pòsadh ged nach ann le fear a roghainn. Tha i," ors' ise, "ri pòsadh ri fear eile – tha an aimsir gus a bhith suas. Nuair a thill i dhachaidh," ors' ise, "fhuair e cead bho h-athair fuireach air ais trì bliadhna a dh'ùine feuch an tigeadh a'fear a thug saor i bho na geasaibh. Agus thug a h-athair an ùine sin dhi ri fuireach, ach," ors' ise, "tha nist na trì bliadhna gu bhith suas, agus thathar ri deisealachd airson na bainnseadh."

"Agus," ors' esan, "gu dé an dòigh air am faigheamaid an duine seo ann?" ors' esan. "Seo agad," ors' esan, "tha e coltach a'fear a thug bho na geasaibh i." Agus,

"Tha mi tuigsinn," ors' an iolaire, "gura h-e. Ach chan eil," ors' ise, "ach aon dòigh air fhaighinn ann. Agus 's e sin," ors' ise, "[gu] rachadh agam-s' air a thoirt ann, ach gu feum sibh trì fichead mart a mharbhadh, agus an gearradh suas ann 'nan ceithir cheathrannan, agus an lòdadh air mu dhruim. Agus bidh e," ors' ise, " 'na shuidh' air uachdar an tòrr sin. 'S a h-uile turus a thionndas mise mun cuairt a choimhead far mo ghuailleadh feumaidh e ceathramh dhen fheòil sin a chuir 'nam bheul."

Agus co-dhiubh dh'fhalbh am bodach 's tha e coltach gu robh 'm bodach gu tapaidh ged a bha e sean. Fhuair e gunna agus dh'fhalbh e fhéin agus an t-Éireannach amach, agus cinnteach gu leòr bhiodh an t-Éireannach gleusda le gunna. Agus thòisich iad air marbhadh cruidh –

"And what has made you so late in coming compared to the other birds? I thought you'd never come."

"I was so much further away than the others," the eagle replied. "I had to cover very close to twenty times the distance compared to most of the other birds."

"Yes, yes," replied the old man. "And where did you come from if you had to travel that distance?"

"I came from the Blue Mountains."

"I see," said the old man, his excitement growing. "And what news do you have from there? What is happening in the Blue Mountains?"

"At this time there are many things happening in the Blue Mountains," replied the eagle.

"And what is taking place?"

"Everyone is going around in great haste making preparations for a grand feast and a wedding," said the eagle.

"A grand feast and a wedding! It must be a big wedding," said the old man.

"Oh yes," replied the eagle. "The king's daughter is to married, but not to the man of her choosing. She is to marry another, for the time is about to be up. When she returned home she got permission from her father to delay for a period of three years to see whether the man who had released her from the spells would arrive. And her father gave her that time to wait, but now the three years are about to be up, and preparations are underway for the wedding."

"How can we get this man there?" asked the old man. "It seems that he is the one that delivered her from the spells."

"I understand that he is," said the eagle, "but there is only one way to get him there, and it is this: I could take him there, but you must kill sixty cows, cut them up into four quarters, and pile them on my back. He will sit on top of that pile and every time I turn around to look over my shoulder he must put a quarter of beef into my mouth."

So the old man went – it seems that he was spry in spite of his age – and fetched a gun. He and the Irishman went out – to be sure the Irishman was a good shot with a gun – and they started killing the cattle;

tha mi cinnteach gu robh iad amach air na machairean 's air na réidhleannan – agus mharbh iad trì fichead mart. Agus chaidh am feannadh agus an gearradh suas 'nan ceithir cheathrannan, agus thòisicheadh an uair sin air an tòrradh suas air druim na h-iolaire. 'S mun robh iad réidh a chuir suas an tòrr a bha sin air druim na h-iolaire, bha fàradh aca as a robh ceithir cheumannan deug suas ri taobh 's iad a'dìreadh suas air leis na ceathrannan feòladh. Agus nuair a bha na ceathrannan feòladh aca suas uile, dh'fhàg an t-Éireannach beannachd aig an t-seann duine agus thog e fhéin 's am fìr-eun rithe.

Rinn iad cùrs' air na Beanntaichean Gorma, agus bha 'n iolaire sgiathadh air adhart, tha mi cinnteach, mar a b'fheàrr a b'urrainn dhi leis a'luchd a bh'ann. Agus a h-uile turus a thionndadh i a choimhead far a guailleadh dh'fheumadh e ceathramh feòladh a chuir 'na beul. Agus thionndadh i an uair sin agus leanadh i greis eile air sgiathadh. Agus bha sin a dol air n-aghaidh gus mu dheireadh nach robh air fhàgail ach aona cheathramh do dh'fheòil, agus thionndaidh an iolaire mu chuairt agus shìn e 'n ceathramh sin dhi agus thug i greis eile air sgiathadh. Agus nuair a thionndaidh i mun cuairt an uair sin a dh'iarraidh ceathramh feòladh, bha an fheòil air tréigsinn, agus cha d'rinn i ach car a chuir dhi fhéin agus thuit esan far a druim sios dhan chuan. Ach gu fortanach cha robh e amuigh air a'chuan; bha e astaigh anns a'bhàigh far a robh an tanalachd. Agus nuair a chaidh e sios 'san uisge, bhuail bàrr a chasan an grunnd agus chaidh aig' air grunnachadh astaigh gu tìr. Agus c'àite robh e ach ann am bàigh astaigh dlùth do chaisteal Rìgh nam Beanntaichean Gorma. Agus nuair a thànaig e an àird' às iomall a'bhàigh 's a dhìrich e suas an cladach, a'cheud taigh a thànaig e dh'a ionnsaigh, gu dé bha sin ach an taigh as a robh a'Chailleach Chearc aig Rìgh nam Beanntaichean Gorma a'còmhnaidh. Agus bhuail e aig an dorust agus dh'fhosgail a'Chailleach Chearc an dorust dha.

"Gu dé," ors' esan, "a tha dol air n-aghaidh anns an àite tha seo? Tha mi faicinn gu bheil gluasad mór air bhonn."

"O, tha," ors' ise. "Tha nighean a'rìgh a'dol a bhith pòsadh," ors' ise. "Tha iad a'deanamh deiseil airson na bainnseadh – ged nach ann," ors' ise, "dh'a deòin."

" 'S eadh!" ors' esan.

"Chan ann," ors' ise, "gun teagamh. Bha i," ors' ise, "fuireach leis an fhear thug saor bho na geasaibh i, agus cha tànaig a'fear sin agus tha e coltach gu feum i cuideiginn a phòsadh a dh'aindeoin."

Agus chuir e làmh 'na phòcaid agus thug e ginidh òir às agus shìn e sin do Chailleach nan Cearc.

I'm sure that they were out on the plains and the meadows – and they slaughtered three hundred of them. The cattle were skinned and cut up into four quarters, and then they began stacking them on the eagle's back. And before they had completed the pile on its back, they had to have a ladder with fourteen steps leaning against the eagle to climb up with the quarters of meat. And once they had the meat all up there, the Irishman took leave of the old man and he and the eagle departed.

They set their course for the Blue Mountains, and the eagle was flying on, I'm sure, as best it could with the load that it was carrying. And every time it turned to look over its shoulder the Irishman had to put a quarter of beef into its mouth. It would turn and then it would keep on flying for a while, and this continued until at last there was only one quarter of beef left, so when the eagle turned around and he fed it the quarter of beef and it continued flying for a while. When it turned around the next time for a piece of beef, the beef had run out, and it turned over and the Irishman fell off its back and down into the ocean. But as luck would have it he wasn't far out in the ocean; he landed in a bay where it was shallow. And when he fell into the water, his feet touched bottom and he was able to wade in to land. And where did he find himself but in a bay which was close to the castle of the king of the Blue Mountains. When he emerged at the edge of the bay and climbed up on the shore, the first house that he came to, what was it but the house in which the hen wife of the king of the Blue Mountains lived. He knocked at the door and the hen wife opened it for him.

"What is going on in this place? I see that there is much activity," said he.

The old woman answered,

"The king's daughter is about to be married. They are preparing for the wedding, although it is not by her own wish."

"Indeed!" said the Irishman.

"Indeed it is not," said the hen wife. "She was waiting for the man who delivered her from the spells but he did not come, and now it seems that she must marry someone in spite of her wishes."

The Irishman put his hand in his pocket and brought out a gold guinea which he offered to the hen wife.

"Seo," ors' esan. "Thalla' sibhse far a bheil nighean a'rìgh agus bheiribh anuas i dha'm ionnsaighsa gu faicinn i."

Agus dh'fhalbh a'chailleach 's i cho toilichte gun d'fhuair i a'ghinidh òir. Agus nuair a rànaig shuas thuirt i ri nighean a'rìgh gu robh coigreach shios aig an taigh aice fhéin a bha a'feitheamh airson a faicinn – gun tug e duais dhi-se airson tighinn anuas a thoirt dhi na teachdaireachd. Agus,

"Tha amharus agam," ors' nighean a'rìgh, "có dh'fhaodadh a bhith sin,"

Agus dh'fhalbh i sios. Agus cho luath 's a rànaig i shios dh'aithnich i an t-Éireannach, agus dh'aithnich esan ise agus chaidh iad an gàirdeannan mu chuairt air a chéile is rinn iad toileachadh a bha – tha mi cinnteach – ro mhór dhomhsa ri thuigsinn. Agus choisich iad suas gu taigh Rìgh nam Beanntaichean Gorma agus dh'innis i an uair sin dh'a h-athair gum b'e seo an duine thug ise saor bho na geasaibh, agus gu robh i air a gealltainn dha bho chionn fada 's gu robh iad cho math ri bhith pòsda bho thoiseach a thaobh gu robh an gealltanas ann. Agus dh'aontaich a'rìgh gu robh sin ceart gu leòr.

Agus chaidh an uair sin am pòsadh a bha sin a dheanamh: phòs an t-Éireannach agus Nighean Rìgh nam Beanntaichean Gorma. Agus fhuair e còir air leth na rìoghachd gun dàil, agus gheobhadh e 'n còrr nuair a bhàsaicheadh Rìgh nam Beanntaichean Gorma.

Agus bha iad gu sona, sòlasach ann a'sin le chéile agus ma dh'fhaoidte gu bheil iad mar sin fhathast anns na Beanntaichean Gorma – tha an t-àite cho fad air falbh 's nach cuala mise bhuapa co-dhiubh. Sin an sgeul.

"Here. Go down to where the princess is and bring her down here so that I can see her."

The old woman departed, very pleased that she had got the gold guinea. And when she reached the palace she told the princess that there was a stranger down in her house who was waiting to see her – that he had given her a reward to come down and deliver her the message.

"I suspect I know who that could be," said the princess.

So down she went and as soon as she arrived there she recognised the Irishman and he recognised her and they embraced and their joy was – I'm sure – beyond my own understanding. Then they walked up to the house of the king of the Blue Mountains and she told her father that this was the man who had delivered her from the spells, that she had been betrothed to him since a long time, and that they were as good as married from the beginning because that promise had been made. And the king agreed that that was so.

And so the marriage was performed: the Irishman and the princess from the Blue Mountains were wed and he received the rights to half the kingdom immediately and the rest when the king of the Blue Mountains died.

So they remained there, happy and contented together and perhaps they're still in the Blue Mountains – the place is so far away that I haven't heard from them in any case. And that's the story.

4 Sgeulachd nan Gillean Glasa

Bha siod ann turus, dithist ghillean òga agus bha iad air fàs suas as an nàbachd agus bha iad gu math measail air a chéile. Far am biodh aonfhear bhiodh an ath fhear. Leis a'sin co-dhiubh nuair a dh'fhàs iad beagan na bu shine dh'fheumadh iad a dhol agus beoshlaint' a dheanamh ann an àit' air choireiginn eile.

Co-dhiubh dh'fhàg iad na dachaidhean le chéile dhan cois 's bha iad a'falbh air a'rathad co-dhiubh agus thànaig iad gu ceann dà rathad. Nuair a thànaig iad gu ceann dà rathad stad iad. Stad iad co-dhiubh aig ceann an dà rathad agus thuirt fear a nist,

"Tha thusa a'dol sios a'rathad ud agus tha mise dol a'rathad seo. Ann an ceann trì bliadhna coinnichidh sinn ann a'seo a rithist."

"Glé mhath."

An ceann trì bliadhna thachair an dithist ghillean aig ceann an [dà] rathad a rithist.

"Ciamar a thachair dhut?" thuirt fear dhiubh ris an fhear eile.

"Glé mhath," ors' am fear eile

Nist, rinn iad suas,

"Dé tha sinn a'dol a dheanamh a nist? Tha airgead gu leòr againn airson tòiseachadh air marsantachd. An dean sinn sin?"

Sin mar a bhà. Thòisich iad air marsantachd.

Agus co-dhiubh, bha iad a'faighinn air n-aghaidh glé mhath 's an uair sin phòs iad. Dh'fheumadh sin a bhith ann: phòs iad. 'S ann an ceann bliadhna bha mac aig aonfhear agus nighean aig an fhear eile. Agus nuair a thànaig àm baisteadh thuirt fear [dhiubh] ris an fhear eile,

"Nach biodh e cho math, o'n a fhuair sinne air n-aghaidh cho math as an fharsaingeachd bhon a bha sinn 'nar pàisdean, nach biodh e cho math am pòsadh?"

Thuirt am fear eile, "Tha mi deònach."

'S phòs iad agus bhaist iad an nighean agus am mac as an aon àm.

Chaidh an gill' òg agus an nighean òg a chur dhan sgoil agus thug iad dhaibh a h-uile sgoil is ionnsachadh a b'urrainn dhaibh a thoirt dhaibh. Agus am mac, fhuair e sgoil as a'sgoil mhara còmhla ris a'sgoil eile.

4 The Grey Lads

Once there were two young lads who grew up together in a certain district, and they were very fond of each other. Wherever you found one you would find the other. That being so, when they grew a bit older they had to go out to make a living somewhere in the world.

So they left their homes together and set out by foot along the road until they arrived at a fork in the road. And when they did they stopped and stood there and one of them said,

"You're going down that road and I'm taking this one. And in three years we'll meet here again."

"Very well."

And after three years had passed the two lads met again at the fork in the road.

"How have you fared?" said one to the other.

"Very well," answered the other one.

So they decided,

"What are we going to do now? We have enough money now to begin as merchants. Shall we do that?"

And so they did: they began as merchants.

They did well and both of them married. That would have to be: they married. And in a year's time one of them had a son and the other had a daughter and when it came time to baptise them the one said to the other,

"Wouldn't it be just as well, since we have always got along so well together since we were infants, wouldn't it be just as well to have them wed?"

The other replied, "I'm all for it."

So they married their son and daughter and baptised them at the same time.

The young boy and girl went to school. They were given all the learning and instruction that could be provided, and the son received instruction in the maritime school along with his other schooling.

Co-dhiubh, ann an ceann bliadhna neo dhà chaochail athair a'ghille agus dh'fhàg siod, mar a bha iad a'coimhead air as an uair sin, smal air a'bhanndrach. Chuala sibh sin reimhid. Co-dhiubh, bha an nighean agus an gille latha astaigh as a'bhùth far a robh iad a'creic 's a leithid sin agus bha an nighean 's an gille cho measail air a chéile 's a bha an athraichean roimhesa. Agus latha bha an nighean a'dol thro na pàipearan aig a h-athair agus thànaig seo g'a sùil far a robh iad pòsda. Is thuirt e ris a'ghille,

"Bheil fhios agaibh gu bheil sinne pòsda?"

"Cha robh fhios a'm riamh air"

"Seo e."

"Uill, tha e glé mhath liomsa," ors' esan.

"Nist," ors' ise, "o'n a chaochail t'athair chan eil thu a'faighinn air n-aghaidh cho math a'seo 's a bha thu. Tha m'athair airson do chur air falbh às an dùthaich: chan eil e airson thu bhith mu chuairt ann a'seo idir. A nist," ors' ise, "tha e dol 'gad chur dhan Tuirc agus tha e dol a luchdachadh a'*shallop*, tha e dol 'ga luchdachadh le luchd agus tha i dol dhan ghrunnd mun ruig thu. "

"Biodh sin," ors' esan, "mar a tha e."

Co-dhiubh, thuirt an nighean,

"A nist, na h-aontaich le m'athair 'sa mhionaid gu falbh sibh, ach can ris, 'nuair a tha mi falbh tha mi 'g iarraidh nan trì gillean glasa a th'agaibh ann a'seo.'"

Na trì gillean glasa, dé bh'annta ach cait. Cait.

Glé mhath. Nuair a thànaig am seòladh dh'iarr an gille na trì gillean glasa agus chaidh iad a chur air bòrd. Nuair a bha a'bhean 'ga fhàgail thuirt i ris,

"Ma dh'fhoighneachdas duine dhut fhad's a tha thu air do thurus dé an t-ainm a th'ort, na can ach 'Gun do dhealaich an comann glan.'"

Sheòl iad. Sheòl iad dhan Tuirc. Fada na goirid gu robh an turus co-dhiubh rànaig iad an Tuirc. Agus as an àm seo as an Tuirc bha iad gu math borb, fiadhaich, aineolach. Glé mhath. Nuair a rànaig iad an Tuirc cha iad astaigh dhan chala. Co-dhiubh nochd ceannard na Tuirc a nuas dhan chala agus feachd mór air a chùl. Ach leum an gill' òg amach – bha e 'na chaiptean, leum e amach – agus thuirt ceannard an Tuirc ris an fheachd a bha air a chùl,

"Gabhaibh air ur socair, tha coltas duin' ionnsaichte a'seo."

Glé mhath. Bhruidhinn iad ri chéile – bha eadar-teangachadh air bòrd co-dhiubh – agus chaidh seo a chur suas agus thuirt ceannard na Tuirc ris,

"Thigeadh e còmhla rinn agus gabh thu do shuipeir còmhla rinn."

A year or two later the young lad's father died and that left what was regarded in those days a a taint of depravation on the widow – I'm sure you've heard the expression before. One day the girl and the lad were working in the shop selling and so on, and they had grown as fond of each other as their fathers had been before them, and that day as the girl was going through her father's papers one caught her eye that stated that they were married. So she said to the lad,

"Did you know that we are married?"

"No, I never knew that."

"Well, here it is."

"Well, that's all right with me," replied the lad.

"Now," said the girl, "since your father passed away you're not faring as well as before. My own father would like to send you out of the country: he doesn't want you around here at all. He is planning to send you to Turkey and he is going to load up the shallop, to load it with a cargo, and it will go to the bottom before you reach your destination."

"Let that be as it may," replied the lad.

So the girl continued,

"Now do not agree with my father right away that you are to depart, but say to him, 'If I'm to leave I want to take the three grey lads that you have here.'"

Now the three grey lads were cats. Cats. So when it came time to sail the lad asked for the three grey lads and they were put on board. When his wife took leave of him she said,

"If anyone asks you while you are on your journey what your name is just say to them 'The happy company has parted.'"

Then they set sail and travelled to Turkey. Whether the journey was short or long, at last they arrived in Turkey and in those days people in Turkey were rough, wild, and ignorant. Very well, when they arrived in Turkey they entered the harbour, and the leader of the Turks appeared, proceeding down to the harbour with a large force of armed men behind him. But the young lad leapt out – he was the captain – and the leader of the Turks said to the army behind him,

"Take it easy: this looks like an educated man."

That was all very well, and they spoke to each other – there was a translator on board and this was arranged – and the leader of the Turks said him,

"Let him come with us and take your supper with us."

Glé mhath. Chaidh iad suas; pàileas mór aige ann a'sin agus shuidh iad mu chuairt aig bòrd mór. Agus a'cheud rud a chaidh a chur mu chuairt aig a'bhòrd aig a h-uile àite suidhe a bh'ann a'sin 's e cabar mór do dh'fhiodh – *club*. Is an uair sin thànaig a h-uile seòrsa biadh 's chaidh a chur air a'bhòrd. Shuidh iad mu chuairt air a'bhòrd agus thaom na rodain amach. Bha slac a'siod 's slac a'seo 's fear eil' a'sin 's slac ann a'siod. Rodain! 'S thuirt am fear òg ri ceannard na Tuirc, ors' esan,

"Dé tha seo? Dé tha seo?"

"Uill, sin mar a tha ann a'seo. Chan eil ann ach rodain, rodain, rodain! Agus dé tha sinn a'dol a dheanamh?"

"Air do shocair," ors' esan. Bhruidhinn e ri fear dhan chriù co-dhiubh is thuirt e riutha,

"Thalla sios agus bheir anuas na gillean glasa."

Glé mhath. Chaidh fear dhiubh sios. Thànaig e anuas leis na gillean glasa ['s] lig e mar sgaoil e as a'phàileas. Ach ann an ùine ghoirid, tha na rodain, bha iad air an spadadh a'siod 's a'seo agus [air an] cur às uile gu léir. Bha seo uamhasach math.

A nist thuirt ceannard na Tuirc,

"Tha an dùthaich againne," ors' esan, "gu math fad air n-ais. B'fheàrr liom gu fuirgheadh tu ann a'seo agus gun teannadh tu air sgoil a thoirt dha na daoin' agam fhìn ann a'seo. Agus bhithinn fada 'nad chomain nan deanadh tu sin."

"Nì mi sin."

Ann an ceann bliadhna bha a h-uile rud a'dol air n-aghaidh. Thuirt ceannard na Tuirc ris an ceann na bliadhna,

"O'n a chaidh a h-uile rud cho math, fan còmhla rinn bliadhn' eile, agus dh'fhaoidte aig an àm sin gum bi fear dha na daoin' againn fhìn 'na mhaighstir sgoil agus tidsidh e na daoin' againn fhìn."

Glé mhath. Dh'fhan e. Agus a nist aig ceann an dà bhliadhna bha am t-àm aige air a dhol air ais dha dhùthaich fhéin.

Glé mhath. Fhad's a bha e 'san Tuirc cha deach do shloinneadh air ach 'am maighstir sgoil'.

"Nist," ors' esan ri ceannard na Tuirc, "nuair a dh'fhàg mise cala, nuair thiginn dhachaidh bha luchd ri bhith as an luing na robh a leithid riamh air a toirt astaigh dhan chala."

"Glé mhath. Nuair a théid thus' astaigh dha'd chala fhéin bidh na *hatch*ichean air an dùnadh, 's bidh luchd innte nach deach a leithid riamh astaigh dhan chala sin. Nist, nuair a théid thu astaigh dhan chala na toir dhith aon sgòd dha h-aodach ach lig astaigh i cho fad 's a théid i. A nist," ors' esan, "rud eile: tha mi airson preasan a thoirt dhut –

So they went up and the leader had a great palace there. They all sat around a large table, and the first thing that was set at each place around the table was a large cudgel – a club. Then every variety of food was brought on a placed on the table, and as they sat around the table rats started swarming out. There was blow here and a blow there and one here and another one there. Rats! And the young lad said to the leader of the Turks,

"What is this, what is this?"

"Well, that's how it is here. Nothing but rats, rats, rats! What can we do about it?"

"Take it easy," said the lad. And he talked to one of the crew and said to them,

"Go down to the ship and bring up the grey lads."

Very well, one of them went down and returned with the grey lads and let them loose in the palace. The rats were knocked dead all around and in a very short time they were wiped out altogether, which was very good news indeed.

Now the leader of the Turks addressed them,

"Our country is very backward, and I would like you to stay here and undertake to give schooling to my own people in these parts. I would be very much in your debt if you would do that."

"I will."

Within the year everything was progressing nicely, and at the end of that year the leader of the Turks said to him,

"Since everything has come along so well, stay with us another year and perhaps by then one of our own will be a schoolteacher who can instruct our people."

Very well, he remained there and at the end of the two years it was time for him to go back to his own country. While he was in Turkey he was not called anything except "the schoolteacher."

"Now," said the lad to the leader of the Turks, "when I left the harbour, on my arrival home I was supposed to have a cargo in the ship whose like had never before been brought into the harbour."

"Right enough," said the leader of the Turks. "When you go into your own harbour the hatches will be closed and there will be a cargo in the ship whose like never came into the harbour before. Now, when you come into the harbour do not take down a single stitch of sail, but bring her in as far as she'll go. And now," the leader continued, "another thing: I want to give you a present –

dhut fhéin agus dha'd bhean. Tha stàball shuas ann a'siod. Tha eich innte. Tagh do roghainn dhiubh."

Agus sin mar a bha. Thog e a roghainn às a'stàbla dha fhéin 's fear dha bhean.

"Agus a nist," thuirt ceannard na Tuirc, "tha mi toirt deis' òir dhut fhéin 's deis' airgead dhan bhean agad."

Sheòl iad. Fada na goirid co-dhiubh, rànaig iad cala agus mar a dh'iarradh air cha deach sgòd na siùil a thoirt dith ach a ligeil astaigh fhad 's a rachadh i. Nuair a stad a'soitheach chaidh an caiptean sios agus thog e an fhàlaraidh a bha seo. Thug e air an *deck* i, chaidh e air a muin agus dh'òrdaich e air tìr i. Agus air a'cheud leum chaidh an fhàlaraidh air tìr. Chaidh iad air rathad gu dachaidh a'ghille agus thànaig iad gu abhainn mhór a bha 'na tuil ri cròcadh seachad. Nuair a thànaig iad dhan abhainn bha dithist ghillean ann a'sin, each aig gach duine, agus cha b'urrainn dhaibh faighinn tairis air an abhainn leis mar a bha i cròcadh suas. Thuirt an gill' òg seo,

"Dé tha 'gur cumail ann a'seo?"

"O, chan urrainn dhuinn faighinn seachad. Tha 'n tuil ro àrd."

Ors' esan, "Ceangailibh ur n-eich ri earball an each agamsa."

Chaidh siod a dheanamh. Bhruidhinn an gill' òg ris an fhàlaraidh ['s] air a'cheud leum thog i an dà each eile 's i fhéin air talamh tioram.

"Nist," ors' esan, fear dha na gillean òga bha seo, "dé an t-ainm a th'ort airson gum bi fios againn có ris a bha sinn a'bruidhinn?"

"Chan eil ormsa," ors' esan, "do dh'ainm ach 'Gun do dhealaich comunn glan'."

Chaidh na gillean òga air falbh agus chum an gille seo, chum e gu dachaidh a mhàthar. Chaidh e astaigh agus chaidh fàilt' a chur air. Cha do dh'aithnich a mhàthair idir e, agus thuirt i ris,

"O, chaochail mo chompanach. Chan eil mo bheatha cho math idir."

"O," ors' esan rithe, "na cuireadh siod cùram sam bith ort. Chan eil mi ach ag iarraidh fàrdach na h-oidhcheadh."

"Nì mi leaba dhut air an ùrlar ann a'siod. Chan eil leab'eile 'san taigh. 'S e làn dì-do-bheatha fuireach ann."

"Glé mhath," ors' esan, "tha sin math liomsa."

Co-dhiubh, dé thachair ach na gillean òga bha seo, chaidh iad dhan taigh seo; fear dhiubh bha dol a phòsadh na nighean a bha 'na bean aig a'ghill' òg. Agus uair a chaidh iad astaigh far a robh taigh na bainnseadh ri bhith, thuirt fear-an-taighe,

"Gu dé bha 'gur cumail nach tàna sibh ann a'seo ann an àm?"

for yourself and for your wife. There's a stable up there with horses and you may take your pick of them."

And so it was. He took the choicest of the horses for himself and one for his wife.

The leader of the Turks said,

"Now I'm presenting you with a suit of gold along with a suit of silver of your wife."

They set sail and whether the journey was long or short, they arrived at the harbour and as he had been instructed not a stitch of sail was taken down but the ship was brought in as far as she would go. When the ship had come to rest the captain went down and brought the palfrey up onto deck, mounted her and ordered her onto land, and with her first leap the palfrey landed on dry ground. They took the road to the lad's home and on the way they encountered a large river that was thundering in spate past them. When they came up to it there were two lads there, each with a horse, who could not get across the river since it was surging and flooding. So our young lad said,

"What's keeping you there?"

"Oh, we can't get across. The flood is too high."

"Tie your horses to my own horse's tail," said the lad.

That was done, and the young lad spoke to the horse and with her first leap she took herself and the two other horses up onto dry land. One of the two lads spoke then, saying,

"Would you tell us your name so we would know to whom we are speaking?"

"I have no name except 'The happy company has parted'."

The young lads went off and our lad kept on to his mother's house. He was welcomed in, but his mother did not recognise him at all and she said to him,

"Oh, my spouse has died. Life is not good at all."

"Oh, don't let that worry you at all," replied the lad, "I'm only asking for a night's lodging."

"I'll make you a bed there on the floor since we have no other bed in the house, and you are most welcome to stay."

"Very well. That's fine with me."

So as chance would have it, what happened but that the same two lads arrived at that house; one of them was going to marry the girl who was the wife of our young lad. And when they went in where the wedding house was to be, the man of the house said,

"What delayed you that you did not arrive here in time?"

"Uill, bha na h-uillt a'seo cho àrd 's nach b'urrainn dhuinn faighinn tairis orra gus an tànaig a'fear seo." Agus dh'inns' e mar thachair.

Agus thuirt a'fear,

"Agus dé an t-ainm a bh'air an duine seo a thug tairis air an abhainn sibh?"

"Thuirt e, 'Chan eil ormsa ach 'Gun do dhealaich comann glan"."

Bha an nighean ann a'siod agus chual' i seo. Chaidh i astaigh dha seòmbar fhéin, ghlaist i 'n dorust, chaidh i amach air an uinneag. Thog i oirre gu taigh na banndrach. Ghabh i astaigh air an dorust.

"Cà bheil an coigrich a thànaig astaigh ann a'seo an nochd?"

"Tha e ann a'siod."

Ghabh i astaigh agus chaidh i fo na plaideachan agus na ploideachan a bh'ann a'sin. Ghabh i astaigh còmhla ris. Agus an nighean, chaidh i astaigh fo na luideagan a bh'air an ùrlar còmhla ri companach agus dh'fhan i ann a'sin fad na h-oidhcheadh. 'Sa mhadainn an ath latha dh'éirich iad agus bhruidhinn a'fear òg ri mhàthair ged nach do dh'aithnich is' e air an oidhche roimhe, ach dh'inns' e dhi có bh'ann agus rinn i toileachadh mór ris.

As a dheaghaidh sin, an gille òg, chaidh e fhéin agus a bhean air muin an fhàlaraidh agus chaidh iad air ais dhan t-soitheach. Agus air a cheud leum a rinn an fhàlaraidh, thug i amach *deck* an t-soitheach. Agus ann a'sin chuir e fhéin air an deis' òir agus chuir a bhean oirr' an deis' airgid, agus thill iad an uair sin gu taigh a h-athar.

Nuair a chunnaic 'athair céil' e, cha robh fhios aige dé bheireadh e, agus dh'iarr e mathanas air a'ghille. Ach thuirt an gille ris,

"Chan e mathanas a tha mis' ag iarraidh idir. Ach tha mi 'g iarraidh gun dean thu ceartas airson mo mhàthair: o'n a dh'fhalbh mise dh'fhalbh a cùl taic agus cha tug sibh dòigh beòshlaint dhi. Dh'iarr thu orm luchd a thoirt astaigh dhan acarsaid nach tànaig a leithid riamh astaigh roimhe. An soitheach a tha a nist as an acarsaid, tha luchd innte. Thalla sibhse a nist agus coimheadaibh oirre."

Chaidh esan amach agus nuair a dh'fhosgail e na *hatch*achan dé bh'as a'luchd a bh'as an t-soitheach ach cuirp! Leis a'sin thill e dhachaidh agus chaidh bainis mhór a dheanadh agus thuirt Teàrlach Pheadair Ruaidh rium gun d'fhuair esan an cuireadh agus gur e sin a'bhainis a bha math: mhair e trì latha agus trì oidhche.

"Well the streams were so high here that we could not cross them until this man came along."

And the lad recounted what had happened.

The man of the house said,

"And what was the name of the man that brought you across the river?"

The lad replied,

"He says 'They just call me "The happy company has parted."'"

Now the girl was there and when she heard this she went into her own room, locked the door, and climbed out the window. She made for the widow's house and entered quickly through the door.

"Where is the stranger that came in here tonight?"

"There he is."

In she went and climbed under the blankets and coverlets. She went right in with him. The girl went right in under the ragged bedcloths that were on the floor and remained there with her husband through the night. They arose the next morning and the lad talked to his mother, though she had not recognised him the night before, telling her who he was and she was overjoyed to see him.

After that the lad along with his wife mounted the palfrey and returned to the ship and the palfrey made the deck with the first leap. Once aboard, he donned the suit of gold, and she dressed herself in the silver costume, and back they went to her father's house.

When the lad's father-in-law saw him, he didn't know what to say, and began asking his forgiveness, but the lad said to him,

"Forgiveness is not what's on my mind at all, but that you show my mother some decency. When I departed so did her means of support, and you have given her nothing at all to live on. Now you asked me to bring a cargo into the harbour whose like had never come in before. Go down and take a look at it."

The father-in-law left, and when he opened the hatches, what cargo was in the hold but corpses! So he returned home and a big wedding was held, and Charlie Red Peter told me that he was invited and that it was a good wedding indeed: it lasted three days and three nights.

5 Am Fear a Chuir am Bàs 'sa Phoca

'S ann mu dheoghainn saighdear a bh'anns an arm agus tha e coltach gu robh an ùine air ruith suas, gu faodadh e litir-saors' fhaighinn as an arm. Agus co-dhiubh nuair a dh'fhàg e 's a dh'fhalbh e a shiubhal, ge b'e cà robh fainear dha a dhol, cha robh aig' ach trì muilinn do dh'aran a'falbh. Ma bha tuarasdal ann cha robh cunntais air co-dhiubh. Fada neo goirid an t-astar gun deachaidh e thachair bodachan beag ris agus e gearain gu robh an t-acras air.

"An dà," ors' an saighdear, "chan eil móran agamsa do bhiadh. Chan eil agam ach trì muilinn arain agus tha sin beag gu leòr dhomh fhìn. Ach bhon a tha sibhse 'nur seann duine agus mise beagan na's òige na tha sibh bheir mi dhuibh aon dhiubh sin co-dhiubh."

Agus shìn e muileann arain dhan bhodach bheag agus chum e roimhe air a shiubhail. Neo-ar-thaing nach robh am bodach cho toilichte. 'S cha deach e glé fhada gus na thachair bodach eile ris air a'rathad agus e gearain gu robh an t-acras air. Agus,

"An dà," ors' esan, an saighdear, "chan eil móran do bhiadh agamsa. Tha e beag gu leòr dhomh fhìn. Chan eil agam ach dà mhuileann do dh'aran. Ach bhon a tha sib' fhéin cho sean agus tha mise fhathast na's òige na sibh 's a tha mi comasach air a dhol cosnadh na biadh fhaighinn, bheir mi dhuibh a'leth co-dhiubh: bheir mi dhuibh aon dhiubh."

Agus shìn e dha am muileann arain agus bha am bodach gu math taingeil. 'S dh'fhalbh a'saighdear, chum e roimhe air a thurus, ach cha deach e móran astair nuair thachair bodachan beag ris ann a'sin 's bha a'fear sin cho dona leis an acras gu robh e 'g éibheachd.

"An dà," ors' esan, "chan eil agamsa," ors' esan, "ris an t-saoghal ach aona mhuileann do dh'aran agus tha e beag gu leòr dhomh fhìn. Ach bhon a tha sib' fhéin 'nur seann duine agus mise na's òige na sin, bheir mi dhuibh a'leth co-dhiubh."

Agus thug e làmh air a'mhuileann arain agus e dol a dheanamh dà leth.

"O," ors' esan, "tha mi smaointinn gu bheil e beag gu leòr dhuib' fhéin 's gheobh mise biadh an àiteiginn."

5 The Man Who Trapped Death in a Sack

The story concerns a soldier who was in the army, and it seems that his hitch was up, that he could get his letter of release from the army. And when he left and went off on his way, wherever he intended to go, he had nothing but three loaves of bread as he set out. If he had any wages, there was no account given of them anyway. Whether the distance he travelled was short or long, he happened upon a little old man who was complaining of hunger.

"Well," said the soldier, "I don't have much food with me. All I have is three loaves of bread, and that is little enough for myself. But since you are an old man and I'm a little younger than yourself, I will give you one of them anyway."

And he extended a loaf to the little old man and continued on his journey, and the little old man was pleased indeed. The soldier did not go much further before he came upon another old man on the road who complained of hunger. And,

"Well," said the soldier, "I don't have much food at all with me. There is little enough for myself. All I have is two loaves of bread. But since you yourself are so old and I am a little younger than you, and I'll and be able to earn money or obtain food, I'll at least give you a half of what I've got: I'll give you one of the loaves."

So he handed over the loaf and the old man was very grateful. The soldier left and continued on his journey, but he had not covered any great distance when he met another little old man, and this one was so badly off with hunger that he was crying out.

"Now all I have in the world is one loaf of bread and that's little enough for myself," said the soldier. "But since you're an old man and I'm younger, the least I can do is give you half of it."

So put his hand on the loaf of bread preparing to divide it into two.

"Oh, I think it's little enough for you, so I'll find food somewhere else."

Agus shìn e dha e.

"O," ors' esan, am bodach, "tha mi," ors' esan," fìor thaingeil dhut airson cho fialaidh 's a bha thu. 'S mise thachair riut a'cheud uair agus 's mi a thachair riut an dàrna turus, agus thug thu cuideachadh dhomh air a h-uile turus. Ach a nist tha mise dol a thoirt dhutsa tìodhlac beag airson do choibhneas, agus tha màileid neo aparsag ann a'seo bheir mi dhut agus ge b'e gu dé a chuireas tu innte chan urrainn dha tighinn aisde gus an toir thu fhéin aisd' e."

Agus chan eil beachd agam a robh tìodhlac eil' ann a bharrachd ach bha glaine, agus nuair a lìonadh e a'ghlaine bha seo le uisge 's a choimheadadh e throimpe 's gu robh e 'na sheasamh aig ceann leaba – duine sam bith a bha tinn – chitheadh e c'àite robh 'm bàs. 'S ma bha 'm bàs aig ceann an duine cha ghabhadh sian deanamh ris, ach ma's ann aig a chasan a bha 'm bàs dh'fhóghnadh e pàirt dhan uisge a shradadh air a'bhàs agus dh'fhalbhadh am bàs.

Co-dhiubh bha seo a'dol air n-aghaidh 's bhiodh an saighdear a'dol a choimhead air an fheadhainn a bha tinn agus chuireadh e uisge 'sa ghloinidh 's choimheadadh e 's bha 'm bàs aig na casan agus bhathas caitheamh uisge orra. 'S bha seo a'dol air aghaidh fad greis do dh'ùine ach thànaig e a'seo gu àit' agus bha duine òg ann a'sin – duine fìor òg – agus nuair a choimhead e thron ghloinidh le uisge aig ceann an duine bha 'm bàs [ann], agus cha b'urrainn dha sian a dheanamh ris, agus tha mi creidsinn nach robh a'gnothach a'còrdadh ris an fhear a bh'ann. Ach co-dhiubh ghabh e seòrsa do thruas ris agus smaointich e,

"Tha mise 'nam dhuine tha suas ann an aois a nist agus rinn mi siubhal mór agus bha mi a measg cruadal 's bha mi a measg a h-uile rud a bh'ann is fhuair mi eòlas air mór-chuid dhen t-saoghal. Agus bhon a bha 'n duine a bha seo cho òg tha mi faicinn gum biodh e ceart gu leòr gum robh cuid do dh'ùine dhen t-saoghal roimhe fhathast."

Agus thuirt e ris a'bhàs,

"Ma ghabhas tu mise 'na àitesan, tha mi deònach thu bhith 'ga fhàgail agus seo a'rud a bhiodh ann."

O, bhon a bha e dol a dh'fhalbh còmhla ris a'bhàs 's e rud a bhiodh iomchaidh am bàs a chuir am broinn na h-aparsaig a bha seo agus dh'fhalbh e leis a'sin 'ga ghiùlain air a dhruim. Ach O, dh'fhàs e sgìth dhen ghnothach a bh'ann, tha mi creidsinn, 's thànaig e gu àite 's thilg e dheth a'sac a bha sin aig bonn craobh mhór agus chum e roimhe.

Bha 'm bàs ann a'sin am broinn a'phoca 's chan fhaigheadh e às gus an tugadh esan cead dha tighinn as. Agus bha'n ùine dol seachad 's an ùine dol seachad 's cha robh duine a'bàsachadh. Cha robh 'm bàs

And he handed it to the old man.

"Oh," said the old man, "I am truly grateful to you for your generosity. I am the one who met you the first time, and it is also I that met you the second time, and you have helped me at every turn. Now I am going to give you a small gift for your kindness: here is a bag – a rucksack – that I am going to present to you, and anything that you put in it cannot get out until you yourself take it out."

Now I don't know whether there was another gift as well, but there was a glass and when he filled it with water and looked through it, if he was standing at the head of the bed of anyone who was sick he could see where Death was standing. And if Death was standing at the man's head there was nothing that could be done for him, but if he was at the man's feet it would suffice to sprinkle Death with some of the water and he would depart.

So this was the turn of events, and the soldier would be going out to see people who were sick and he would put water in the glass and then he would look and when Death was at the feet he used to sprinkle water on him. So this continued for a time, but on one occasion he came to a place where there was a young man – very young – and when he looked through the glass with the water in it Death was standing at the youth's head and there was nothing he could do for him, and I believe that this did not please the soldier at all. So he felt pity for the youth and he thought to himself,

"I'm a person who is up in years now and I have travelled far, encountering hardship and everything else, and I've got to know most of the world. And since this man was so young I think it would be only fair that he have his share of time before him in this world."

So he spoke to Death saying,

"If you accept me in his place, I am happy enough to be leaving and this is the way it could be."

Now since he was about to depart with Death, it seemed the proper thing was to put Death into the rucksack that he had, so he set off with him on his back. I believe he got tired of this, so when he arrived at a certain a place at the base of a great tree he threw the rucksack off and kept on walking.

Now Death was there inside the rucksack and he couldn't get out until the soldier gave him permission to come out. Now time was passing and passing, and no one was dying.

a'faighinn mun cuairt gu duine – gin. 'S bha iad a'sìor fhàs sean; cha robh gin a'falbh.

Ach co-dhiubh bha e a'coiseachd latha 'n àiteiginn 's thachair cailleach bheag ris agus thachair gun do bhuail e i nuair bha e dol seachad, gun tànaig fiaradh 'na cheum 's gun do bhean e dhi air dòigh air choireiginn 's O, thòisich i air trod 's chaidh i uaidhe gu aimhreit agus chuir i 'n fhearg air, cho beag faighdinn 's a bh'aice. Agus smaointich e an uair sin gu robh iad a'fuireach tuilleadh is fada beò agus dh'fhalbh e air n-ais is chaidh e sios dh'ionnsaigh na craobh agus bha 'm poc' a'sin aig bonn na craoibheadh. Agus thog e 'm poca neo an aparsag gu robh ann agus dh'fhosgail e e agus O, cha robh sian air a'bhàs ach gu robh e dìreach air éiginn ann: cha mhór gun gluaiseadh e.

Ach co-dhiubh, dh'fhalbh e leis agus nuair rànaig e far a robh a'chailleach thilg e 'm bàs air a'chaillich. Bha 'm bàs air fàs cho lag, cho meat' agus nach robh e cha mhór idir a'deanamh a'ghnothach air a'chaillich a cheannsachadh. Ach mu dheireadh chaidh aig' air a'chaillich a thoirt leis agus bha e leantail 's a'leantail mar sin bho aon gu h-aon dhen t-seann fheadhainn 's bha iad a'falbh 's 's bha am bàs a'fàs làidir. Bha e fàs fìor làidir an uair sin.

Agus mu dheireadh thànaig e a dh'ionnsaigh an t-saighdeir fhéin agus cha robh dòigh aig an t-saighdear air sàbhaladh. Thug e leis e ... dh'fhalbh e air an turus seo. Agus nuair a bhàsaich a'saighdear 's a chaidh e suas dh'ionnsaigh na cachaileth 's a thachair Naomh Peadar ris ann a'sin, chan eil cuimhn' agam a nis', bha cùmhntan beag air choireiginn ann agus tha deireadh beag air a'sgeulachd nach do dh'inns' Mac'Illeain idir.

Agus sin agad na bheil cuimhn' agamsa dhen naidheachd air an t-saighdear a bha a'toirt an fheadhainn eile bhon bhàs.

Death was not getting around to people – to anyone. They just kept on getting older and older and none of them departed this world.

One day the soldier was somewhere walking and he encountered a little old lady and it seems that he bumped into her as he passed – perhaps he deviated in his stride and he came in contact with her in some way – and she began to scold him and got carried away with her abuse until finally she made him angry with how little patience she had. The thought came to him that people were staying alive too long, so he returned and made his way down to the tree, and there was the rucksack at the bottom of the tree. So he lifted up the rucksack and opened it and yes, Death was there, but just barely existing: he could hardly stir. So the soldier went off with the rucksack and when he arrived at the place where the old woman was he threw Death on top of her. Now Death had grown so weak, so feeble that he was hardly capable of overcoming the old woman. But at last he was able to take the old woman with him and he kept on and on this way from one to another of the older people, and they were leaving the world and Death was regaining his strength. Soon he was becoming very strong indeed.

Finally death approached the soldier himself and there was no way by for the soldier to be spared. So death took him away and he went off on the journey. And when the soldier died and came up to the gate and encountered Saint Peter there – I don't remember exactly – there was one small condition and there was a short ending to the story that MacLean did not tell at all.

And there you have what I remember of the story about the soldier who kept the others away from Death.

6 Iain Òg Mac na Banndraich

Bha banndrach ann 's bha i fuireach ann an àite iomallach don dùthaich agus bha aon mhac aice, Iain. Agus bha cùisean gu math cruaidh oirre. Ach bha trì mairt aca agus smaoinich iad latha dha na lathaichean gun creiceadh iad té dha na mairt agus gu faigheadh iad biadh is aodach dhaibh p-fhéin. Agus dh'fhalbh Iain 'sa mhadainn a'la'r-na-mhàireach leis a'mhart dhan mhargaid agus bha e falbh 's a'falbh agus mu dheireadh thànaig i anmoch feasgar – ciaradh na h-oidhcheadh. Agus chaidh e seachad air taigh – cha deach e uamhasach fada seachad air an taigh a bha sin nuair a choinnich bodach mór e 's dh'fhoighneachd am bodach dha,

"C'àite bheil thu dol, Iain?"

"Tha mi dol dhan mharcaid a reic na mart agus tha toil agam biadh is deoch fhaighinn dhomh fhìn is dha'm mhàthair."

"Glé cheart," ors' am bodach, "ceannaichidh mise a'bhó ach am pàigheadh a bheir mi dhut, bheir mi dhut tubhailte. Agus uair sam bith a bhios an t-acras ort chan eil agad ach an tubhailte sgaoileadh air a'bhòrd agus biadh sam bith tha dhìth ort, thig e air an tubhailte agus neo'r-thaing nach biodh biadh ann dhut fhéin is dha'd mhàthair fad do bheatha."

Uill, 's e sin a rinn e agus dh'fhàg e a'bhó aig a'bhodach 's thill e dhachaidh air a'rathad dhachaidh. Ach thadhail e aig an taigh – bha i ro anmoch airson cumail fad a'rathaid dhachaidh – agus dh'fhoighneachd e am faodadh e fuireach fad na h-oidhcheadh. Thuirt iad gu faodadh agus nuair a shuidh esan sios dh'fhoighneachd e am faodadh e a dhol a dh'ionnsaigh a'bhùird-bhìdh a bh'anns a'chidsin. Agus sgaoil e an tubhailte air a'bhòrd agus thànaig biadh is deoch na bha dhìth air agus nuair a bha e buidheach dheth sin chuir e an tubhailte ann am poca beag a bh'aige 's chaidh e a chadal. Ach bha gillean as an taigh 's bha iad a'smaoineach' cho math 's a bhiodh an tubhailte bha seo a bhith aca, agus ghoid iad an tubhailte agus chuir iad tubhailte eile às a'phoca. Agus nuair a rànaig Iain dhachaidh a'la

6 Young Ian the Widow's Son

There was a widow who lived in an out-of-the-way place in the country and she had one son, Iain. Now things were very hard for her. But she had three milk cows and one day they thought they would sell one of the milk cows to get some food and clothing for themselves. So Iain set out on the morning of the following day with the cow to the market and he walked and walked until finally it became late in the evening withnightfall approaching. He passed a house – and he had not gone far past the house when a large old man met him and asked,

"Where are you going Iain?"

"I'm going to the market to sell the cow. I want to get some food and drink for myself and my mother."

"Very well," said the old man, "I will buy the cow, but the payment that I will give you will be in the form of a table cloth, and whenever you are hungry all you have to do is to spread the cloth on the table and whatever food you desire will appear on the cloth, and you can be sure that you and your mother will have food as long as you live."

So that's what he did and he left the cow with the old man and turned back toward home by the same road. But on the way he stopped at a house – it was too late to keep on the whole way home – and asked whether he could spend the night there. They replied that he could and when he sat down he asked whether he could go to the dining table that was in the kitchen. He spread the cloth on the table and food and drink appeared, as much as he could desire, and when he was satisfied with that he put the cloth back into the bag that he had brought with him and went to sleep. But the lads in the house began to think how good it would be to have that cloth, and they stole it and substituted it with another cloth in the bag.

'r-na-mhàireach sgaoil e an tubhailte agus ged a bhiodh e 'ga sgaoileadh fad bliadhna, cha tigeadh biadh air an tubhailte.

Ach co-dhiubh thuirt a mhàthair gu robh mart eile 'san t-sabhal agus a'la'r-na-mhàireach gu falbhadh e agus gun creiceadh e i, agus thug i fàintean air a bhith cùramach mu reic na mart. Ach dh'fhalbh Iain agus mar a thachair dha remhid chaidh e seachad air an taigh a bha seo agus choinnich am bodach ris. Agus dh'fhoighneachd am bodach dha,

"C'àite bheil thu dol an diugh?"

"Uill, tha mi dol a reic a'mhart."

Agus, uill,

"Nach do reic thu mart an dé?"

"Reic," orsa Iain.

"Ach a nist," ors' am bodach, "bheiridh mise liom am mart agus bheiridh mi dhut bogsa beag, agus tha seillean a sheinneas an fhidheall, agus tha luch a dhannsas as a'bhogsa. Agus bheir thu sin leat dhachaidh."

Co-dhiubh dh'fhalbh e 's mar a rinn e an oidhche reimhe sin, thadhail e aig an taigh agus dh'fhoighneachd e am faodadh e fuireach fad na h-oidhcheadh agus thuirt iad gu faodadh. Agus bha na gillean a'coimhead air a chéile is a'smaoineachadh dé na h-ìoghnaidhean a bha aig a'bhurraidh an nochd. Agus nuair a chaidh e chadal dh'fhosgail iad am bogsa 's thòisich an seillean ri seinn na fìdhleadh 's a'luch ri dannsa. 'S dh'fhalbh iad 's air dòigh air choireiginn fhuair iad seillean 's fhuair iad bogsa 's fhuair iad luch 's chuir iad a'luch 'sa bhogsa. 'S nuair a thill Iain dhachaidh a'la'r-na-mhàireach nuair dh'fhosgail e 'm bogsa dh'fhalbh an seillean amach air an dorus, dh'fhalbh an luch do tholl a bha ann an oisean an taighe.

Agus, uill, thuirt a mhàthair,

"Tha seo truagh, ach tha mart eile 'san t-sabhal, 'san stàball, agus falbh leatha am màireach. Agus bi cinneach nach toir na daoine do char asad."

Dh'fhalbh e an treas latha agus mar a thachair dha na laithean eile, chaidh e seachad air an taigh a bha seo is air ciaradh feasgair choinnich am bodach ris. Agus dh'fhoighneachd am bodach dha,

"C'àite bheil thu dol an diugh, Iain?"

"Tha mi dol a reic na mart," ors' Iain.

Agus, uill,

"Chan eil an còrr agad," ors' am bodach.

"Chan eil. Seo am mart mu dheireadh."

"Glé cheart," ors' am bodach. "Ceannaichidh mise am mart bhuat an diugh agus bheiridh mi dhut bata. Agus uair sam bith a bhios

When Iain reached home the next day he spread out the cloth and even though he were to spend a year spreading it no food would appear on it.

Now Iain's mother said that there was another cow in the barn that he was to go and sell the next day, and she admonished him to take care in selling the cow. So Iain set out, and as before he went past the house and the old man came out to meet him. And the old man asked him,

"Where are you going today?"

"Well, I'm going to sell the cow."

And, well,

"Didn't you sell a cow yesterday?"

"Yes I did," replied Iain.

"This time," said the old man, "I'll take the cow and I'll give you a little box, and inside the box is a bee that plays the fiddle and a mouse that dances. And you can take that home."

So Iain went off and he visited the house just as he had done the night before and asked whether he could spend the night there and the lads said that he could. Now the lads were looking at each other and thinking about what wonders this fool had brought with him tonight. So when he had gone to sleep they opened the box and the bee began playing the fiddle and the mouse began dancing. So the lads went off and managed to find a bee and a box and a mouse and they put the mouse in the box. And when Iain arrived home the next day and opened up the box out went the bee through the door, and the mouse vanished into a hole in a corner of the house.

"Well, well," said his mother, "this is too bad, but there's another cow in the barn, in the stable. So off you go with her tomorrow, and make sure that people don't trick you," she said.

So Iain set off on the third day and as happened the other days he passed the same house just as evening was falling and the old man met him. And the old man asked him,

"Where are you going today, Iain?"

"I'm going to sell the cow," said Iain.

And, well,

"That's all you have," said the old man.

"Indeed. This is the last cow."

"Very well," said the old man. "I'll buy the cow from you today and I'll give you a stick.

cuideachadh a dhìth ort, chan eil agad ach abair, 'Seas suas, a laochain' ris a'bhata 's thig am bata 'gad chuideachadh. Agus thadhail thusa ann an taigh air do rathad dhachaidh, agus ghoid iad an tubhailte agus ghoid iad a'luch 's a'seillean. Agus tadhail ann an nochd agus can riutha nuair théid thu a chadal ge b'e dé nì iad gun 'Seas suas, a laochain' a chantail ris a'bhata, neo bidh iad ann an trioblaid. Agus éibhidh iad air cuideachadh, ach na cuir thusa stad air a'bhata gus am faigh thu an tubhailte agus gus am faigh thu a'luch agus a'seillean, agus bheir leat am bata 's falbh dhachaidh."

Uill, 's e sin a rinn Iain, agus nuair a dh'iarr e air na daoine am b'urrainn dha fuireach fad na h-oidhcheadh bha iad gu math toilichte agus bha iad a'coimhead air a chéile 's a'smaointinn dé th'aig a'bhurraidh an nochd? Ach co-dhiubh chaidh e a chadal ach cha do thuit e 'na chadal ceart nuair a chual' e éibheach is culaidh-uamhas shios as an t-seòmbar bha gu h-ìseal, agus bha iad ag éibheach air cuideachadh 's thànaig esan anuas agus bha am bata dol am bad nan gillean, agus cha chreid mi nach tug e slaic air tòn na caillich' fhéin. Agus thuirt Iain nach cuireadh e stad air a'bhata gus am faigheadh e an tubhailte, agus a'luch 's a'seillean, agus nuair a fhuair e sin thog e rithe dhachaidh. Agus nuair a rànaig e taigh a mhàthar sgaoil e 'n tubhailte air a'bhòrd agus bha biadh gu leòr aca. Agus an uair sin thug e amach a'seillean agus thòisich e ri seinn na fìdhleadh agus thòisich a'luch ri dannsa 's neo'r-thaing nach robh ceòl is aighear aca an taigh na banndraich.

Ach chaidh na seachdainnean seachad agus bha Iain, bha e smaointinn gun còrdadh e ris pàirt dhan t-saoghal fhaicinn. Agus thuirt e ri mhàthair gu fàgadh e biadh gu leòr aice is deoch agus gun toireadh e 'n saoghal air, agus nam faigheadh e air n-aghaidh gun tilleadh e dhachaidh, agus thog e rithe.

Agus bha rìoghachd ann, agus bha rìgh agus nighean òg aige bha gu math tùirseach, agus chuir e brath amach dhan sgìreachd, duine sam bith a bheireadh gàir' orra trì turuis, gu faigheadh e cothrom air a pòsadh agus gu faigheadh e leth a rìoghachd.

Ach dh'fhalbh Iain 's bha e a'coiseachd 's a'coiseachd o latha gu latha 's mu dheireadh thànaig e gu caisteal mór. Agus choimhead e suas agus bha an nighean 'na seasamh ann an uinneag a'chaisteil. Agus shuidh esan air an talamh 's sgaoil e amach an tubhailte agus thànaig am biadh a dh'òrdaich e air an tubhailte 's dh'ith e am biadh agus dhùin e an tubhailte suas agus sin a'cheud gàire aig nighean a'rìgh. An uair sin thug e 'm bogsa beag às a'phoca agus thòisich a'seillean air seinn na fìdhleadh agus thòisich a'luch ri dannsa 's rinn i an darna

And whenever you want help, all you have to do is to say, 'stand up, good fellow' to the stick and the stick will come to your aid. Now you stopped by a house on your way home, and they stole the cloth, and the mouse and the bee. So visit there again tonight and say to them when you go to sleep, whatever they do not to say 'stand up my fine fellow' to the stick or they will be in trouble. They will call out for help, but do not stop the stick until you get back the cloth and the mouse and the bee, and then take the stick and keep on home."

Well, that's what Iain did and when he asked the people whether he could stay there for the night they were very pleased and they began looking at each other and wondering what this silly fool had for them tonight. So Iain retired but he had not really fallen asleep when he heard yelling and an terrible commotion down in the room at the lower end of the house. They were calling for help so down he came and there was the stick attacking the lads, and I believe it even fetched the old lady of the house a blow on the backside. But Iain said that he would not make the stick cease until he got back the cloth and the mouse and the bee, and once he had those he set out for home. When he reached his mother's house he spread the cloth on the table and they had plenty of food. Then he took out the bee and it began to play the fiddle and the mouse began to dance and there was plenty of music and cheer in the widow's house.

The weeks passed and Iain began to think that he would like to see some of the world. So he said to his mother that he would leave her plenty of food and drink and he would go out into the world, and if he got along well he would return home, so off he went.

Now there was a kingdom with a king who had a very sad young daughter. So the king put the word out throughout the region that anyone who could make her laugh three times would have the chance to marry her and receive half the kingdom.

Iain went on his way and he walked and walked, day after day until at last he came to a large castle. And when he looked up there was a girl standing at the castle window. Iain sat down on the ground and spread out the cloth and the food he ordered appeared on it, so he ate the food and folded the cloth up and that was the first time the princess laughed. Next he took the little box out of the bag and the bee began playing the fiddle and the mouse began to dance and she laughed the second time.

gàire. An uair sin bha am bata aige air an talamh agus dh'éibh e, "Seas suas, a laochain" 's dh'éirich am bata 's rinn e ceumannan a null far a robh Iain 's rinn i an treas gàire. Mhothaich am boireannach a bha coimhead as deaghaidh na h-ìghinn gun d'rinn i gàire trì turuis agus dh'inns' i dhan rìgh agus chuir a'rìgh amach daoine a thug Iain astaigh m'a choinneamh. Agus thuirt e gun d'rinn e gnìomh math gun tug e air an nighean gàire a dheanamh trì turuis, ach gu robh *test* eil' aige ri sheasamh: gu feumadh e cadal còmhla ris an nighean trì oidhche agus mura còrdadh e rithe gu feumadh [iad] a chuir gu bàs. Agus bha diùc as a'chaisteal agus bha a shùil fhéin air nighean a'rìgh agus air a'rìoghachd. Agus a'cheud oidhche thuirt e ri Iain nam fanadh e socair ann an oisinn na leabadh gun a dhol an còir nighean a'rìgh gun toireadh e dha buiseal do dh'airgead.

Uill, 's e sin a rinn Iain, agus a'la'r-na-mhàireach fhuair e 'm buiseal airgid. Agus an darna h-oidhche thànaig an diùc thuige agus thuirt e,

"Iain, a nist, ma chumas tu socair an nochd agus gun a dhol an còir nighean a'rìgh bheiridh mi dhut buiseal òir."

Uill, 's e sin a rinn Iain. Agus a'la'r-na-mhàireach bha am buiseal òir aige agus am buiseal airgid.

Ach an treas oidhche 's e an oidhche mu dheireadh agus bha 'n diùc cinnteach gum biodh a'rìoghachd aige 's thuirt e ri Iain nan deanadh e mar a rinn e an dà oidhche reimhe sin gun toireadh e dha buiseal do dhaoimein. Uill, 's e sin a rinn Iain. Agus nuair a dh'éirich e a'la'r-na-mhàireach dh'fhoighneachd a'rìgh dha nighean ciamar a chòrd Iain rith' a raoir. Thuirt i ris nach do chòrd idir: gu robh e mar gum biodh stumpa ann an oisinn na leabadh 's nach robh gluasad aige.

Ach co-dhiubh, rug iad air Iain agus a'la'r-na-mhàireach thog iad Iain beò, slàn mar a bha e agus chuir iad amuigh e ann an eunadan far a robh leomhainn agus an t-acras daonnan orra; cha robh feòil pailt sam bith 'sa rìoghachd. Agus bha iad a'deanamh amach – an fheadhainn a chaith astaigh e – nach biodh e fada beò agus cha do choimhead iad idir air ach thòisich iad air falbh. Ach nuair a chaidh Iain astaigh bha am bat' aige agus bha am buiseal òir aige agus am buiseal airgid agus am buiseal daoimein agus bha e gu math cùramach mu dheidhinn. Agus thuirt e, "Seas suas, a laochain," ris a'bhata 's chaidh am bata gu obair 's mharbh e na trì leomhainn. Agus bha e leis fhéin as an àite bha sin.

Ach chaidh an diùc a choimhead air a'rìgh agus dh'iarr e cead air a'rìgh am faodadh esan cadal còmhla ri nighean a'rìgh an oidhche sin, agus ma dh'fhaoidte gu faigheadh iad air n-aghaidh glé mhath. Agus 's ann mar sin a thachair. Chaidh an diùc a chadal ach cha b'ann gu sìth.

Then he called to the stick that was lying on the ground, 'Stand up, fine fellow' and the stick arose and stepped over to where Iain was and she laughed the third time. Now the woman who was caring for the princess had noticed that she had laughed three times and when she told this to the king he sent men out who brought Iain before him. The king told him that he had done a good deed by making the princess laugh three times, but that he had to pass another test: he had to sleep with the princess three nights and if he did not please her he would have to be put to death. Now there was a duke in the castle who had his eye on the princess and the kingdom, and on the first night the duke told Iain if he would remain quiet in the corner of the bed without going close to the princess that he would give him a bushel of silver.

So Iain did that and on the following day he received the bushel of silver. The second night the duke approached him and said,

"Now, Iain, if you stay quiet tonight without going near the princess I'll give you a bushel of gold."

Iain did once again, and on the following day he had the bushel of gold and the bushel of silver.

But the third night was the last night and the duke was certain that the kingdom would he his, and he told Iain that if he did as he had done the two nights before that he would give him a bushel of diamonds. So Iain did, and when he arose the next day the king asked his daughter how Iain had pleased her the night before. She replied that he hadn't at all; that he had remained without moving in the corner of the bed like a stump.

So they went and seized Iain and the next day they took him, hail and hearty as he was, and put him out in a cage with lions that were always hungry; for in that kingdom meat was not at all plentiful. Now they expected – the ones who had thrown him in – that he was not long for this world, so they didn't spare him a glance but began to leave. But when Iain went in he had the stick and the bushel of gold and the bushel of silver and the bushel of diamonds, and he took very good care of them, and he said, "Stand up, fine fellow," to the stick and the stick went to work and it did away with the three lions, so there was Iain alone in the place.

Now the duke went to see the king to ask his permission to sleep with the princess that night, for he thought they might get along together very well. And so it happened. The duke went to sleep but he did not get the night's rest he expected.

Bha a'luch, thuirt i ris an t-seillean, gu robh e gu math mìchiatach dhaibhsan bean am maighstir a bhith cadal còmhla ris an diùc nuair bu chòir dhi bhith pòsda ri maighstir. Agus 's e rinn iad, dh'fhalbh a'luch agus thuirt i gun cuireadh e a h-earball suas ann an sròn an diùc agus chuireadh an seillean an gath ann an ploc a thòineadh. Agus 's e sin a rinn iad agus thòisich an diùc ri éibheach 's ri cuir throimhe chéile 's ag éibheach nach e rud a bha 'na shròn ach a'rud a bha 'na thòin.

Ach a'la'r-na-mhàireach dh'éibh a'rìgh air an nighinn agus dh'fhoighneachd e ciamar a chòrd an diùc rith' an raoir. Thuirt i nach do chòrd idir 's gu robh an duine às a cheann; gu robh e 'g éibheach 's a'sgiorraghail nach e rud a bha 'na shròn ach a'rud a bha 'na thòin. Ach thuirt a'rìgh gu robh dà oidhche aige ri chur seachad. Thuirt i gu robh, ach ma bha e dona a'cheud oidhche bha e na bu mhiosa an darna h-oidhche 's an treas oidhche bha e na bu mhiosa, agus thuirt nighean a'rìgh ris a'rìgh nach robh an diùc ri bhith aic' idir – a chaitheadh a dh'ionnsaigh nan leomhann. Agus nuair a chaidh iad amach leis an diùc, có bha 'na shuidhe is corp fear dha na leomhainn ach Iain. Chaidh iad air n-ais agus dh'innis iad seo don rìgh agus chuir an rìgh brath air Iain agus thuirt nighean a'rìgh ris nach robh an diùc a dhìth idir oirre; cho dona 's gu robh Iain gum b'e a b'fheàrr na'n diùc. Agus thug iad Iain astaigh agus chadail e trì oidhche còmhla ri nighean a'rìgh, agus a'la'r-na-mhàireach bha naidheachdan a'dol na b'fheàrr air Iain a dh'ionnsaigh a'rìgh. Agus mu dheireadh phòs iad agus bha bainis mhór aca a mhair latha agus bliadhna, agus cha robh muc as an dùthaich nach robh sgian is forc 'na tòin a'ruith mun cuairt, ach có bheireadh greim air?

The mouse said to the bee that it was no proper thing for them that the woman who should be married to their master should be sleeping with the duke. So the action they took was for the mouse to say that she would stick her tail up the duke's nose and the bee would sink his stinger into the duke's backside. And that's what they did and the duke started yelling and causing a commotion and shouting again that it was not what was in his nose but what was in his backside.

On the next day the king called for the princess and asked her how the duke had pleased her the night before. She that he had not pleased he at all and that the man was out of his mind; that he was yelling and screeching that it was not what was in his nose but what was in his backside. Now the king said that the duke still had two nights to pass with her and she replied that was so, but if he was bad the first night he was worse the second night and worse still the third night, so the princess told the king that she would not have the duke at all – to throw him to the lions instead. When they took the duke out, who was sitting there with the body of one of the lions but Iain. So they returned and told the king and the king sent for Iain and the princess said that she did not desire the duke at all; bad as Iain was he was far better than the duke. Then they brought Iain in and he spent three nights with the princess, and the next day a better account of Iain was brought to the king. So they were married at last and they had a big wedding that lasted a year and a day, and there was not a pig in the country without a knife and a fork in its backside running around, but who could catch hold of it?

CUID A DHÀ

Robairean is Meàirlich

PART TWO

Stories about Robbers and Thieves

7 Conall Ruadh nan Car

Uair dha robh saoghal bha duin' ann ris an abradh iad Conall Ruadh nan Car. Bha triùir ghillean aige, agus bha rìgh a'fuireach taca ris agus bha triùir ghillean aig a'rìgh. Ach bha aig gillean Chonaill, nuair a bhiodh iad a'dol dhan sgoil bha aca ri dhol seachad air àit' a'rìgh agus bhiodh triùir ghillean a'rìgh a'falbh còmhla riu' dhan sgoil. Thuit air latha dhe na lathaichean, bha iad tighinn dhachaidh as a'sgoil agus chaidh an gille bu shin' aig Conall 'us an gille bu shin' aig an rìgh far a'chéile. Thuit gun do mharbh an gille aig Conall an gille aig a'rìgh, ach chaidh triùir ghillean dhachaidh agus dithist ghillean a'rìgh. Cha robh iad uamhasach uile gu léir fada nuair a *land* iad aig an taigh nuair a rànaig a'rìgh.

"Uill," thuirt a'rìgh ri Conall, "mharbh do mhac mo mhac-s," thuirt esan.

"Mharbh. Tha 'fhios a'm air a'sin," thuirt esan, "agus tha e glé dona."

"Uill," thuirt e, "tha do bheatha fhéin agus beatha do thriùir ghillean agamsa ri fhaighinn."

"Uill, ged a chuireadh tu às dhomhsa 's dha mo thiùir ghillean cha toir sin beò do mhac."

Ach 's ann mar a bh'ann. Thuirt an rìgh an uair sin,

"Ma gheobh thu an t-each a th'aig Rìgh nan Uinneagan Daraich agus a thoirt dhachaidh dhomhsa ann a'seo bheir mi do bheatha fhéin 'us beatha do thriùir ghillean dhut."

"Uill, bhithinn car coma ged a dh'fheuchainn e," thuirt Conall.

Uill, co-dhiubh, dh'fhalbh Conall 'us a thriùir ghillean a dh'iarraidh an Eich Bhlàir Bhuidhe a bha aig Rìgh nan Uinneagan Daraich. Ach co-dhiubh bha iad a'coiseachd 's a coiseachd 's bha na h-èoin bheaga, bhuchallach, bhachallach, am bun nam preas 's am bàrr nan dos 's na h-iseagan laghach' a'gabhail mu thàmh. Ach ma bha, cha robh Conall neo a thriùir ghillean.

7 Red Conall of the Tricks

Once upon a time there was man they called Red Conall of the Tricks. He had three sons and the king who was living next to him also had three sons. But Conall's sons, when they were going to school, had to pass by the king's palace and the king's three sons would accompany them to school. It happened one day that they were coming home from school and Conall's oldest son fell out with the oldest of the king's sons. It happened that Conall's son killed the king's son, so that three of Conall's sons went home and only two of the king's. It was not at all that long after they arrived home that the king arrived.

"Well," said the king to Conall, "your son has killed my son," said he.

"Indeed he has," said Conall. "I know that and it is very bad."

"Well," said the king, "your life and the lives of your three sons are mine to have."

Conall replied, "Even if you did away with me and my three sons that will not bring your own son back to life."

So that's how it was. Then the king spoke,

"If you get the horse which is in the possession of the King of the Oaken Windows and bring it home here to me I will grant you your own life and those of your three sons."

"Well, I wouldn't mind trying that," said Conall.

Conall and his three sons set out to fetch the Yellow Blaze-Faced Steed that belonged to the King of the Oaken Windows. So they walked and walked and walked. The little crested melodious birds and the larks at the base of the bushes and the tips of the tufts were settling down to sleep, but if they were, Conall and his three sons did not rest.

Ach thuit an uair sin gun tànaig iad gu muileann-bleith Rìgh nan Uinneagan Daraich agus bha 'm muillear astaigh anns a'mhuileann. Agus chaidh Conall astaigh far a robh am muillear is bhruidhinn e ris a'mhuillear agus dh'inns' e 'n teachdaireachd air a robh iad.

"Uill," thuirt e, "chan urrainn dhomhsa sian a dheanadh dhut airson do chuideachadh ach aon rud," thuirt e. "Tha teachdairichean a'rìgh a'tighinn a tharraing pocannnan do phrannd a'seo airson biadhadh nan each. Agus chan urrainn dhomhsa sian a dheanamh na's fheàrr na thu fhéin 's do thriùir ghillean a chur am broinn nam pocannan tha seo. Agus thig àsan agus bheir iad leoth' na saic tha seo gu àite stàbuill a'rìgh, agus cha dean iad ach an tilgeil astaigh air an ùrlar an nochd," thuirt esan. "Agus cha bhi agad fhéin, a Chonaill," thuirt esan, "ach faighinn às a'sin."

'S e sin a chaidh a dheanadh. Chaidh Conall ann am broinn poca 's chaidh na gillean ann am broinn poc' am fear 'us thànaig an uair sin teachdairichean a'rìgh agus thug iad leoth' na saic a bha seo. Thilg iad na saic a bha seo air ùrlar an t-sabhail. Chaidh iad astaigh. Agus eadar a h-uile ìnnleachd a rinn Conall, fhuair e an t-snaoim a dh'fhosgladh far a'phoc' is fhuair e amach às a'phoc'. Is an uair sin thug e na gillean *clear* às a'phoc'. Agus co-dhiubh 's co-dha, fhuair iad an uair sin deiseil 's chaidh iad suas dhan mhìn-fheòir a bh'anns an t-sabhal is rinn iad falachain 'san fheur. Agus nuair a bha na falachain réidh, chaidh an uair sin Conall Ruadh nan Car, chaidh e sios agus chuir e làmh air an Each Bhlàr Bhuidhe a bh'aig Rìgh nan Uinneagan Daraich. Agus ma chuir, thug an t-each sgriach às a chaidh a chluinnteil le seachd [teachdairichean] a'rìgh.

" 'Illean, 'Illean," thuirt a'rìgh, "bithibh amach. Tha rudeiginn a'cur ceàrr air an Each Bhlàr Bhuidh' an nochd."

Ach ge b'e an rud a bh'ann, chaidh iad amach 's thòisich iad air siubhal an t-sabhail 's chaidh na gillean is Conall as na falachain. Ach co-dhiubh cha ghabhadh sian faighinn 'san t-sabhal. Thill iad an uair sin astaigh a rithist. Thuirt iad ris a'rìgh, "Chan eil sian amuigh 'san t-sabhal," thuirt iad.

"Uill, théid sibhse 'chadal," thuirt esan, "agus fuirghibh mise air mo chois."

Uill, chaidh iad a chadal 's cha robh iad fada 'nan cadal gus na dh'éirich Conall 's thànaig e às an fhalachan is chaidh e a dh'ionnsaigh an Eich Bhlàir Bhuidh' a rithist 's chuir e làmh air an Each Bhlàr Bhuidhe. Thug an t-Each Blàr Buidh' sgriach às an uair sin nach deachaidh riamh a leithid a chluinnteil agus dh'eubh a'rìgh 's thuirt e

But it happened then that they came to the mill of the King of the Oaken Windows and the miller was inside. Conall entered and went up to the miller and addressed him and told him the errand in which they were engaged.

"Well," said the miller, "I cannot do anything to help you except for one thing. The king's messengers are coming to take sacks of coarse oatmeal from here to feed the horses. And the best thing I can do is to put you and your three sons inside these sacks. And they will take the sacks away to the king's stable and they will just throw them in on the stable floor tonight," he said. "And all you will have to do then, Conall," said he, "is to get out of there."

That is what they did. Conall got into one of the sacks and each of the lads got into a sack, and then the king's messengers came and took the sacks away. They threw the sacks on the barn floor and went inside. And with all the devices that Conall tried, he was able to open the knot get out of his sack, and then he got the lads free of their sacks. So they got ready and up they went into the hay mow in the barn and made themselves hiding places in the hay. And when the hiding places were ready Red Conall of the Tricks went down and he put his hand on the Yellow Blaze-Faced Steed that belonged to the King of the Oaken Windows. And when he did, the steed let out a squeal that was heard by the seven messengers of the king.

"Lads, lads," said the king, "out you go! Something is bothering the Yellow Blaze-Faced Steed tonight."

But whatever the disturbance was, they went out and they began to walk through the barn and Conall and the lads went into their hiding places. Nothing could be found in the barn, so the king's lads returned to the house again and said to the king,

"There's nothing out in the barn."

"Well, you go and sleep," said the king, "and I will stay up."

Well, the lads went to sleep and they had not been asleep for long when Conall arose and came out of his hiding place, and he went over to the Yellow Blazed-Faced Steed again and placed his hand on it. And the Yellow Blaze-Faced Steed let out a squeal the like of which was never heard before and the king called and said to his lads,

ris na gillean, "Amach sibh, amach sibh," thuirt esan, "agus tha mi fhìn a'falbh còmhl' ribh."

Chaidh iad amach is thòisich iad air siubhal an t-sabhail 's cha ghabhadh am faicinn. Ach thuit dhan rìgh, bha e 'dol seachad air uachdar an fhalachain aig a robh Conall. Is nuair a *land* e air Conall, rinn e bìg agus leum e as a'mhionaid 's ghluais e 's fhuair e greim air Conall.

"A Chonaill Ruadh nan Car, tha thu agam fo dheireadh."

"Tha," thuirt Conall, "'s mo thiùir ghillean,"

"Tha sin *glé* mhath."

Chaidh an toirt astaigh agus bha cùil mhór air cùl a'stòbh 's chaidh an cur astaigh ann a'sin coltach ri prìosan. Agus bha iad 'nan suidh' ann a'sin 's dh'fhuirich a'rìgh air a chois a'toirt an aire do Chonall 's dhan triùir ghillean. Ach bha an oidhche fada 's i dol seachad. Ach co-dhiubh bhruidhinn a'rìgh an uair sin ri Conall is thuirt e ris,

"Ma dh'innseas tu dhomhsa eachdraidh as an robh thu na bu chruaidhe na tha thu an nochd, bheir mi beath' fear dhe do chuid ghillean dhut."

"Uill, bhithinn car coma ged a dh'innseadh," thuirt esan. "Nuair a bha mise 'nam ghille òg 's mi 'siubhal bhruachan chladaich bhithinn [a'ghabhail] *interest* uamhasach ann, gu dé chithinn airson fhaighinn. Ach bha mi latha seo shios air bruachan chladaich agus bha toll a'dol astaigh 'san talamh agus thòisich mi air dhol astaigh 'san talamh agus thòisich mi air dhol astaigh 'san toll a bha seo. Rànaig mi an uair sin ceann astaigh an tuill agus choimhead mi an uair sin amach 's bha 'n ceann eile a'fàs dorcha. Thànaig famhair astaigh an sin 's bha e air a leth-shùil. Thànaig e astaigh an sin a dh'ionnsaigh far na robh mi fhìn. Rinn e glag mór gàire," thuirt e. "Ma rinn, rinn mise glag mór gàire cuideachd," thuirt Conall.

'Dé thug ortsa an gàir a dheanadh?' thuirt am famhair a bha seo.

'Dé thug ort fhéin an gàir' a dheanadh?' thuirt Conall.

'Bha mis' a'gàir air an *time* a tha 'dol a bhith agam an nochd ort air mo shuipeir.'

'Chan e sin a thug ormsa 'n gàir' a dheanadh idir. Duine cho briagh riut,' thuirt e ris an fhamhair, 'agus thu air aon sùil 's e cho fursda dhomhs' fradharc a thoirt dhan t-sùil eile.'

'Uill, ma nì thu sin, 's e duine sona a bhios annam gu bràch.'

'Uill,' thuirt Conall, 'falbh agus faigh uisge an t-sàil is luath rùisgte agus thoir astaigh an seo e. Agus ni mise plàsdradh a bheir fradharc dhan t-sùil ud.'

"Out with you, out with you," he said, "and this time I'm going with you."

Out they went and they started to walk through the barn but Conall his sons were not to be seen. But it happened that the king was walking over the hiding place where Conall was. And when he trod on him, Conall made a slight sound and the king moved, and with a sudden bound he had Conall in his grasp.

"Oh, Red Conall of the Tricks, I have you at last."

"Yes," said Conall, "myself and my three sons."

"That's very good indeed."

They were led inside and there was a large nook behind the stove and they were imprisoned inside there. So they were sitting there and the king stayed up watching Conall and the three sons. But the night was long in passing, so the king addressed Conall, saying to him,

"If you tell me a tale in which you were in a worse situation than you are tonight, I will grant you the life of one of your sons."

"I wouldn't mind doing that at all," replied Conall. "When I was a young lad walking the margins of the shore I used to be very interested in what I could see worth acquiring. But one day I was down at the shore and there was a hole leading into the earth and I began to go into the hole," he said, "in the ground. Once inside, when I reached the end of the hole and glanced back out, the other end began to grow dark. A giant entered and he had only one eye. He came in and approached the place where I was. He let out a great burst of laughter," said Conall. "And when he did, I let out a great burst of laughter as well."

'What made you laugh?' said the giant.

'What made you laugh yourself?' said I.

'I was laughing about the good time that I'm going to have tonight at your expense when I eat you for supper.'

'That's not what got me laughing at all. But considering a man as fine-looking as you,' said I to the giant, 'and with only one eye, it would be so easy for me to restore sight to the other eye.'

'Well, if you do that, I will be a happy man forever.'

'Well,' said I, 'go and fetch salt water with plain ashes here. And I will make a poultice which will restore sight to your eye.'

Ach 's ann mar sin a bh'ann. Chaidh am famhair 's fhuair e uisge an t-sàil is luath rùisgte 's thànaig e astaigh. Mhiogs iad shuas e 's thòisich an uair sin am famhair air glanadh a shùil. Uill, dh'fhoighneachd mi 'n sin dhan bhéist,

'A bheil thu 'faicinn?' thuirt esan.

'Chan eil,' thuirt am famhair.

'Cuir boiseag anns an t-sùil eile.'

Dh'fhalbh e 's chuir e boiseag dhen uisge 'san t-sùil eile is chaill an t-sùil eile fradharc is chan fhaiceadh am famhair leus. O, leum am famhair anuas, bha e dol a thoirt ionnsaigh air beirid orm, 's nuair a bhithinn ann an còrnan, bhiodh am famhair ann an còrnan eile is co-dhiubh dh'fhàirtlich air beirid orm.

Ghairm an coileach 'sa mhadainn, agus bha dà ghobhair dheug agus boc aige 'san uamhaidh. Thuirt e rium,

'Lig amach na gobhair dhomhsa.'

Chaidh e fhéin ann an dorus na h-uamhadh bha seo. Lig mi amach té dhe na gobhair. Thànaig a'ghobhar a dh'ionnsaigh an fhamhair 's dh'fheuch am famhair air a'ghobhair.

'O, a gobhair bheag, bhochd,' thuirt e, 'tha thusa 'gam fhaicinnsa ged nach eil mise 'gad fhaicinnsa. Bheir mis' air a'bhleagart a thànaig astaigh a'seo gum bi ceannach aig' air mu faigh e às a'seo an nochd.'

Agus lig e a'ghobhar amach eadar a dhà chois is dh'fhalbh a'ghobhar. Agus dh'iarr e an uair sin gobhar eile.

Ach co-dhiubh dh'fhalbh mi is ghabh mi am bad a'bhuic a bha seo is mharbh mi 'm boc 's bha mi 'ga fheannadh. Is ron am a bha a'ghobhar fo dheireadh air a leigid amach agam, bha 'm boc air fheannadh agam. Dh'eubh am famhair an uair sin,

'Lig amach am boc.'

'*All right*,' thuirt mi, is dh'fhalbh mi 's chaidh mi fhìn air mo dhà ghlùin 's air mo bhasan is chuir mi 'n craiceann a bha seo seachad orm 's fhalbh mi amach a dh'ionnsaigh an fhamhair. Is dh'fheuch am famhair orm.

'O, a bhoc bhochd, tha thusa 'gam fhaicinn-s ged nach eil mise 'gad fhaicinnsa. Ach bheir mise air a'bhalach a thànaig astaigh a'seo gum bi ceannach aig' air mu faigh e às a'seo.'

Fhuair mi fhìn amach air taobh amach na béisteadh agus thilg mi fhìn [dhiom]," thuirt Conall, "an t-seiche bhuic is thuirt mi ris,

'Tha mi a nis' air an taobh amach dhiot an nist agus feuch ri beirid orm.'

'O, a dhuine *smart*,' thuirt esan, 'bhon a bha thu cho *smart* 's gun d'fhuair thu amach,' thuirt easan, 'tha mi toirt dhut fàinne.'

And so it was. The giant went and got the salt water and the plain ashes and he came back in. They mixed it up and then the giant began applying the mixture to his eye.

'Well,' I asked the brute, 'Do you see anything?' said I.

'No,' said the giant.

'Well, then, put a palmful in the other eye.'

The giant went and put a palmful of the liquid into the other eye and the eye lost its sight and the giant couldn't see a thing. Oh, the giant leapt down: he was going to make a try at getting hold of me, but when I was in one corner the giant would be in another corner, so he failed to catch me.

In the morning the cock crowed, and the giant had twelve goats and a buck in the cave.

Said he to me, 'Let out the goats for me.'

He stationed himself at the entrance to the cave. I let out one of the goats. The goat went toward the giant and the giant felt it.

'Oh, poor little goat,' he said, 'you can see me though I can't see you. I will make the scoundrel who entered here pay dearly before he gets out of here tonight.'

He let the goat out between his two legs and the goat departed, and then he called for another goat.

But I went and took on the buck that was there and killed it. I began skinning it, and before the last goat had been let out, the buck was skinned. The giant called then, 'Let out the buck.'

'All right,' said I, and I went down on my hands and knees and I draped the skin over myself and out I went toward the giant. And the giant felt me.

'Oh poor buck, you can see me though I can't see you. But I will make the young stripling who entered here pay dearly for this before he gets out of here.'

"I got on the outside of that brute and I threw off," said Conall, "the buck's hide and I said to him, 'I'm on the other side of you now. Try to catch me.'

'Oh, you smart man,' said he. "Since you're smart enough to get out, I'm going to give you a ring."

Dh'fhalbh e 's thuirt mi,
'Tilg thugam e.'
Thilg a'bhéist am fàinne thugam 's thuirt e rium,
'Feuch air do lùdag e.'
Dh'fheuch mi air mo lùdag am fàinne.
'Bheil e 'gad fhreagairt?'
'Tha,' orsa mise.
'Teannaich agus teann thugam,' thuirt am famhair.

Thòisich am fàinne mi-fhìn a tharraing a dh'ionnsaigh na béisteadh. Ach co-dhiubh 's co-dha cha robh fhios a'm gu dé a dheanainn ach b'fheudar dhomh tionndadh mu chuairt agus fo dheireadh corc a bh'agam a thoirt amach agus lùdag a ghearradh far mo mheur. Agus dh'fhalbh i 'n uair sin 's gu dearbh bha mis' ann an àirc na bu chruaidhe na tha mi an nochd."

"Gu dearbh fhéin bha," thuirt an rìgh. "Ma dh'inneas tu té eile na bu chruaidhe na bha an oidhche sin, bheir mi do bheatha fhéin is beatha do dhithis ghillean dhut."

"O, bhithinn car coma ged a dh'innseadh."

"Uill, nuair a bhithinn a'falbh mu chuairt 's mi siubhal bhruachan chladaich bhithinn [a'ghabhail] *interest* uamhasach ann ach gu dé a chithinn. Ach latha bha seo bha eilean beag amach pìosan far a'chladaich agus bha bàta ann a'sin is am bàta air n-ais 's air n-adhart agus gun duine anns a'bhàta. Thànaig am bàta astaigh a dh'ionnsaigh a'chladaich is thuit dhomh fhìn gun do chuir mi mo chas anns a'bhàta, is mun d'fhuair mi mo chas eile tharraing 'sa bhàta bha mi air mo thilgeil air an eilean. Uill, dh'fhalbh mi 'n uair sin suas," thuirt e, "'s bha mi bha mi 'coimhead mu chuairt. Ach chunnaic mi boireannach cho briagh 's a chunnaic mi riamh shuas ann a'sin is leanabh gille aice. Agus bha i ann a'sin agus teine mór aice air a dheanamh is dà bhàr do dh'iaruinn 's [i] 'gan deanadh dearg 'san teine. Thogadh e na bàraichean iaruinn bha seo is thilgeadh i air falbh bhuaip' iad is thòisicheadh i air caoineadh. Choisich mi fhìn suas far an robh i agus dh'fhoighneachd mi dhi dé bha ceàrr is dh'innis i dhomh:

'Chaidh mis' air an eilean coltach riut fhéin,' thuirt am boireannach, "'s bha an leanabh seo còmhla rium,' thuirt i. 'Agus tha agam air a'leanabh seo a mharbhadh do dh'fhamhair aig an teine ann a'seo agus e a bhith deiseil dha air a shuipear an nochd.'

'Uill,' thuirt mise, 'am bheil sian sam bith eile ann a bheir thu dhan bhéist?'

The giant made a move and I said, 'Throw it to me.'

The brute threw me the ring and said,

'Try it on your little finger.'

So I tried the ring on my little finger.

'Does it fit?'

'It does,' I replied.

'Tighten, ring, and come to me,' said the giant.

The ring began to pull me toward the brute, and at that point I didn't know what I should do, but finally I had to turn around and take out a knife I had with me and cut my little finger off at the joint. So off it came, and indeed I was in worse straits then than I am tonight."

"Indeed you were," said the king. "If you tell about another time that was worse than that night, I will grant you your own life and the lives of your two remaining sons."

"Oh I wouldn't mind doing that at all."

"Well, when I was going around walking along the banks of the shore," said he, "I used to look around with great interest to see what I could see. And one day there was a little island a short distance offshore and there was a boat going back and forth without anyone in it. The boat came in to the shore again and it happened that I put my foot in the boat and before I was even able to get my other foot in I had been thrown on the island. Well, I went up," said Conall, "and I was looking around, and I saw a woman as fine-looking as I had ever beheld up there and a boy child with her and she had a big fire made up there and two iron bars reddening in the fire. She would lift the iron bars, and she would throw them away from her and she would begin to weep. I walked up to her and I asked her what was wrong and she told me:

'I came to this island like yourself,' said the woman, 'and this child was with me. And now I must kill the child for the giant, here beside the fire, and he must be ready for the giant's supper tonight.'

'Well,' I said, 'do you have anything else to feed the brute?'

'Thà, dà corp dheug astaigh a'sud, ach dé feum a nì sin? Tha iad shuas an dràsda is ged a bheirinn an aon phìos à fear dhe na cuirp, aithnichidh e iad 's mhionaid. Gheibh e sin amach is marbhaidh e mi fhìn 's an leanabh an uair sin.'

'Uill, tiugainn astaigh,' thuirt mi. Chaidh sinn astaigh.

Chaidh mi fhìn suas," thuirt Conall, "a dh'ionnsaigh na lobhta 's bha a dhà dheug do chuirp ann a'sin 's iad rùisgt' air a'lobhta. Ach bha aon fhear mór, reamhar ann agus dh'fhalbh mi 's rug mi air sgian 's thug mi pìos à màs chruachainn aige 's thug mi anuas e. Thug mi sin dhan bhean.

'Bruich sud,' thuirt mi, 'dhan fhamhair.'

Is fhuair mi n' uair sin," thuirt esan, "*nipple* bheag à pìos eile dhan fheòil 's chuir mi sreang air. Thug mi sin dhi 's chuir i e air cheangail air òrdag nan cas aig an fhear bheag. 'S bhiodh am fear beag a'cleasachd leis a'phìos dhen *nipple* bha seo mar gum biodh e 'ga dheoghal. Agus dh'fhalbh mi fhìn an uair sin agus thilg mi an corp bha seo sios dhan t-seilear. Shriop mi fhìn," thuirt esan, "agus chaidh mi air mo bheul fodha an àit' a'chuirp a bha seo.

Bha mi ann treis [nuair a] thànaig am famhair 's bha 'n fheòl a'bruich.

'Na bhruich thu do mhac?'

'Bhruich. Tha e agam ann a'seo.'

O, dh'fheuch e e's a'cheud greim a thug e às, thilg e air an ùrlar e.

'Chan e do mhac tha seo,' thuirt esan, 'ach fear dha na cuirp air a'lobhta.'

'Chan e gu dearbh,' thuirt ise.

Chaidh e suas a choimhead agus bha an dà chorp dheug air a'lobhta. Thill e 'n uair sin 's dh'ith e a h-uile greim dhan fheòil bha seo.

'Uill, tha toil agam tuilleadh fhaighinn.'

'S chaidh e suas. Rug e air chois orm fhìn," thuirt Conall, "'s thòisich e air mo shlaodadh sios a'staidhir. Agus 's e cùl mo chìnn a'bualadh 's steapan na staidhre rud cho cruaidh 's cho goirt 's a dh'fhairich mi riamh,' thuirt e.

"Agus co-dhiubh," thuirt esan, "bha coire mór, uamhasach aige ann a'sin. Rug e orm 's chuir e mise 'sa choire; chuir e ann a'sin mi gus a bhith bruich. Agus chaidh e fhéin 'na shìneadh ann a'leabaidh agus chadail e. Thànaig am boireannach a dh'ionnsaigh a'choire agus bhruidhinn i riumsa thro shrub a'choire.

'Bheil an coire a'fàs teth?'

'Tha e 'fàs cuimseach math teth,' thuirt mi. 'Bheil dòigh air faighinn às a'seo?'

'Yes. There are twelve dead bodies inside there, but what use is that? They are up there now and even if I were to take a piece out of one of the bodies, the giant will know right away. He will find that out and then he'll kill both me and the child.'

'Well, come inside,' said I. So we went in.

I went up," Conall continued, "to the loft and there were twelve bodies there stripped in the loft. There was one big fat one, so I went and took hold of a knife and cut a piece from the back of the haunches and brought it down and gave it to the woman.

'Cook that for the giant.'

And then," said Conall, "I got a little nipple from another piece of the flesh and I put a string on it. I gave it to her and she tied it to the big toe of the young child. And the little one played with that piece of nipple as if he were sucking on it. Then I went and I threw the body into the cellar. I stripped," continued Conall, "and lay face down in place of the body. I had been there a while when the giant arrived and the flesh was cooking.

'Have you cooked your son?'

'Yes. I have him here.'

Oh, he sampled it, and after the first bite he took he threw on the floor.

'This is not your son,' said the giant, 'but one of the corpses up in the loft.'

'Indeed it is not,' said the woman. The giant went up to look and the twelve bodies were there in the loft. So he returned and devoured every bite of the flesh.

'Now I want more.'

"Up he went and seized me by the leg," said Conall, "and he began to drag me down the stairs. And the back of my head bouncing on the steps was as hard and painful a thing as I have ever felt."

"Now," said Conall, "the giant had a great, big kettle there. So he grabbed me and he put me in the kettle to cook. Then he went and stretched out on a bed and fell asleep. The woman came over to the kettle and spoke to me through the spout.

'Is the kettle growing hot?'

'It's getting good and hot,' said I. 'Is there any way out of here?'

'Uill, chan urrainn dhomhsa leithid a'choire a thogail,' thuirt ise.

Ach thòisich mi air feuchainn ri dhol thro shrub a'choire. 'S e mo dhà chruachainn a thoirt thro shrub a'choire rud cho gàbhaidh 's a dh'fheuch mi riamh," thuirt e. "Ach eadar a h-uile sian a bh'ann fhuair mi amach às a'choire. Dh'fhoighneachd mi 'n uair sin dhi a robh sian sam bith an sin a chuireadh *finish* air an fhamhair.

'Tha slatan draodhachd ann a'sud,' thuirt ise. 'Ma bhuaileas tu 'n ceann garbh dhe air an fhamhair nì thu creag shalainn dhe.'

Dh'fhalbh mi 's chaidh mi air n-adhart is fhuair mi slatan draodhachd 's bhuail mi air an fhamhair e, agus fhuair mi a'bhean 's a'leanabh bha seo thoirt *clear* agus mi fhìn còmhla riuth'.

Gu dearbh," thuirt Conall, "bha mise ann an àirc na bu mhiosa na tha mi an nochd."

"Gu dearbh fhéin, bha."

Is bha a'mhathair aig a'rìgh ag éisdeachd ris an naidheachd. Thànaig i anuas.

"An tus' a bh'air an eilean?" thuirt ise.

" 'S mi," thuirt esan.

"Uill, is mise 'm boireannach a bh'ann agus seo agad a'leanabh a bh'agam – a'rìgh."

Ach 's ann mar a bh'ann. Chaidh tionndadh mu chuairt. Ghabhadh mu chuairt air Conall is a h-uile sian a b'fheàrr a ghabhadh deanadh a dheanadh dha. 'Sa mhadainn air la'r-na-mhàireach chaidh tionndadh mu chuairt agus saic do dh'òr thoirt dha fhéin agus an t-Each Blar Buidh' agus thànaig e dhachaidh bho rìgh nan Uinneagan Daraich leis an eallach a bha seo.

Thug Conall an t-each dhan rìgh 's thug e leis an còrr agus rinn sinn dannsa mór, uamhasach a mhair fad latha agus bliadhna. Agus nuair a theirg an uair sin an dannsa 's an *liquor* dh'fhalbh mi 's thionndaidh mi mu chuairt. Is dh'fhalbh mi 's thug mi leam Archie Kennedy agus bha sinn falbh a dh'iarraidh liquor, 's bha sinn a'dol *cross* air allt is brògan paipeir oirnn. Agus chaidh sinn air bhog' 'san allt 's dh'fhalbh na brògan dhinn is dhealaich mise riuth'.

'Well, I cannot lift anything like the weight of this kettle,' said she.

So I began to try to get out by the spout. And my two hips going through the spout of the kettle was a thing as distressing as I ever experienced," said Conall. "But along with everything else I managed to get out of the kettle. Then I asked her if there was anything that would finish the giant.

'There is a magic wand there,' said she. 'If you strike the giant with the thick end of it you will transform him into a rock of salt.'

So I went over and got the magic wand and struck the giant with it and turned him into a rock of salt, and managed to free the woman and the child, and myself along with them.

And," said Conall, "I was certainly in worse straits then than I am tonight."

"Indeed you were."

Now the king's mother had been listening to the story, and she came over.

"Is it you who was on the island?" she asked.

"It is," said Conall.

"Well, I'm the woman who was there and here is the child that was with me – the king,"

So it was, and things turned around. People gathered round Conall and the best possible things were done for him.

On the morning of the following day they turned around and sacks of gold were given to Conall along with the Yellow Blaze-Faced Steed, and he returned home from the King of the Oaken Windows with that load. He presented the other king with the steed and kept the rest for himself, and we put on a grand dance that lasted a year and a day. And then when the dance and the liquor ran out I went for a turn around, going out and taking Archie Kennedy with me. We were going after more liquor, crossing a brook with paper shoes on, and we got bogged down in the brook and the paper shoes came off and that's where I parted from them.

8 Sgeulachd a'Chòcaire Ruaidh

Bha uair ann a bha nighean a bha fuireach còmh' ri bràthair a h-athar, agus bha còmhla riu' òganach do ghille bha iad a'togail. 'S bha iad ann an dachaigh thoilichte, agus bha iad sìtheal, còrdte còmhla a'sin.

Ach a'sin thuirt an duine gu robh e dol a ghabhail sgrìob a choimhead a chàirdean aig roinn do dh'astar air falbh, 's gum biodh e air falbh a leithid do dh'ùine. 'S bha e dèanamh a mach gu robh an nighean 's am balach ann an aois gu toireadh iad an aire dhaib' fhéin agus dhan dachaigh. Agus dh'fhàg e dar a fhuair e deiseil 's dh'fhalbh e. 'S dh'fhàg e air cùram Nì math iad, tha mi cinnteach, 's dh'fhalbh
e co-dhuibh.

Ach co-dhuibh bha iad lathaichean as deaghaidh dha falbh, 's bha h-uile sian a'falbh taghte. Ach an deireadh a'latha as deaghaidh dha falbh chunnaic iad coltas boireannach mór a'tighinn dh'ionnsaigh an taighe, agus *bheat* i aig an dorust. Agus chaidh an nighean 's am brogach dh'ionnsaigh an dorust. Thuirt i gun tànaig i air astar mór agus gu robh i sgìth 's gu robh an t-acras oirre. Rinn an nighean biadh dhi, 's thuirt i nuair sin gu robh e eagalach sgìth, gum bu mhath leatha speil do dh'fhois a ghabhail. Thuirt i gun i dh'fhaighinn leaba deiseil dhi idir, a dh'fhaighinn cluasag agus a cur air an ùrlar, agus gu sìneadh i air an ùrlar.

Uill, sin a rinn an nighean. Fhuair i cluasag 's chuir i air an ùrlar i, 's chaidh e 'na sìneadh ann a'sin. Cha robh i fada ann gus a robh i 'na cadal. Ach bha am brogach coltach ris a h-uile òigear eile: bha e coimhead mun cuairt's coimhead air na brògan, 's thuirt e ris an nighean,

"Cho mór 's a tha na brògan aice!"

"O fuirich bhuaipe," thuirt an nighean. "Fuirich bhuaipe mun dùisg thu i."

Still, bha am brogach, bha e toir diù dhi, 's bha e coimhead mu chuairt – an uair ud bha aodach fada air na boireannaich – agus chunnaic e gu robh triùbhsar fireannach a'tighinn amach fon dreas, agus chunnaic e cuideachd gu robh claidheamh [oirre]. Chaidh e far a robh an nighean, 's dh'innis e,

8 The Red Cook

Once upon a time there was a young girl who was living with her father's brother and along with them was a young lad that they were raising. And they lived together in a happy home, peacefully and harmoniously.

But the man said that he was going to go on a journey to visit relatives who were some distance away, and that he would be gone for a length of time. He said he thought that the young girl and the lad had reached an age where they could look after themselves and their home. So when he had readied himself he set out and departed from there. He left them under the care of fate, I'm sure, and off he went.

So there they were for some days after he had left, and everything was going very well. But as one day came to a close after his departure they saw what appeared to be a large woman approaching the house and she hammered on the door. The young girl went out to meet her at the door along with the lad. The woman said that she had come a long distance and that she was tired and hungry. The young girl prepared food for her and the woman said that she was so terribly tired that she wished to rest for a while. She told her not to prepare a bed for her at all, but to fetch a pillow and to put it on the floor and she would stretch out there on the floor.

So this is what the young girl did. She got the pillow and put it on the floor and the woman stretched out there. She wasn't there long before she fell asleep. Now the young lad was like all the others of his age, he was examining things around him and his attention fell on the woman's shoes. And he said to the young girl,

"Look how big her shoes are!"

"Leave her alone," said the young girl. "Stay away from her lest she wake up."

But the young lad kept his attention on her and continued looking around. In those days women used to wear long garments, and he noticed that men's trousers were coming out from under the dress, and he noticed as well that there was a sword ... So he went over to the young girl and told her,

"Tha triùbhsar fireannach a'tighinn a mach fon dreas, agus tha claidheamh oirre."

Choimhead an nighean fhéin an uair sin cho fàillidh agus a b'urrainn dhi nach dùisgeadh i e, 's cinnteach gu leòr bha seo ann: triùbhsar fireannach a'tighinn a mach fon dreas, agus an claidheamh. Thuirt i ris a'bhrogach a bhith cho fàillidh 's b'urrainn dha gun bhith dèanamh stroighlich. Agus chuir i teine mór air agus chuir i poit mhór do gheir air an teine. Agus nuair bha phoit gheir, dar a bhith i goil, dìreach, fhuair i muga mór agus lìon i sin. 'S bha ise 'na sìneadh air a druim air an ùrlar 's a beul fosgailte 's srann aice 'na cadal. Dhòirt i am muga grìse sìos 'na h-amhaich. Bha i breabadaich ann a'sin, 's an ceann tacain bha i marbh.

Ach dar a rinn iad a mach gu robh i marbh rannsaich an nighean i. Thug i a claidheamh dhith, 's thuirt i ris a'bhrogach,

"Nist, feumaidh tusa bhith socair a nochd. Tha sinn dol a dh'fhaicinn barrachd is siod a'seo a nochd. Tha ceud rud againn ri dhèanamh: feumaidh sinn a h-uile h-uinneag th'air an taigh a thàirneachadh 's bholtadh, 's a h-uile dorust a th'air an taigh, agus gun solust a lasadh idir. Ach tha aon uinneag bheag air ceann shios an taighe, agus suidhidh sinn ann a'sin. Agus bidh thusa cho socair 's ghabhas tu bhith."

Agus 's e sin chaidh a dhèanadh. Chaidh a h-uile h-uinneag bh'air an taigh a bholtadh 's h-uile dorust. Cha do las iad solust. Agus shuidh iad aig an uinneag bheag seo. O, an ceann pìos a dh'oidhche dh'fhairich iad ponndadh aig an dorust. Cha do ghabh iad orra. Chaidh iad dh'ionnsaigh nan uinneagan. Bha iad a'feuchainn nan uinneagan 's cha ghabhadh na h-uinneagan togail. Thànaig iad mu dheireadh dh'ionnsaigh na h-uinneag seo agus thog iad i. 'S dar a bha fear a staigh gu math chuir a nighean thairis an claidheamh air 's thilg i an ceann dheth agus shlaod i staigh e. Uill, thànaig fear eile an uair sin, agus an tomhas ceund' air an fhear sin, an tomhas ceunda. Thànaig cóignear a staigh mar sin. Am fear mu dheireadh a bha muigh bha e cur ioghnadh air cho fèathail 's a bha an gnothaich a staigh, nach robh bruidhinn, nach robh fuaim ann, agus thànaig e staigh an comhar a chùil. Agus chuir an nighean a claimheamh 'na dhruim, agus leòn i eagallach dona e, ach fhuair e teicheadh.

Uill, cha mhór nach deachaidh an nighean far a beachd, daoine marbh a staigh. 'S sgrìobh i litir an ath latha gu bràthair a h-athar – dh'fhag e an *address* – e thighinn dhachaigh cho luath 's a b'urrainn dha. Bha esan a'measg a chàirdean dar a fhuair e an litir 's gun ghuth aige a chàirdean fhàgail airson tighinn dhachaigh. Ach fhuair e an litir

"There are men's trousers coming out from under the dress, and she's wearing a sword."

The young girl went over to look as stealthily as she could so that she would not wake the woman, and sure enough that's what it was: men's trousers coming out from under the dress, and the sword. She told the young boy to be as stealthy as he could be and not to make the slightest sound. Then she put on a big fire and hung a large pot of fat over the fire, and as soon as the pot of fat had come to a boil, she got a large mug and filled it. Now the woman was stretched on her back on the floor with her mouth open, snoring in her sleep, and the girl poured the mug of grease down her throat. She kicked for a while and was soon dead.

When the young girl was sure that she was dead she searched her. She removed the woman's sword and said to the young boy,

"Now you are to be quiet tonight. We're going to see more than this one here tonight, and we have a hundred things to do. First of all we must nail shut every window in the house and bolt it, along with every door in the house, and not light a single light. But there is one small window at the lower end of the house, and that's where we'll sit. And you are to be as quiet as you possibly can."

So that's what they did. Every window in the house was bolted shut as well as every door. They did not light a light and they went to sit at the little window. After part of the night had passed they heard pounding at the door. They did not respond so the strangers went to the windows. They were trying the windows and they couldn't raise them. At last they came to the small window and raised it. And when one of them had gone in a good way the young girl brought down the sword on him, took his head off and dragged him in. Along came another one and he got the same treatment – the very same. Five of them entered that way. Now the last of them to be outside was surprised at how still things were on the inside, that there was no talking or noise of any kind, so he entered backwards. The young girl brought the sword down on his back and wounded him badly, but he was able to flee.

Well the young girl nearly took leave of her senses with all the dead men inside. And the next day she wrote a letter to her uncle – he had left the address – for him to return home as swiftly as possible. He was with his relatives when he got the letter, with no intention of leaving them and coming home so soon. When he received the letter he was

seo 's bha e eagalach mì-thoilichte agus duilich a'fàgail a chàirdean, ach cha robh ann ach tilleadh. Dar thànaig e dhachaigh bha seo roimhe: daoine marbha. Ge bu dé rinn iad ris na daoine marbha, co-dhuibh fhuair iad siorram no fear-lagh no sian, ach chaidh na daoine marbha – ach a faighinn cuidhteas iad air dòigh a chor-eigin. 'S chaidh an taigh a ghlanadh, 's bha iad cho toilichte 's a bha iad a roimhidh.

An ceann na bliadhna a'lath' bha sin thànaig marcraiche chun an taighe agus coltas beirteach air, agus dìollaid air an each cho brèagha 's a chaidh fhaicinn riamh. Agus thuirt e gun tànaig e astar mór, 's gum bu mhath leis an t-each a *rest*adh agus biadh thoirt dhà, 's gum bu mhath leis fhéin biadh fhaighinn. Chaidh gabhail aig an each aige 's a chur a staigh 's bhiadhadh. Chaidh e fhéin a thoirt a staigh, 's ghabh iad an dìnnear. Uill, thuirt e dar a ghabh iad an dìnnear, gu robh cheart cho mhath dha a ghnothach a chur an cèill. Thuirt e ris an duine gu tànaig e a dh'iarraidh na nighean a bh'aige còmh ris ann a siod airson a pòsadh. Uill, thuirt an duine nach robh e dol a chur 'na h-aghaidh ma bha i fhéin toileach. Thuirt e nach robh esan dol 'ga cumail air ais. "Bha mi an dùil," thuirt e, "gura [h-ann] aicese a dh'fhàgainn an dachaigh seo fhathast."

"O," thuirt an duine, "tha dachaigh math gu leòr agadsa a seo, ach chan eil i coltach ris an dachaigh a th'agamsa. Cha lig an nighean leas obrachadh. Bidh searbhantan 's sgalagan againn a nì an obair."

Bha e bòsdadh mar sin. Ach dar a fhuair ise soithichean na dìnneir a ghlanadh fhuair i deiseil, bha e dèanadh a leithid do bhósdadh. Agus fhuair e an t-each deiseil 's chuir e an dìollaid air, agus chuir e ise air an dìollaid an toiseach. Dar a chaidh e fhéin air an dìollaid bha *valise* aige, agus thug e mach *belt* mór leathann às a'sin chuir e mu chuairt air an nighean e, agus chuir e mun chuairt air fhéin e 's cheangail e am bucall air aghaidh fhèin. 'S thuirt e gum biodh banais ann agus gu cuireadh e coidse a dh'iarraidh an duine agus a'bhrogaich airson a bhith air a'bhanais.

Ach dh'fhalbh iad co-dhuibh pìos mór a dh'astar. Chaidh iad air adhart pìos mór a dh'astar. 'S dh'fhaighneachd i dha robh a dhachaigh fad às a siod. O bha i pìos. Chaidh iad air adhart pìos eile. Dh'fhaighneachd i rithist. Bha i fàs sgìth air an dìollaid. Tha i pìos fhathasd. Chaidh iad air adhart pìos eile a dh'astar, 's dh'fhaighneachd i rithist robh a dhachaigh fad às a'siod.

"Chan eil i uamhasach fad às a'seo, agus chan eil an ùine agadsa, a bhradag, fada tuilleadh. Tha thu dol a dh'fhaighinn bàs gu math goirt. Sin am pòsadh agus an dachaigh mhath tha thu dol a dh'fhaighinn."

"Dé rinn mise riamh 's an t-saoghal a choisinn sin dhomh?"

very displeased, and leaving his relatives was hard for him, however he had no choice but to return and when he reached home he was confronted with the dead men. Whatever they did with the dead, whether they got a sheriff or a lawyer or anyone else, the dead men were somehow disposed of, the house was cleaned up and they were just as happy as before.

But one day after a year or so had passed a rider arrived at the house. He seemed to be wealthy, with a saddle on the horse as fine as was ever seen. He said that he had come a long distance, and that he would like to rest his horse there and feed it and that he would like some food as well. His horse was attended to and put inside and fed. He was invited in and they had their meal. Well, when they had finished eating the rider said that it was just as well for him to come to the point. He said to the man of the house that he had come to ask for the hand of the young girl in marriage who was living there with him. Well, the man of the house replied that he would not oppose it if she herself were willing. He said that he was not going to prevent her.

"But I had intended," said he, "to leave this house to her yet."

"Oh," replied the rider, "you have a very nice place here but it isn't like the house that I have. The girl need not work at all; we will have maidservants and farm hands to do the work for her."

Of course he was boasting, but when the young girl had finished cleaning the dishes and had gotten ready, he kept on with his pretensions. So the rider got the horse ready and saddled it and put her in front on the saddle. And when he himself went into the saddle he had a valise, and he took a big broad belt out of it and put it around the girl and then around himself and attached the buckle in front. And he said that there would be a wedding and that he would send a coach to fetch the man of the house and the young boy to attend the wedding.

They travelled a good way – a very long distance indeed. And she asked him whether his place was a long way off, oh yes some distance yet. So they continued on for a while. She asked him again; she was growing tired in the saddle and he answered that it was some way yet. They continued on for a while and she asked yet again whether his place was far from there.

"It's not a terribly long way from here, nor is your own time long either, you hussy. You're going to suffer a painful death, and that's the marriage and the fine house that you are going to have."

"What on earth have I done to deserve this?"

"Rinn o chionn bliadhna, mharbh thu cóignear dhe m'bhràithreansa, agus leòn thu mise gu math dona, ach fhuair mi às."

Uill, rànaig iad co-dhuibh far a robh an dachaigh aigesan. 'S e pàileas robairean a bh'ann, agus bha robairean eile còmh' riutha. Dar a rànaig e aig an dorust thànaig iad amach le hallò uamhasach, 's labhair fear dhiubh,

"An làmh mhór ghasda nach tàining dhachaigh riamh falamh!"

Chaidh òfasar do dh'fhear gabhail aig an each 's thànaig e fhéin dh'fhosgail e am bucall air a'*bhelt* leathair, 's thànaig e nuas, 's thug iad ise anuas.

Bha iad an uair sin feuchainn ri chur a mach dé an bàs bu ghoirte a ghabhadh toirt dhi. 'S thuirt fear dhiubh gur e teine mór a dhèanadh a muigh agus a cur 'na suidhe aig an teine 's bhith suathadh grìs ri bonn a cas a'sin. Agus dh'aontaich iad uile leis a'sin. Ach bha astaigh còcaire mór ruadh, agus e trang a'faighinn biadh. Agus thuirt iad ris, uill, mun cuireadh iad ise gu bàs, gu feumadh iad biadh a ghabhail, nach do dhearg iad biadh ceart a ghabhail a siod ach feitheamh ris fhéin gus an tigeadh e dhachaigh. Ach chaidh an còcaire ruadh 's bha e trang a measg biadh, 's bha bòrd làn do dh'fheòil phronn aige. Ach dé rud a bh'ann, mun d'fhuair iad suidhe aig an dìnneir, chunnaic iad coidse mór a'dol seachad agus coltas a'bheairteis air na daoine 's air a'choids 's air na h-àirneis bh'air na h-eich 's h-uile sian. 'S thuirt fear dhiubh,

"Tha a'siod rud bu chòir dhuinn a leanailt."

'S leum iad a mach uile. Bha coin aca. Dh'fhalbh iad as deaghaidh a'choids. Thuirt an nighean ris a chòcaire ruadh,

"De an ùine tha thusa seo?"

Dh'innis e.

"Uill, na gu dé na bheil agad do dh'airgead ma tha airgead agad, sguab leat e agus bitheamaid a'falbh, chionn marbhaidh iad mise co-dhiubh 's marbhaidh iad thusa fhathast."

Dh'iarr i air a'chòcaire ruadh pocannan fhaighinn, agus lìon i poca no dhà dhen fheòil phronn. Agus bha cnaimhean air a'bhòrd. Chaidh poca eile a lìonadh do chnaimhean. 'S fhuair an còcaire ruadh fhuair e na bha do dh'airgead aige 's thug e leis e agus dh'fhalbh iad. Bha iad a'faighinn air adhart gu math: fhuair iad pìos do dh'astar a dhèanamh.

Ach thànaig na robairean dhachaigh 's cha robh sgeul air an nighean, 's air a'chòcaire ruadh, 's chuir iad na coin air an luirg. Dar a dh'fhairich àsan na coin a'tighinn thilg iad pàirt dhe na cnaimhean 's dhen fheòil phronn. Agus dar a fhuair na coin iad, thog iad sin 's dh'fhuirich iad aig a'sin. Thànaig na robairean air na coin ann a'sin 's

"What you did a year ago when you killed five of my brothers and wounded me badly as well, but I got away."

They finally reached his place, which was a robbers' palace and there were other robbers there with them. And when he arrived at the door they all came out with a clamorous "hello" and one of them said,

"The big fine hand that never came home empty."

An officer among them attended to the horse and the rider released the buckle on the leather belt and down he came and they took the young girl down.

The robbers were trying to determine the most painful death they could inflict on her. One of them suggested making a big fire outside and placing her beside the fire and rubbing grease into the soles of her feet, and they all agreed on that. But inside was a big red-haired cook busy getting food. And they said to him, well, before they put her to death they would have to eat first since they hadn't been able to eat properly there for waiting until their leader came home. The red-haired cook went and busied himself preparing food, and he had a table full of ground meat there. But as it happened, before they got to sit down for their meal, they saw a large coach passing and the men in the coach appeared to be well off and along with the coach and the harnesses on the horse and everything else, and one of them said,

"That's something that we should follow up."

So they all bounded out after it. They had their dogs with them and they went after the coach. The young girl said to the red-haired cook,

"How long have you been here?"

So he told her.

"Whatever money you have, if you have any, gather it up and we'll be out of here because they are going to kill me and they will kill you yet."

She asked the red-haired cook to get some bags and she filled one of two of these with the ground meat. And there were bones on the table so she filled another of the bags with the bones. So the red-haired cook got whatever money he had and took it with him and off they went. They made good progress and were able to cover a considerable distance.

But in the meantime the robbers had returned home and there was no sign of the young girl or the cook, so they sent the dogs out to track them down. When the young girl and the cook heard they dogs approaching they threw down some of the bones and some of the ground meat. And when the dogs got to it they snapped it up and stayed right there. The robbers came across the dogs

an fheòil 's chuip iad air falbh a rithist iad. Dh'fhalbh iad a rithist. Dar a dh'fhairich àsan na coin a'tighinn a rithist chuir iad tuilleadh do dh'fheòil phronn agus dhe na cnaimhean air làr, agus dh'fhuirich na coin aig a'sin. Agus rànaig iad an uair sin abhainn, an nighean 's còcaire ruadh. Cha ghabhadh faighinn tarsainn air an àbhainn. Bha i cho mór. Ach choisich iad sios ri taobh na h-aibhneadh. Agus bha banca àrd air an abhainn agus bha àite astaigh air banca na h-aibhneadh. Bha car do chèabh a staigh ann. Chaidh iad a staigh ann a'sin. Ach rànaig na coin an abhainn. Dar a rànaig iad an abhainn chaill iad an *scent*. Chaill iad an lorg acasan. Ach chaidh na robairean sìos pìos taobh na h-aibhne. Bha iad dìreach os an cionn, os cionn a'chèabh às a robh iad. Thuirt fear dhiubh,

"Tha fios gu bheil nighean na bidse bàthte co-dhiubh amuigh 'san abhainn. Tha fhiosam gu bheil. Ach b'fheàrr leam am bàs a chuir sinn fhìn a mach dhi."

Ach dh'fhuirich iad ann a siod agus do dhorch' an oidhche. Dar a dhorch' an oidhche chunnaic iad solust ann an taigh shuas air taobh eile na h-aibhneadh, pìos mór a dh'astar. Rinn iad air sin. Dar a rànaig iad an taigh chaidh an solust às. Ach dar a rànaig iad an dorust ghnog an còcaire ruadh air an dorust, agus chuir duine an taighe amach a cheann air an uinneag 's dh'fhaighneachd e có bha siod mun àm seo. 'S thuirt e,

"Feadhainn a theich à taigh nan robairean."

"Uill, chan eil sin bhuam a'seo idir."

"Uill, lig thusa sinne staigh. Tha rud agamsa ri innse dhut," thuirt an còcaire ruadh, "mu dheidhinn nan robairean. Dh'fhaoidte gun dèan e feum dhut."

Dh'éirich an duin' 's lig e staigh iad. Agus dh'innis an còcaire ruadh a naidheachd. Thuirt e gu robh e an uibhir seo a dh'ùine a'còcaireachd dha na robairean, 's gu robh e 'gan chluinnteil o chionn bliadhna [a'bruidhinn] air tighinn dhan taigh aig an duine seo agus am marbhadh agus an robainn.

"A dh'uibhir seo a dh'ùine, o chionn bliadhna, bha mi 'gan cluinnteil a'bruidhinn air tighinn dhan taigh seo agus a h-uile sian a thoir sios thuca fhéin agus ur marbhadh agus ur robadh."

Bha an duine seo beairteach. Bha stòran agus bha bàran aige.

"Agus 's e an ath oidhche an oidhche. Chan eil móran ùine agad."

Uill, bha sgealag aig an duine agus *rouse* e air a chois an sgalag 's thug e dha sporan airgid.

"Thoir leat an t-each as fheàrr a th'agamsa."

and whipped them until they continued again. So off they went in pursuit. When the young girl and the red-haired cook heard the dogs approaching once more they took out more of the ground meat and the bones and threw it them the ground, and the dogs remained there. Now the young girl and the cook came to a river and the river could not be forded because it was so big. So they walked along the side of the river and there was a high bank and a place going in under the bank. There was a kind of a cave in there, so in they went. Soon the dogs arrived at the river and when they did they lost the scent and lost their trail. Now the robbers went down along the riverside for a distance until they were directly above the two, above the cave in which they were hiding. One of them said,

"No doubt the hussy has drowned in the river. I know she has. But I would have preferred the death that we had determined for her."

The two fugitives stayed there until night fell and when it had darkened they saw a light coming from a house above on the other side of the river at a great distance, and they proceeded toward it. When they arrived at the house the light went out. But when they came to the door the red cook knocked on it, and the man of the house put his head out the window and asked who would be there at this time of night. The cook answered,

"People who have escaped from the robbers."

"Well, I want none of that here here at all."

"Let us in anyway. I have something to tell you," said the red-haired cook, "about the robbers that may be of some use to you."

So the man of the house got up and he let them enter and the red-haired cook told his story. He said that he had been serving for such a length of time as a cook for the robbers and that he had heard them talking a year ago about coming to this man's house to kill and rob them.

"This long ago, about a year, I heard them talking about coming to this house, taking everything down to where they were, and killing you and robbing you."

Now the man was rich, with stores and bars.

"And tomorrow night's the night. You haven't much time."

Now the owner of the house had a farmhand so he roused him and gave him a purse of money saying,

"Take the best horse I have."

Bha bràthair an duine, bha e 'na sheanalair 's an arm. Sgrìobh e litir sìos cuideachd gu bhràthair as an arm, e bhith ann a'siod ro mheadhon-oidhche an ath oidhch', e fhéin 's an réiseamaid shaighdearan.

Dh'fhalbh an gille 's thug e leis an t-each a b'fheàrr. Agus thuirt e ris, "Dar a bheir an t-each seo fairis, ceannaich each luath eile."

Uill, dh'fhalbh an sgalag co-dhiubh.

Agus chaidh biadh a dhèanamh dhan chòcaire ruadh 's dhan nighean, 's chaidh àite-cadail fhaighinn dhaibh. Agus chaidh a ghràdhainn riutha fuireach am falach an ath latha. Chaidh rùm faighinn dhan chòcaire 's rùm fhaighinn dhan nighean. Chaidh biadh thoirt suas dhan nighean a'sin.

Ach a null feasgar thànaig coidse mór a dh'ionnsaigh an taighe. Bha sia no seachd do phocannan – pocannan canabhais – agus bha tuill orr'. Agus thuirt an duine,

"Tha mi falbh le bathar 's bu thoigh leam rùm fhaighinn, an rùm as fheàrr tha staigh fhaighinn dha na pocannan seo – am bathar. Tha coltas sileadh oirre."

Uill, thuirt an duine gu faigheadh. Cha ligeadh e leis an duine làmh a chur an comhair nam pocannan ach e fhéin 'gan làimhseachadh 's 'gan toirt far a'choidse 's 'gan cur an dala taobh. Dar a fhuair e staigh a'sin na pocannan sin uile ghabh e aig na h-eich. Chaidh na h-eich a chur 's an t-sabhal, 's chaidh gabhail aca. Agus dar a thànaig àm na suipeir dh'fhaighneachd e dhen duine,

"Bheil thu cumail pige *liquor* a seo?"

'S thuirt an duine,

"Tha."

"Uill, faigh botal."

Dar a phàigh e am botul, fhuair an duine co-dhiubh am botul. Ghabh e *shot*aichean dhe sin, 's ghabh iad an suipeir. Dh'éirich iad far an t-suipeir. Bha e fàs *bold*, fàs gu math stràiceil.

An uair sin, mu naoidh uairean, bhiodh e coimhead air an uaireadair. Dh'iarr e iuchraichean an taighe air an duine.

Thuirt e, "Chan eil an ùine fada agad. Chan eil an ùine fada idir agad."

Agus ghlas e h-uile dorust riamh, agus bha e gu math stràiceil. 'S dh'iarr e botal eile. Uill, thug an duine botal eile dha.

Mu dheich uairean thòisich an t-uisge 's bha e gu math trom. Agus mu leth uair an deaghaidh a deich dh'fhairich iad gnog aig an dorust, agus leum an robair – 'se a labhair.

"Có tha sin?"

Now the landlord's brother was a general in the army and he wrote his brother a letter, saying for him to be there before midnight on the following night, along with his regiment.

The farmhand took the best horse and set out. And the landlord said to him,

"When this horse gives out, buy another swift one."

So the farmservant set out.

Food was prepared for the young girl and the red-haired cook and a place to sleep was provided for them and they were told to stay in hiding the next day. A room was provided for the cook and one for the young girl and food was brought down to her there.

Toward evening a large coach approached the house, carrying six or seven sacks, canvas sacks, with holes in them and the man driving it said,

"I'm travelling with goods and I would like to obtain a room, the best room that you have, for these sacks – my goods. It looks as if it's going to rain."

Well the man of the house said that he could have that. Now the driver would not let him touch the sacks at all but insisted on handling them himself, unloading them from the coach and putting them to one side. And when he had put in all of the sacks he then attended to the horses and put them in the barn where they were looked after. And when suppertime arrived the driver asked the owner,

"Do you keep a jug of liquor here?"

The man of the house replied,

"Yes I do."

"Well then, fetch me a bottle."

When the driver had paid, the landlord fetched the bottle. He took some shots from it and then they had their supper, and when they arose from their meal he had begun to grow bold and arrogant.

Now at that time, around nine o'clock, the driver kept looking at his watch. He asked the man of the house for the keys to house, saying,

"You don't have long now. You don't have long at all now."

The driver then locked every single door. He was very aggressive indeed, and he asked for another bottle, which the man of the house gave him.

Around ten o'clock the rain began in earnest and it rained very heavily and at half past ten they heard a knock at the door and the robber leapt up, saying,

"Who's there?"

"Uill, bheil mi dol a dh'fhaighinn a staigh às an uisge?"

"Uill, na bheil a staigh a seo biodh iad astaigh, 's na bheil amuigh biodh iad a muigh."

"Uill thànaig mise à banca a' rìgh. Tha poidhle do dh'airgead agam. 'S ann an paipear a tha e, ann an notaichean. Tha na t-eagal orm gun téid a fhliucheadh."

Dar a chualaidh e sin dh'fhosgail e an dorust.

"Do bheatha dhan dùthaich."

Thànaig an t-ofasar mór seo astaigh. Choimhead e mu chuairt. Thuirt e ri bhràthair,

"Dé 's coireach na dorsan a bhith air an glasadh a seo, rud nach fhaca mise riamh 'san taigh seo? Agus dé 's coireach nach e thusa a chaidh a dh'ionnsaigh an doruist dha'm choinneachadh an àite an duine sin 's nach fhaca mi riamh e?"

"Chan eil a chridhe agamsa choimhead air sian a'seo a nochd," thuirt fear an taighe, "oir cha bhi 'n gnothach fad' ann a'sin".

Chaidh an t-ofasar a dh'ionnsaigh an doruist 's fhuair e e am biùguil 's thug e aon *bhlow* dhen bhiùgail, 's thòisich saighdearan air tighinn astaigh 's air tighinn astaigh. Uill, mu dheireadh cha chumadh an taigh iad. Bha pìos dhen taigh 'na stòr 's pìos dheth 'na bhàr. Chaidh na h-iuchraichean a spìonadh bhon robair, agus àite a dheanadh dha na saighdearan. 'S thuirt duine an taighe ris na saighdearan,

"Thigibh's faighibh na thogras sibh do bhotail, 's òlaibh e, 's bidh biadh ann an ceann *spell*."

Bha an robair 'ga chùbadh fhéin. Ghabh na saighdearan, ghabh iad sliopaichean a'sin, 's ghabh iad biadh. Thug an t-ofasar mór seachad òrdugh,

"Ceangailibh suas am fear ud mun teich e. Cha robh robh aig' ach e fhéin tighinn a seo?"

"Uill, bha pocannan aige, 's bha e 'g innse gur e bathar a bh'unnta 's cha robh a chridhe agam làmh a chur 'nan comhair. Tha iad ann an rùm air an lobhtaidh a'siod."

Thug e òrdugh 's thuirt e na saighdearan a dhol suas na biodagan a thoirt leo', 's iad a' faireachduinn math as deagaidh sliopaichean òl, 's gu toireadh iad stobadh dhe na biodagan air na pocannan. 'S thòisich an fheadhainn a bha am broinn nam pocannan air sgiamhail. Agus mharbh iad uile iad. Fhuair iad na pocannan a bha sin a nuas as an deaghaidh 's thilg iad a mach iad.

"Dé mar a fhuair thu toinisg," thuirt an t-ofasar ri bhràthair, "gu robh seo a'dol a bhith mar seo a nochd?"

"Well, am I going to get in out of the rain?"

"Let those who are in stay inside and let those who are out stay outside."

"I have just come from the royal bank and I am carrying a lot of money. The money is in paper notes and I am afraid that it will become wet."

When the man of the house heard this he opened the door,

"Welcome to the country."

The big officer came in and looked around, and he said to his brother,

"Why are the doors here locked? This is something I have never seen in this house. And what is the reason that you did not come to the door to meet me instead of this man whom I have never seen before?"

"I haven't the courage to look at anything here tonight," said the man of the house, "since it won't last long here."

The officer went to the door and got the bugle and gave one blast on it and the soldiers began piling in. At last the house could not hold them. One part of the house was a store, and another was a bar. The keys were snatched away from the robber and a place was made for the soldiers and the man of the house said to the soldiers,

"Come over and take what you want of the bottles and drink up, and presently there will be food as well."

Now the robber was there cowering in fear as the soldiers had their food and a drop to drink. Then the big officer issued the order,

"Tie up that man before he gets away. Was there anyone with him when he came here?"

"Well he brought some sacks, and he said that they contained goods and I didn't dare touch them at all. They're in a room up in the loft."

He gave the soldiers the order to go up with their dirks – they were feeling good after some drinks – so that they could drive the dirks into the sacks. Those inside the sacks started to squeal, and the soldiers killed them all. Then they brought down the sacks after them and threw them out of the house.

"And how did you get wind that this was going to happen tonight?" said the officer to his brother.

"Uill, thànaig gille mór ruadh a dh'ionnsaigh an taighe a raoir, agus nighean, agus 's iad a thug dhomh an toinisg, an naidheachd. Thug an gille mór ruadh seo dhomh an naidheachd."

"Càit a bheil iad sin?"

"Uill, b'fheudar dhomh an cur air am falach.."

"Uill, a nuas a seo iad. Tha iad sàbhailte gu leòr a nis."

Chaidh an còcaire ruadh thoirt a nuas, 's chaidh an nighean thoirt a nuas. Dar a chunnaic an robair mór an nighean thòisich e air sgiamhail – bha e 'n ceangal. An uair sin thòisich iad air stobadh phrìneachan as an robair agus tilgeil smugaidean air, na saighdearan. Agus thòisich an còcaire ruadh 's an nighean tilgeil smugaidean air an robair. Thòisich an nighean cuideachd air tilgeil smugaidean air. Dh'iarr e mu dheireadh a mharbhadh. Thuirt e nach b'urra dha an gnothach a sheasamh na b'fhaide. 'S chaidh dhà no trì do stobachan thoirt dha dhe na biodagan. Bha e marbh, 's chaidh a thilgeil a mach còmh' ri càch'.

Dh'fhuirich an an t-ofasar 's an réiseamaid a bha sin gu deireadh an oidhche, 'g òl dramannan 's 'g innse naidheachdan, 's chaidh tuilleadh tì a dhèanadh an dràsda 's a rithist. Dar a thòisich an latha air soilleireachadh thuirt an t-ofasar,

"Cho math 's gu bheil seo feumaidh sinne dhol air ais dhan arm. Agus tha thu sàbhailte gu leòr tuilleadh."

Agus chaidh an t-ofasar 's an réiseamaid air ais dhan arm. Chaidh na robairean a'sin a thìodhlaigeadh ann an àiteigin. 'S chaidh an còcaire ruadh dhachaigh gu dhaoine fhéin. 'S chaidh an nighean dhachaigh còmh' ri bràthair 's ris a'bhrogach.

'S dh'fhàg mise a'sin iad.

"A big, red-haired lad came to the house last night along with a young girl and they were the ones who gave the information, the story. The big red lad here gave me the story."

"And where are these people?"

"Well, I had to hide them."

"Then bring them down here. They're safe enough now."

The red cook was fetched down along with the young girl. When the big robber saw the girl he began to squeal – he was tied up. And then they began to stab him and prick him with pins and the soldiers spit on him, and even the red-haired cook and the girl began to spit on the robber. At last the robber asked for them to kill him. He said he couldn't bear it any longer. So he was given two or three blows with the dirks and soon he was dead and they threw him outside along with the others.

The officer and his regiment stayed until the end of the night, drinking drams and telling stories and they made more tea now and again. And when day began to dawn the officer said,

"Pleasant though this is we must now return to the army. You're safe enough from now on."

So the officer and the regiment returned to the army and the robbers were buried somewhere or other. The red-haired cook return home to his own people and the young girl went back home to her brother and the young boy.

And that's where I left them.

9 Meàirleach Dugh a'Ghlinne

Bha Meàirleach Dugh a'Ghlinne, bha e fuireach ann an àite leis fhéin. Agus bha e 'gan ionnsachadh – na feadhainn òg' – airson goid. Rachadh iad gu Meàirleach Dugh a'Ghlinne a dh'ionnsachadh. Agus am fear bhiodh ullamh ionnsaichte, dh'fhaodadh e bhith falbh.

A'latha bha seo, bha fear òg, bha e ullamh ionnsaichte. Chunnaic e duine a'tighinn anuas leis a'bheinn, mu mheadhan a'latha, agus caor' aige air a mhuin. Uill, thuirt am Meàirleach Dugh ris,

"Halla a nist, [bhon] a tha thu ionnsaichte, 's goid a'chaor' ud bhon duine ud."

"Goididh."

Amach a thug am fear òg. Bha rathad a'dol thron choillidh. *By God*, chual' e fear na caora a'tighinn. Dh'fhalbh am fear òg 's thug e dheth a bhròg 's chuir e meadhon a'rathaid 'na laighe i. Nuair a thànaig am fear a bha a'chaor' aig' air a mhuin,

"O," ors' esan, "chan eil ann ach an aon té. Cha d'fhiach aon té. Chan eil sgath feum innt'."

Dh'fhalbh am fear òg a bh'as a'choillidh a'falach. Thug e leis a'bhròg an uair sin 's ruith e air thoiseach. Chuir e air thoiseach a rithist air i. Agus am fear a bha tighinn leis a'chaora, thànaig e.

"*By God*" ors' esan, "tha a'bhròg eil' an sin! Agus nan tillinn" ors' esan, " 's an té eil' fhaighinn, bhiodh paidhir bhròg agam" thuirt am fear a bha tarraing na caora.

Dh'fhalbh esan 'e lig e a'chaor' as – bha na casan aice ceangailte. Dh'fhalbh e air n-ais; thill e a choimhead airson na bròg. Am fear òg, dh'fhalbh e 's dhragh e air a'bhròg – bha an té eil' air co-dhiubh. Chuir e a'chaor' air a mhuin agus amach a thug e sios gu àite Meàirleach Dugh a'Ghlinne.

Uill, thuirt Meàirleach Dugh a'Ghlinne ris,

"Tha thu ionnsaichte a nist 's faodaidh tu a dhol dhachaidh."

Uill, tha seansa gu robh e ionnsaichte *all right*.

9 The Black Thief of the Glen

The Black Thief of the Glen lived in a place by himself and he was teaching younger people the art of thievery. They would go to the Black Thief of the Glen in order to receive instruction, and once a person had completed his learning he could depart.

One day a young man had completed his instruction. He saw a man coming down the mountain, around midday, carrying a sheep on his back. Well, the Black Thief said to him,

"Now since you have received instruction, go and steal the sheep from that man."

"All right, I will,"

So away went the young man. There was a trail through the forest and by God he heard the man with the sheep coming. So he went off and removed one of his shoes and left it lying in the middle of the road, and when the the man carrying the sheep arrived,

"Oh," he said, "there is only the one shoe there. One shoe's not worth much. In fact it's no use at all."

The young thief who was hiding in the forest went and took the shoe with him and ran up ahead. He put the other shoe up ahead of the other man and when the man appeared carrying the sheep,

"By God, there's the other shoe! Now if I went back and got the first one, I would have a pair of shoes," said the man with the sheep.

So he went off, putting the sheep down – the sheep's legs were tied – and went back to look for the shoe. Now the young man went and pulled on the shoe – he was wearing the other one anyway – and hoisted the sheep up on his back and off he went down to the dwelling of the Black Thief of the Glen.

The Black Thief of the Glen said to him,

"You are well instructed now and you can go home."

And it seems that he was well instructed all right.

10 An Dithist Ghadaiche Ainmeil

Tha sgeul [a'seo] a fhuair mi bho Mhìcheal Mac'Illeain – Mìcheal Iain Chaluim Òig – air dithist do ghadaichean a bh'ann. Agus co-dhiubh 's ann an Albainn neo 'n Éirinn a bha iad 's coltach gur ann thall feadh nan ceàrn sin dhen t-saoghal a bha iad. Agus bha iad ainmeil co-dhiubh tha e coltach, airson na meàirle. Agus 's fheudar gun cuala am fear seo sgeula air an fhear eile agus ma dh'fhaoidte gun tuirt cuideiginn ris gu robh am fear eile na b'ainmeile. Ach co-dhiubh thànaig iad còmhla 's chuir iad geall.

Agus bha eun uamhasach furachail thall a'sin tha e coltach. A'churra na ge b'e gu dé an t-ainm a bh'air an eun, bha e cho furachail ... eun na sian a bh'air an t-saoghal. Agus chuir am fear seo geall ris an fhear eile nuair a thuirt e gun goideadh e an t-ugh bhon eun a bha seo, chuir e geall ris nach rachadh aige air an t-ugh a ghoid bhon eun gun esan a ghoid na triubhsair dheth fhéin.

Agus chaidh an geall a chuir sios co-dhiubh. Dh'fhalbh am fear seo 's bha e 'g obair cho fàillidh 's cho fiathail 's cho socair gus na dh'obraich e suas gun d'fhuair e astaigh ann am màs na nead aig an eun – an grunnd na nead – far a robh an t-ugh. 'S thug e leis an t-ugh às a'sin. Cha do dh'fhairich an t-eun riamh; cha do dh'ionndrainnich e 'n t-ugh. Agus nuair a thànaig e amach às a'sin agus an t-ugh aige 'na làimh cha robh sgeul air a thriubhsair: bha i air a ghoid dheth.

Agus chanadh iad an uair sin gu robh cuideiginn a bha math gu goid, gu robh e na b'fheàrr na'm fear a ghoideadh an t-ugh bhon churra.

10 The Two Famous Thieves

Here is a story that I got from Mickey MacLean – Mickey John Young Malcolm – about two thieves. And whether they were in Scotland or in Ireland, it appears they were somewhere over in that part of the world, and it seems that they were both celebrated thieves. One of them must have heard stories about the other, perhaps through someone saying that the other was more famous, so they came together and they made a wager.

Now apparently there was a bird that was extremely watchful. This heron, or whatever the bird was called, was so watchful ... more so than any other bird or anything else in the world. When one thief asserted that he could steal the egg from under this bird, the second thief bet him that he, the first thief, would not succeed in stealing the egg without his trousers being stolen off him by himself, the second thief.

So the wager was made anyway. The first thief set out and he was working as stealthily, quietly, and unobtrusively as possible until he worked up to getting into the bottom of the bird's nest – to the lowest part of the nest – where the egg was. He took the egg out of there and the bird never felt it and it never missed the egg. But when he came out with the egg in his hand there was no sign of his trousers: they had been stolen off of him.

So they used to say back then of anyone good at stealing that he was better than the man who could steal an egg from under the heron.

CUID A TRÌ

Ròlaistean

PART THREE

Tall Tales

11 Mar a Chaidh Aonghus Bàn a Shealgaireachd

[Chaidh Aonghus Bàn] a shealgaireachd a'lath' seo 's bha roinn do stoirm ann. 'S bha na tunnagan, bha iad ann an loch 's bha e car duilich faighinn teann orra. Nam biodh tu falbh 'n rathad a bha 'n soirbheas, shnàmhadh iad amach bhon chladach. Ach chaidh a'Sagart Bàn a'rathad nach robh 'n soirbheas séideadh far a robh na tunnagan. 'S fhuair e teann gu leòr orra ach cha b'urrainn dha cothrom fhaighinn air losgadh orra ach le aon urchair. 'S e seann ghunna a bh'aige – seann *mhuzzle-loader*. Dh'imireadh e a lòdadh. 'S bha e *watcheadh* nan tunnagan 's bha e feuchainn ri faighinn gu biodh iad as deaghaidh a chéile 's cha robh iad ann a'sin. Ghluais iad cruinn ann an àite coltach ri cuibhle 's bha e studaigeadh dé 'n dòigh a bha e dol 'gam faighinn. Chuir a 'n gunna ri ghlùin mar siod is lùb e am baraille. Bha e faighinn *pull*: bha dùil aige gu reachadh iad cruinn. Ach thànaig iad dìreach ann a'*circle* mar siod 's loisg e. Mharbh e na seachd tunnagan. O, bhreab an gunna 's chaidh e air ais dha na buisean far a robh e falach 's rinn e car do spadadh air. 'S nuair dh'éirich e dh'fhairich e rud car a'gluasad. Thug e sùil 's bha moigheach fo gach uilinn.

Uill, thug e leis an dà mhoigheach agus na tunnagan 's dh'fhalbh e dhachaidh 's bha e car bòsdail. Uill, bha roinn do dh'astar aige ri dhol 's bha 'n làn ìosal an uair sin far a faigheadh e *cross*. Cha robh mòran do dh'uisge anns an àite ach bha poidhle do làthaich ann. O, chaidh e suas – bhiodh e sios 'na h-amhach – 's theab nach d'fhuair e às idir, ach fhuair e às. Stad e a thoirt an uisg' às na bòtaidhean 's chuir e dheth iad. Thug e sùil 's bha iad làn easgannan.

Thug e leis na h-easgannan 's chuir e air gad iad 's na tunnagan's an dà mhoigheach 's chunnaic e madadh ruadh. Bha e a'ruith. Uill, cha robh fhios aige dé 'n dòigh a gheobhadh e 'm madadh ruadh. Cha robh luaidh' aige a chuireadh e 'sa ghunn' idir ach bha fùdar aige 's chuir e fùdar ann. 'S dh'fheuch e 's bha tàirnean 'na phòcaidean 's chuir e na tàirnean anns a'ghunna an àite na luaidh'. Bha 'm madadh ruadh dol seachad air craobh 's loisg e air 's loisg e air 'san earball – cha robh e

11 Angus Bàn Goes Hunting

One day Angus Bàn went out hunting and it was fairly stormy. There were ducks on a loch and it was difficult to get close to them. If you went with the wind they would swim out from the shore. So the White Priest (as they also called him) went against the direction that the wind was blowing and approached the ducks. He got close enough to them but he could only get the chance to fire one round at them, since he had an old gun – and old muzzle-loader – that he had to load (after every shot). And he was watching the ducks, trying to get into position where they would be lined up in a row but they weren't going that way. Instead they would move around in a semicircle, and he was trying to figure out how he was going to get them. So he put the gun over his knee and bent the barrel. It had been difficult – he thought that they would come together in a formation – but then they formed right into a circle there and he fired and killed the seven ducks. But oh, the gun kicked back, and back he went into the bushes where he was hiding and it knocked him right down. And when he got up he felt something moving. He looked and there was a rabbit under each elbow.

He took the rabbits and the ducks and set off home very proud of himself. He had some distance to go and at the time the tide was out where he could cross. There wasn't much water there, but there was a lot of mud. So up he went – right up to his neck – and he almost didn't get clear but finally he succeeded. He stopped to pour the water out of his boots, removing them, and when he looked they were full of eels.

He took the eels and put them on a stick and the ducks and the two rabbits and then he saw a fox. The fox was running and he had no idea how he would manage to get it. He didn't have a single lead bullet to put into the gun, but he did have powder, so he put in the powder. He felt in his pockets and there were some nails so he put the nails into the gun instead of the lead bullet. Now the fox was running past a tree and he fired and he shot him in the tail –

toileach an t-seich' aige mhilleadh. Dhràibh na tàirnean – chaidh iad astaigh dhan earball 's thàirnich iad am madadh ruadh ris a'chraobh. Chaidh e suas 's bha am madadh ruadh beò 's gheàrr e mun chuairt dhan bheul aige mar siod mu chuairt dha na spògan aige 's tug e dha cnag le maide is leum am madadh ruadh às a sheich'. Dh'fhàg e 'n t-seich aig a'chraobh. Thug e leis an t-seich' 's bha na moighich aige 's na tunnagan 's na h-easgannan. 'S bha i fàs anmoch; beul na h-oidhch' a'tighinn. 'S bha e fàs teann air a bhith faighinn mach às a'choille, faighinn teann air an taigh 's thug e sùil 's chunnaic e mathan mór a'tighinn. Uill, thuirt e,

"Tha mi aig an diabhal a nist," thuirt e. "Chan eil ùin' agam air mo ghunn' a lòdadh agus tha e dol a dh'ith mi fhéin 's na moighich 's na tunnagan."

Lig e sios an gunna 's a h-uile sian a bh'aige 's bha 'm mathan a'tighinn. Phut e suas a mhuilchinn 's dhràibh e sios am beul a mhathain e 's amach air toll a'mhathain 's rug e air earball 's thionndaidh e *inside out* e 's ghabh am mathan air ais dhan choille a'rathad eile. Sin agad trup an t-Sagairt.

he didn't want to spoil the pelt. The nails drove right in, they went into the tail and they nailed the fox to the tree. He went up and the fox was still alive so he cut around its mouth just so, and then around its paws, and he gave it a whack with a stick and the fox jumped out of its pelt and left the pelt right on the tree. So he took the pelt and the rabbits and the ducks and the eels. Now it was getting late; night was falling. And he was getting close to coming out of the woods and drawing near to the house and when he looked up and saw a big bear approaching. Well, he said,

"The devil's got me now," he said. "I don't have time to load my gun and it's going to devour me along with the rabbits and the ducks."

He put down the gun and everything else he had and the bear approached him. He pushed up his sleeve and drove his arm down into the bear's mouth and out the other end and grasped the tail and turned it inside out and the bear took off in the other direction back toward the woods. That was the White Priest's hunting trip.

12 An Sagart Bàn 's an Sgadan

Bhiodh an sagart seo ag iasgach cuideachd. Chaidh e lath' bha sin amach a dh'iasgach 's cha robh iasg idir ann, ach fhuair e aon sgadan. Thug e astaigh dhan bhàt' e 's bha e spreabaidh's bha bucaid uisg' aige. Lìon e a'bhucaid do dh' uisge 's chuir e 'n sgadan anns a'bhucaid uisge. Bha 'n sgadan a'snàmh mun cuairt 'sa bhucaid, agus thug e leis dhachaigh e. Bha a'latha car teth 's bha e ag ràdh ris fhéin gum biodh e na b'fheàrr airson ith – cha bhiodh e marbh fada.

Fhruig' e dhachaigh 's bha 'n sgadan aige 's bha e 'ga choimhead 's bha e car leisg air a mharbhadh. Thug e às a'bhucaid uisg' e 's bha e coimhead air 's bha e aig' às cóig mionaidean. Chuir e air ais dhan bhucaid e 's bha 'n sgadan a'snàmh mun cuairt. Bha e coimhead air 's thug e às e an uair sin deich mionaidean. Chuir e air ais a'sgadan 's bha e snàmh mun cuairt mar a bha e roimhidh. Thug e às an uair sin e fad cóig mionaidean deug. Chuir e air ais e 's bha 'n sgadan beò – bha e snàmh cho briagh. Thòisich e an uair sin air a thoirt às leth-uair a h-uile trup 's chuireadh e air ais a'sgadan 's bha 'n sgadan beò. Lean e air sin gus mu dheireadh bhiodh a'sgadan, bhiodh e beò gun a bhith 'san uisg' idir. Bhiodh e aige 's bhiodh e falbh as a dheaghaidh. Bhiodh a dol dhan choille còmhl' ris 's bhiodh e dol a dh'iarraidh a'chruidh còmhl' ris 's O, bha e fhéin 's a'sgadan a'faighinn air adhart math còmhla.

Ach lath' bha sin bha e dol a dh'iarraidh a'chruidh. Bha e astaigh air seann rathad 's bha drochaid air an abhainn a bh'ann. 'S bha e dol seachad 's bha 'n drochaid a'fàs sean: bha tuill oirridh ach gheobhadh tu seachad nam biodh tu dol car cùramach. Ach cha robh 'n sgadan a'coimhead 's ghabh e sios thro fhear dhe na tuill a bh'as an drochaid – sios dhan abhainn – 's chaidh a bhàthadh.

12 The White Priest and the Herring

Now the White Priest used to fish too. One day he went out fishing and there were no fish at all, but he did catch one herring. So he brought it into the boat and it was lively enough. He had a water bucket, so he filled it with water. He put the herring into the bucket and the herring was swimming around in it and the he took it home with him. After all it was a warm day and he said to himself the herring would be better to eat that way – it wouldn't be dead for so long.

He reached home with the herring and started looking at it and he was reluctant to kill it. He took it out of the bucket and looked at it for a while and kept it out for five minutes. Then he put it back into the bucket and the herring swam around. He looked at it some more and then took it out for ten minutes. He put the herring back and it swam around just as before. Then he took it out for fifteen minutes. He put it back and the herring was alive and swimming around so nicely. So he began to take it out for a half-hour every time and when he put it back the herring was still alive. He kept that up until finally the herring could remain alive without being in the water at all. He used to take it along and it would follow after him. He'd go to the woods with it and to fetch the cattle and oh, he and the herring got along very well together.

But one day when he was going after the cattle he had gone in on an old road and there was a bridge there spanning the river. He began crossing it, and the old bridge had seen better days: there were gaps in it, but you could cross over it as long as you proceeded carefully. But the herring wasn't looking and down it went through one of the gaps in the bridge – right down into the river – and it drowned.

13 An Cù Glic

An cù glic a bha aig Mìcheal MacNìll thall aig Pòn na Maiseadh: Mìcheal Shandaidh Dhòmhnaill a'Chùil mar a bheireadh iad ris. Bha e 'g innse dhaibh cho seòlta 's a bha 'n cù. Agus bhiodh an cù a'dol dhan bheinn a thoirt dhachaidh a'chruidh a h-uile feasgar. Agus bhiodh e 'na shuidh' amuigh air a'chnoc airneo 'na laighe amach aig taobh an taighe. Agus nuair bha 'm feasgar a'tighinn chaidh e astaigh a dh'fhaicinn gu dé an uair a bha i agus bha an clog air stad. Agus thànaig e amach; thug e greis 'na laighe air a'chnoc 's thill e astaigh a rithist agus nuair a chaidh e a choimhead air a chlog bha i aig an uair a robh i nuair a bha e astaigh roimhe. Thànaig e amach an uair sin agus bha e a'gràdhainn gun do chuir e spòg os cionn a shùil agus choimhead e feuch gu dé cho ìseal 's a bha a'ghrian, agus rinn e amach gu robh an t-àm falbh a dh'iarraidh a'chruidh – gu robh i a'fàs anmoch.

Thog e rithe dhan bheinn agus an ceann greiseadh thànaig e dhachaidh agus té dhan chrodh dha dhìth, ach bha 'n còrr dhiubh aige. Agus bha e ruith mun cuairt 's bha e feitheamh gus an deachaidh té dh'an chrodh a thànaig a bhleoghainn agus bha a'bhucaid an darna taobh 's bha cobhar bainn' oirre. Ghabh e null 's bhog e earball anns a'bhucaid bhainne 's thog e rithe dhan bheinn air n-ais. Agus bha am mart a bh'anns a bheinn, rinn iad dheth gu robh i an deaghaidh laogh fhaighinn agus sin bu choireach nach tànaig i dhachaidh còmhla ri càcha: bha i còmhla ris a'laogh. Dh'fhalbh esan co-dhiubh dhan bheinn 's an ceann greiseadh chunnaic iad an cù a'tighinn 's a'laogh 's greim aig' air earball a'choin 's e deoghal a'bhainne dheth agus am mart a'leantail a laoigh dhachaidh.

Sin agaibh mar a rinn an cù glic a bh'aig Mìcheal.

13 The Wise Dog

There was the wise dog that belonged to Michael MacNeil in Benacadie – Michael Sandy Donald of the Rear as they called him – and Michael was telling people how intelligent his dog was. The dog used to go out to the mountain and bring home the cattle every evening. It would sit outside on the hill or lie outside beside the house, and on one occasion when evening was approaching it went in to see what time it was and the clock had stopped. It came back out, lay a while on the hill and returned inside again and when it looked at the clock it showed the same time that it had been when the dog had been inside earlier. So the dog came out that time and they said that it put its paw over its eyes looking to see how low the sun was, and it estimated that it was time to go to fetch the cattle – that it was getting late.

The dog set out toward the mountain and after a while it returned home but one of the cows was missing, though it had brought the rest of them. It ran around, waiting until one of the cows that had been returned had been milked and there was a bucket off to one side with milky froth on it. So the dog went over and dipped its tail in the bucket of milk and took off back up the mountain. As for the cow that was on the mountain, they had guessed that she had borne a calf and that was the reason that she had not returned home along with the others: she was up there with the calf. So the dog went up the mountain and after a while they saw it returning with the calf gripping its tail and sucking the milk from it and the cow following her calf home.

That was what Michael's wise dog did.

14 Am Fear a Chaidh an Ceann a Ghearradh Dheth

Bha fear thall faisg air Bàigh a'Charteil is bha e amuigh as a'ghleann, tha mi creidsinn: Teàrlach Crotach. Agus bhiodh e deanamh naidheachdan suas. O, bha cuid mhór do naidheachdan. Rinn e fhéin feadhainn ach rinn Eóghann feadhainn agus rinn e suas iad 's ma b'fhìor gur e Tearlach a rinn iad. Agus bha e 'g innse turus, chaidh e a dh'obair sios an àird a tuath. Thuirt e gu robh iad cho fada sios as an tuath agus gun cluinneadh iad air oidhche gheamhraidh, gun cluinneadh iad an nighean aig Santa Claus a'cluich 'sa chlàrsach mhór shios.

Bha e a'cantail latha nuair a bha iad amuigh – latha fìor-reoite nuair a bha iad ag obair 'sa choillidh – bha fear a'dol seachad agus fear eile, bha e toirt buille leis an tuaigh airson craobh neo geug neo gu dé a'rud a bh'ann a ghearradh agus thànaig am fear a'seo gun fhiosd' is bhuail e an tuagh as an amhaich; gheàrr e dheth an ceann. 'S cha d'rinn e ach an ceann a chuir air a'cholainn air n-ais 's reoth e ann a'sin agus dh'fhuirich e ann. 'S thànaig iad dhachaidh am feasgar sin gu suipeir dhan chamb agus bha i cho blàth 'sa chamb an uair sin 's bha am fear seo a'dol a null agus chrom e sios 's thuit an ceann aige ann am poit do dh'eanbhruich a bh'air a'bhòrd. Agus cha d'rinn e 'n seo ach leum thuige 's thog e 'n ceann 'sa mhionaid 's chuir e an ceann air an amhaich. Agus fhuair e botul do chungaidh a cheannaich e 'sa stòr mun do dh'fhalbh e sios dhan tuath airson 's gum biodh e aige nam biodh feum air. 'S shuath e seo ris 's thug iad an air' an uair sin gu robh an ceann beagan cam – gu robh e air fiaradh – ach chaidh fhàgail mar sin.

'S an ceann bliadhna neo dhà as a dheaghaidh sin chaidh an duine sin suas dha na Staitean Aonaichte agus chaidh e gu lighiche sònraichte a bha shuas ann a'New York agus dheanadh a'fear sin an obair dha an ceann a chuir dìreach ach gu feumadh e an cungadh a bh'ann 'ga cheangail an toiseach, gu feumadh e bhith aige. Thuirt e gu robh beagan a chòrr aige 'sa bhotul agus chuir e sin suas thuige. Agus ors' esan,

14 The Decapitated Man

There was once a man in Castlebay who I believe lived out in the glen: Humpy Charlie. And he used to make up stories. A lot of stories. He himself made some and Hugh made some and Hugh used to make them up as if it was Charlie himself who had made them. And one time he was telling how he went to work down north. He said that they were so far north that on a winter's night they could hear Santa Claus's daughter playing the piano.

He was saying one day when they were outside – a cold, frozen day when they were working in the woods – there was one man going past just as another was preparing to give a blow with the axe to cut down a tree or a branch or what ever it was and without his being aware of it the man came past him and the axe struck him in the neck and decapitated him. So he just put the head back on the body and it froze there and stayed attached. They returned home to the camp that evening for supper and it was so warm in the camp that when the man went and bent over, the head fell into the pot of soup that was on the table. But all he did was to lunge toward it, and he lifted the head immediately and put it back on the neck. He got a bottle of medication that he had bought in the store before he went down north in case he needed it, and and he rubbed it on, and then people noticed that the head was a little bit crooked – twisted – but it was left that way.

After a year or two this man went up to the United States and went to a specialist in New York who could perform the operation of putting his head on straight, but the physician told him that he needed the medication that attached it in the first place. He needed to have that with him. He said that he still had some left in the bottle and he sent it up to him.

"An ceann cóig neo sia mhìosan fhuair mi litir bhon duine sin agus a dhealbh innte 's bha an ceann," ors' esan, "air ais air an amhaich cho dìreach 's a bha e nuair a thànaig e dhan t-saoghal."

And he continued,

"At the end of five or six months I got a letter from the man with a picture enclosed and the head," he continued, "was back on the neck as straight as it was when he came into this world."

15 An t-Ugh Mór

Chuala mi sgeul bheag eile aig Mìcheal Mac'Illeain. 'S ann mu dheoghainn dithist a chaidh astaigh dhan taigh òsda madainn shònraichte agus iad a'dol a ghabhail drama. Agus thuirt an t-òsdair riu' nuair a chaidh iad astaigh,

"Ge b'e có," ors' esan, "a dh'innseas a'bhreug as motha air a'mhadainn seo, gheobh e an dram saor: cha bhi aige ri phàigheadh idir airson na drama."

Agus thug iad tacan beag 'nan tosd. 'S thuirt fear aca,

"An dà," ors' esan, "an latha roimhe nuair a dh'éirich mi," ors' esan, "cuimseach tràth as a'mhadainn chunna mi tùiceag dhubh a'nochdadh as an àird an iar. Agus bha feasgar glé anmoch ann," ors' esan, "mun deachaidh an t-eun a bha sin seachad. 'S e eun a bh'ann: 's e an gob a chunnaic mi," ors' esan, "agus mun deachaidh an t-earball aig' amach à fradharc as an àird an ear bha a'ghrian air cromadh sios gu math ìseal."

Agus thionndaidh an t-òsdair ris an fhear eile,

"Dé do bharail air a'sin?"

"O," ors' esan, "tha mi 'ga chreidsinn," ors' esan. " 'S fheudar gura h-e an t-ugh aig an eun a bha sin a chunna mise," ors' esan, "latha an t-seachdain seo chaidh a bha mi shios aig a'chladach. Chunna mi ugh mór ann a'sin," ors' esan, "agus ochd ceumannan deug do dh'fhàradh suas dh'ionnsaigh a'mhullach aige."

Agus bha e duilich a ghràdha có fear bu bhreugaiche dhiubh.

15 The Big Egg

I heard a little story from Michael MacLean about two men who went into a public house on a certain morning to have a dram. And the innkeeper said to them when they went in,

"Whoever tells the biggest lie this morning will get a free dram: he won't have to pay for it at all."

He remained silent for a little while. So one of them said,

"Well," said he, "the day before when I got up fairly early in the morning I saw a black spot appearing in the west. And it was very late in the evening," he continued, "before that bird had passed. It was a bird; the beak is what I saw first," he said, "and before his tail went out of sight in the east the sun had sunk down very low."

Then the innkeeper turned to the other man and said,

"What do you think of that?"

"Oh," the other replied, "I certainly believe him. It must have been the egg from that bird that I saw one day this week when I went down to the shore. I saw the big egg there," he continued, "and it was eighteen steps up a ladder to the top of it."

And it was hard to say which of them was the best liar.

16 Pìos dhen Adhar

Trup eile bha Alasdair, nuair a bha e òg bha e 'na thriom; bha e cuimseach ealanta an uairsin 'na ghill' òg foghainneach 's bha soitheach Geangach astaigh aig a'Phort Bhàn 's i ag iasgach runnach.

Agus *by Gosh*, bha an caiptean a bh'air an t-soitheach, bha e siubhal gille làidir airson a bhith 'na *able seaman* air an t-soitheach a bha seo. 'S e *square rigger three masted* a bh'innte: soitheach nan crannagan a bh'ann. Ach *join* Alasdair Aonghuis 'ac Dhòmhnaill; chaidh e air bòrd 's chaidh an soitheach – fad dhà neo trì bliadhnaichean – bha e air ais 's air adhart eadar Rochester agus Eilean Mhargraidh.

Agus trup dhe na trupan thànaig stoirm na seann ghalladh far an eilein 's uisge 's dìle 's mhair i fad seachdain 's [cha] b'urrainn dhaibh sian a dheanadh ach fuireach shios gu h-iseal 's cha ghabhadh tighinn anuas as a' *fo'c's'le.* 'S airson Dia, lath' bha sin 'sa mhadainn bha i gàbhaidh dorcha 's bha na seòladairean a'coimhead suas am bàrr nan cruinn. Chan fhaiceadh iad ach car mu leathach a'rathad suas; bha na cruinn aice 'n sàs as an adhar gu h-àrd leis mar a dh'éirich a'làn. Dhìrich Alasdair an crann gu mullach 's thug e amach a sgian seòladair a bh'aige às a *bhelt* 's gheàrr e toll mun cuairt dhan chrann 's bha an t-adhar dà throigh a thiughad, car do *felt* ghlas, shoilleir a bh'ann. Is bha dà rionnaig – dà sholusd bheag anns a'phìos dhe na thug e às an adhar – bheil fhios a'd – às na speuran. 'S chuir e suas a cheann 's cha robh e mionad nuair thill e air ais is e cho geal ris an t-sneachd' agus dh'fhoighneachd fear dha na seòladairean Geangach dhe,

"Dé tha shuas a'siod?"

"A Dhia," thuirt e, "chan eil sian shuas a'siod ach tàirneanaich brist' is dealanaich loigste".

Ach co-dhiubh dh'fhàg e 'n soitheach an ceann bliadhna neo dhà 's thànaig e dhachaidh. Bha nighean aige shios an gleann mu shia mìle 's a h-uile h-oidhche dhorcha – thug e dhachaidh am pìos dhen adhar a thug e às na speuran – bha e aig' ann am poca – 's Dhia bha coltas cho math air ... cho righinn air a'*stuff* a bh'ann 's gun d'rinn e dà mhogais.

16 A Piece of the Sky

Another time when Alasdair was young and fit – he was fairly strong and nimble as a young lad – there was an American boat in Port Bàn fishing for mackerel.

And by Gosh, the captain of the boat was looking for a strong lad to work as an able seaman on the boat. It was a three masted square rigger: a ship with cross-trees. So Alec Angus Donald joined; he went aboard and the ship set out and for two or three years he was back and forth between Rochester and Margaree Island.

On one occasion a terrible storm came over the island with rain and flooding. It lasted for a week and they couldn't do anything but stay down below and no one could come up to the fo'c's'le. And by God, one day in the morning it was terribly dark and the sailors were staring up towards the tops of the masts and they could only see about half way up because the masts were stuck fast in the sky above due to how high the tide had risen. Alec climbed to the top of the mast and took out the sailor's knife that he carried in his belt and cut a hole around the mast. The sky was two feet thick, made out of something like light grey felt, and there were two stars – two little lights – in the piece that he removed from the sky – you know – from of the heavens. And he stuck his head up and only spent a minute before he came back as white as a sheet and one of the American sailors asked him,

"What's up there?"

"By God," he replied, "there's nothing up there but broken thunders and burnt out lightenings."

After a year or two he left the vessel and returned home. He had a girlfriend about six miles down the glen and every dark night – he had brought home the piece of the sky that he had taken out of the firmament – he had it in a bag and by God the material looked so tough that he made a pair of moccasins from it.

Bhiodh e falbh sios a'rathad mór a chòmhradh ris na caileagan 's bha na rionnagan beaga a bha bàrr nan òrdag as na mogaisean aige a'deanadh siubhail. 'San oidhche cha ruigeadh e leas *flashlight* - cha robh na *flashlights* ann an uair ud – ach cha ruigeadh e leas *flashlight* idir a'coiseachd sios thron choille dhorcha 'sa ghleann a choimhead air na h-igheannan leis an dà mhogais a rinn e a thug e às na speuran. Sin agad Alasdair Aonghuis 'ac Dhòmhnaill.

Now he used to go down the big road to talk to the girls and the little stars on the ends of the big toes of his moccasins lighted the way as he walked. At night he didn't need a flashlight – there were no flashlights in those days anyway – so he didn't need one to walk through the dark woods in the glen to see the girls with the two moccasins that he made out of the piece he cut out of the sky. And that's Alec Angus Donald for you.

17 An t-Uircean Bàithte

Lauchie MacLean, bha each aige. Bha e cho math 's bha e cho luath. Ach chaidh e a Mhàbu a dh'iarraidh uircean. Agus bha latha briagh, teth ann as t-samhradh 's cha robh léine no còt' idir air. Ach fhuair e 'n t-uircean 's chuir e'n t-uircean cùl a'*wagon* agus nuair a *start* e choimhead e – bha e 'n deaghaidh fàs uamhasach dorch' gu tuath agus,

"Tha e dol a shileadh," thuirt e, "agus 's fheàrr dhomh bhith luath."

Chunnaic e'n t-uisge a'tighinn. Uill chuir e a'chuip air an each is dhràibh e e. Is nuair *land* e aig dorsan an ùrlair-bhualaidh, dhràibh e astaigh air an ùrlar-bhualaidh agus cha do thuit boinn' uisge air. Agus nuair a chuir e astaigh an t-each chaidh e a dh'iarraidh an uircein 's bha 'n t-uircean bàithte 'n cùl a'*wagon*.

17 The Drowned Piglet

Lauchie MacLean had a good, swift horse, and one day he went to Mabou for a piglet. It was a fine, hot summer's day and he was not wearing a shirt or a coat. He went and got the piglet and put it in the rear of the wagon, and as he started back he happened to look and it had become very dark and overcast toward the north.

"It's going to rain," he said, "so I had better be fast."

He saw the rain approaching, so he put the whip to the horse and drove it. When he arrived at the doors of the threshing floor not a drop of rain had fallen on him. But when he had put the horse in and went to fetch the piglet, the poor piglet was drowned in the rear of the wagon.

CUID A CEITHIR

Sgeulachdan na Féinneadh

PART FOUR

Tales of the Fiann

18 Oisein an Déidh na Féinneadh

Mar a chuala mi aig Gilleasbuig MacUaraig 's bha e ag innse mu dheidhinn Oisein an déidh na Féinneadh, thuirt e gun d'rinn Oisein achanaich gum biodh e beò an deaghaidh dhan Fhéinn a bhith uile marbh. Agus sin an dòigh as an tànaig Oisein an déidh na Féinneadh. Bha naidheachd anns a'Mhac-Talla mu dheidhinn na sealg mu dheireadh aig Oisein, ach bha beagan atharrachadh innte seach mar a bha i aig Gilleasbuig. Cinneach gu leòr gur ann bho bheul-aithris a bha i aige, co-dhiubh a bha i cho iomlan 's a bha i 'sa phaipear – ma dh'fhaoidte gu robh i na b'fheàrr.

Ach air réir na naidheachd a bh'aig Gilleasbuig bha Pàdraig, am fear a bha pòsda aig nighean Oisein a'sgrìobhadh leabhar mór air sgeul na Féinn' uile gu léir agus bha Oisein ag innse dha a h-uile sian mar a bha dol. 'S bha Oisein as an àm a bha sin gun fhradhrarc. Agus co-dhiubh shìn e dha cnàimh lurga daimh agus dh'fhoighneachd e dha a robh calpa daimh cho mór sin aca as an Fhéinn riamh. 'S nuair a rug e air dh'fheuch e a mheudachd.

"O," ors' esan, "bha. 'S rachadh an cnàimh a bha sin," ors' esan, "mun cuairt ann a'toll smior ann an luirg isein a'loin duibh."

Nuair a chual' an nighean seo rug i air a'leabhar agus thilg i anns an tein' e. Chaidh cuid mhór dhe'n leabhar a losgadh mun d'fhuair Pàdraig a'leabhar a thoirt às an teine 's a theasraigeadh. Agus chan innseadh Oisein an còrr sgeul air an Fhéinn. Bha an nighean an dùil gur e a'bhreug a bh'aige mu dheidhinn nuair a chual' i mu dheidhinn gun tionndadh e an cnàimh ann an toll na smior aig luirg isein an loin duibh. Agus co-dhiubh airson an gnothach a dhearbhadh dh'fheumadh Oisein falbh: rinn e suas gu feumadh e falbh agus gu faigheadh e isein a'loin duibh. Agus thug e leis balach còmhla ris agus 's e 'n Gille Blàr Odhar a bh'aca air a'bhalach a bha sin. Chan eil mi cinnteach ... an ann aig MacUaraig a chuala mi ainm a'bhalaich, ach chuala mi 'n t-ainm co-dhiubh. Agus co-dhiubh thog iad rithe agus esan 'ga leantail – am fear òg 'ga threòrachadh – 's iad a'dol dhan bheinn. Co-dhiubh air réir

18 Oisein, the Last of the Fiann

As I heard it from Archie Kennedy when he was telling of Oisean the last of the Fiann, he said that Oisean had once made the request that he remain alive after all the rest of the Fiann were dead. And that is how Oisean came to be the last of the warrior band. There was a story in *Mac-Talla* concerning Oisean's last hunt, but it differed slightly from the way Archie had it. Now Archie certainly had it from oral recitation, whether it was as complete as it was in the paper – or perhaps it was better.

According to Archie's version Patrick, the man married to Oisean's daughter, was writing a large book of all the Fenian lore and Oisean was recounting to him everything that had happened. Oisean by then had lost his sight, so Patrick handed him the shin-bone of a stag and asked him whether there was ever a shin from a stag that large in [the days of] the Fiann. Oisean grasped it and tried it for size.

"Oh yes indeed," he said, "and that bone could be turned around in the marrow-hole of the shinbone of a blackbird chick."

When his daughter heard this she snatched the book and threw it into the fire, and a great part of the book was consumed before Patrick was able to pull it out and rescue it. After this Oisean would recite no more tales of the Fiann, for his daughter had thought he had lied when she heard that he could rotate the bone in the marrow-hole of a blackbird chick's shinbone. Now in order to prove it was so Oisean decided that he had to set out to find the blackbird chick, and he took along a young lad whom people called the Dun, Blaze-Faced Lad. I'm not certain whether Kennedy was the one from whom I heard the lad's name, but I heard it in any case. So they went on their way with the boy leading the way and Oisean following, heading toward the mountain.

an t-seanchas, mar a bha iad a'dol bha fear a'treabhadh agus tha mi creidsinn gun cuala Oisein am fuaim agus dh'iarr e air an fhear seo tighinn a nall 's a làmh a shìneadh dha. Agus tha e coltach gun d'rinn am fear eile comharra ris, neo gun tug e cogar dha coltar a'chruinn a shìneadh do dh'Oisein agus rinn e sin. Tha e coltach gun tug e spleuchdadh math oirre le làimh nuair a rug e oirre agus thuirt e,

"Ma tha do chridhe cho làidir ri'd làimh 's e fìor dhiùlnach a bhios annad."

Agus chum iad rompa co-dhiubh 's bha Oisein a'foighneachd mar a bha iad a'dol 's mu dheireadh rànaig iad an t-àite 'sa robh e iomchaidh agus sguir iad. Shuidh iad ann a'sin agus dh'fhoighneachd e dhe'n bhalach dé bha e faicinn agus dh'inns' e dha, an dròbh a bha dol seachad agus an dath 's an cumadh 's gach sian.

"Seachad iad," ors'Oisein.

Agus dh'fhoighneachd e dha gu dé bha dol an dràsd' seachad. 'S dh'inns' e dha an coltas agus an cumadh.

"Lig seachad iad sin," ors' esan.

Agus dh'fhoighneachd e dha gu dé bha e faicinn a'tighinn a nist. Dh'inns' e dha an coltas a bh'air a h-uile sian.

"O," ors' esan, "sin agad Sliochd na Deirge Dàsalaich. Lig an cù thuca." Agus, "Siod e mach Buidheig," ors' esan 's bha e cuir a'choin.

Agus dh'fhalbh an cù agus tha e coltach gun do thòisich e air am marbhadh. Agus nuair a bha an cù a'tilleadh,

"Bheil thu faicinn a'choin?" ors' Oisein.

"Tha," ors' esan, "tha e tilleadh dh'ar n-ionnsaigh agus," ors' esan, "tha a bheul fosgailte agus calg air a dhruim."

"Ma tha," ors' Oisein, "cuiridh e às dhuinn mura cuir sinn às dha. Stiùir mo làmh," ors' esan, "air a chraos."

Agus rinn e sin agus tha e coltach gun do chuir e a làmh sios am beul a'choin 's ma dh'fhaoidte gun do tharraing e a nuas a sgòrnan 's na thànaig leis. Bha an cù réidh agus thòisicheadh an uair sin air faighinn deiseil nam beathaichean a bh'air am marbhadh. Agus tha e coltach gu robh an coire mór air a thìodhlaigeadh ann an cnoc. Agus dh'inns' Oisein dha far a robh sin agus fhuaireadh an coire mór agus thòisicheadh air goil nan carcais a bha sin. Agus bha e 'gan toirt dha agus dh'itheadh e fear dhiubh agus bha crios mu mheadhon agus dealgan ann agus lig e mach dealg. Agus lean e air ligeadh amach nan dealgan 's air an ithe 's nuair a gheobhadh e na naoidh dealgan a ligeadh amach bhiodh gu leòr aige an uair sin agus bhiodh am fradhrarc

And as the story has it, as they passed there was a man plowing and I believe Oisean heard the sound and he asked the man to come over and extend his hand. And it seems that the lad made some sign to the man, or whispered to him to extend the colter of the plow to Oisean, and it seems Oisean crushed it thoroughly when he caught it in his hand and the other man said,

"If your heart's as strong as your hand you'll be a true hero."

They continued on with Oisean asking how they were progressing until at last they arrived at the appropriate place where they stopped. They sat there and Oisean asked the boy what he saw and the boy told him of a drove going past with their colour and shape and everything else.

"Let them pass," said Oisean.

And he asked what was going past just then, and the boy described their shape and appearance.

"Oh," said Oisean, "let them pass too."

So he asked again what the boy saw appraoching this time and the lad described the appearance of everything he saw.

"Oh," said Oisean, "that's the offspring of the Dearg Dhàsalach. Put the dog on them. There goes Buidheag," he said as he released the dog.

The dog went off and it seems that he began to kill them. And as the dog was returning,

"Do you see the dog?" asked Oisean.

"Yes, he is coming back toward us with his mouth open and his hackles raised."

"If that is so," said Oisean, "he'll slay us unless we slay him first. Guide my hand toward his maw."

The lad did so and Oisean thrust his hand into the dog's mouth and pulled out its gullet and whatever was attached to it. That was the end of the dog, so they began dressing the slain beasts. And it seems that the great cauldron [of the Fiann] was buried in a hill, and Oisean told the boy where it was, so they found the cauldron and began to boil the carcases. And as the boy gave them to him, Oisean would eat one of them; he wore a belt with skewers in it around his middle, and he would let out a skewer. Oisean continued eating the carcases and letting out the skewers; and when he had let out the nine skewers he would have eaten enough so that his sight would return.

aige. Ach thuirt e ris an fhear òg – bha e fuireach bhuaithesan fad na làimh co-dhiubh nuair bhiodh e toirt thuige a bhiadh,

"Nam faodainn," ors' esan, "thusa ithe an àite toitein."

Ach tha e coltach gu robh an t-acras cho don' air a'bhalach agus dh'ith e fhéin fear. Agus cha robh 'n uair sin ann ach aonfhear gann air a'ghnothach.

Ach co-dhiubh leis a h-uile rud a bh'ann chaidh an gnothach a dheanamh agus chaidh iad dh'ionnsaigh a'loch agus bha a'lon dubh ann a'sin. Agus tha mi smaointinn gun tuirt e gum b'fheudar dhan bhalach a' làmh aigesan a chuimseachadh agus e tilgeil sleagh. Ach co-dhiubh mharbh iad a' lon dubh. Agus an uair sin chaidh cnàimh à lurga a'loin duibh, chaidh a thoirt sios agus chaidh calpa an daimh a thionndadh anns an toll smior a bh'anns a'chnàimh.

Ach a dh'aindeoin cùisean cha tugadh e feairt gu bràcha tuilleadh air guth innse mu dheidhinn na Féinn'. Agus sin agaibh far na theirg sgeulachdan na Féinn bho Oisein air réir na sgeul a fhuair mise bho Ghilleasbuig MacUaraig.

But he said to the young boy, who remained at least an arm's length from Oisean while he brought him his food,

"If only I could I have you to eat," he said, "instead of a collop of meat."

But it seems the boy was so hungry that he ate a piece himself, so there was just one piece short.

Eventually along with everything else the task was accomplished and they went over to the loch where the blackbird was. And I believe that Oisean told the boy to guide his hand as he cast the spear, and they killed the blackbird. Then the blackbird's shinbone was brought down and the shinbone of the stag was rotated on the marrow-hole in the blackbird's shinbone.

But in spite of this, Oisean never again considered telling anything about the Fiann. And that is where the Fenian tales as recounted by Oisean ended, according to the account I heard from Archie Kennedy.

19 Fionn agus an Leac

Uill, bha Fionn, as an àm a bha seo, bha e gu math gliogach agus bha e dall. Agus bha muinntir na rìoghachd a'togail taigh mór ann a' sin agus 's e clachan agus leacan a bhiodh iad a'cur ann. Ach bha leac ri chur os cionn an doruist agus bha i gun chiall trom, 's cha robh duine anns an Fhìnnidh a chuireadh a'leac suas ach Fionn. Ach bha Fionn gu math lag leis an acras o chionn bha sealg air fàs cho gann anns an Fhìnn agus cha robh e faighinn gu leòr a dh'ithe. Ach co-dhiubh chaidh iad a choimhead air is dh'fhoighneachd iad dheth an cuireadh e a'leac suas os cionn an doruist agus thuirt e gun cuireadh.

"Dé," ors' esan, an fheadhainn a bha coimhead as deaghaidh an obair, "a dh'iarradh tu?"

"Chan iarr mise," ors' esan, "ach gu leòr," ors' esan, "airson ithe. Agus 's e sin," ors' esan, "speil mhuc."

Uill, a nist cha'n eil fhios a'm có mheud muc a bh'anns a'speil ach bha cóig deug no a h-ochd deug ann co-dhiubh. Agus an speil, 's e seòrsa do chabar mór a bh'aige 'na làimh agus chuireadh iad a'speil mhuc – na mucan -as coinneamh a chéile, dìreach, gun car a bhith innte no cam ann an dòigh sam bith, 'son nuair a bhuail e iad ri'n taobh bha e 'gan leagail uile fad na speil a bh'aige.

Co-dhiubh fhuair iad na mucan agus chuir iad iad as coinneamh a chéile agus chuir iad Fionn far an suidheadh e airson am bualadh. Ach thuirt fear òg a bh'ann, ors' esan,

"Tha e," ors' esan, "a'dol a mharbhadh a h-uile muc," ors' esan, "a th'as an àite ma bhuaileas e iad leis a'speil. Carson," ors' esan, am fear, ors' esan, "nach cuir sinn car innte?"

Agus 's e sin a rinn iad. Agus thuirt iad ri Fionn an speil a chuir ris na mucan agus chuir e sin 's leag e iad. Agus thòisich Fionn ri ithe. Ach cha d'fhuair e ach mu sia no seachd dhiubh ri ithe nuair a thuirt iad,

"Sin agad na bheil ann do mhucan. Sin am fad a bh'as a'speil."

19 Fionn and the Lintel-Stone

At the time of this story Fionn had grown unsteady with age, and blind. The people of the kingdom were building a large house, using stones and flagstones. A lintel-stone was to be placed over the door, and it was exceedingly heavy, so that none of the Fiann could raise except Fionn. Now Fionn had grown quite weak from hunger, since hunting had become so scarce for the Fiann and he was not getting enough to eat. People came to see him and asked him whether he could place the lintel-stone above the door, and Fionn replied that he could.

"And what," inquired those in charge of the work, "would you ask for this?"

"All I'll ask is enough to eat. And that amounts to a drove of pigs."

Now I don't know how many pigs were in a drove, but at least fifteen or eighteen. And the *speil* was some sort of long piece of wood he held in his hand, and they would arrange the drove of pigs – the pigs, that is – opposite each other, just so, without any twist or a crook in it, so that when he struck them in their side he knocked them down over the length of the *speil* that he held.

So they got the pigs and arranged them in order and placed Fionn where he was to be seated in order to strike them. But a young man there said,

"He's going to kill every pig in the place if he strikes them with the *speil*, so why don't we just put a twist in it?"

And what's what they did. Then they told Fionn to take the *speil* to the pigs, which he did, and he knocked them down. Fionn began to eat, but he he had only got six or seven of them to eat when they said to him,

"That's all the pigs there are; that was the length of the *speil*."

Well bha fhios aige glé mhath gum bu chòir barrachd a bhith ann ach bha e dall 's chan fhac' e. Ach thuirt e ris fhéin.

"Huh. Tha rudeiginn ceàrr an seo."

"Bheil thu deiseil," ors' esan, fear dhiubh, "airson a' leac a chur suas?"

"Tha," ors' esan, Fionn, "tha mi deiseil."

Agus thug iad a null e far a robh a'leac. 'S rug e air a'leac, thog e suas e 's chuir e os cionn an doruist e. Agus nuair a chuir e ann e, chuir e car as a'leac. Agus bha iad a'coimhead air – an fheadhainn a bha a'coimhead as deaghaidh an obair. Thuirt am fear ri Fionn, ors' esan,

"O," ors' esan, "cha d'rinn thu a'leac a chur astaigh ceart."

"Dé," ors' esan, Fionn, "tha ceàrr oirre?"

"Tha," ors' esan, "tha car innte."

"O, bheil?" ors' esan, Fionn. "Uill," ors' esan, "bha car as a'speil mhuc cuideachd."

Agus air réir na stòiridh a bha aig Calum Iain 's aig Mìcheal Iain, bha a'leac le car innte fhad 's a bha an t-àite sin suas.

Fionn knew full well that there should have been more, but he was blind and could not see, so he said to himself,

"Hmm. Something's not right here."

Then one of them said to him,

"Are you ready to put up the lintel-stone?"

"Yes, I'm ready."

They led Fionn over to the stone, and he raised it and placed it above the door, but when he did so he placed it at an angle. Those in charge of the work were looking on and one of them said to Fionn,

"Oh, you didn't insert the stone correctly."

"And what's wrong with it?" asked Fionn.

"It's crooked," replied the other.

"Is that so?" said Fionn. "Well, so was the *speil.*"

And according to the story from Calum Ian and Michael Ian, the crooked stone remained there as long as the building was standing.

CUID A CÒIG

Seanchas agus Eachdraidh nam Fineachan

PART FIVE

Historical Legends and Clan Traditions

20 Raghnall mac Ailein Òig

Bha daoine uamhasach uile gu léir foghainteach anns an t-seann dùthaich agus tha iad ann a dh'ionnsaigh a'latha an diugh. Ach bha aon duine ann ris an abradh iad Raghnall mac Ailean Òig, agus tha seans' gu robh e gàbhaidh uile gu léir làidir. Agus an companach aige, bha e a cheart cho làidir ris fhéin. Ach bha gleann ann an sin – ann an Albainn – agus cha deachaidh duine riamh seachad 'sa ghleann a bha seo nuair a thigeadh an oidhche nach deachaidh a chur gu bàs. Bha duine ann an sin ris an abradh iad Colann gun Cheann agus mharbhadh e a h-uile sian a bha a'dol *cross* air. Agus bha an companach eile aig Raghnall Mac Ailean Òig, chaidh e dhan ghleann a bha seo oidhch' 's bha gunna aige 's thachair Colann gun Cheann air agus *start* am baiteal 's tha seans' gu robh am baiteal gàbhaidh, ach fhuair esan cothram air baraill a'ghunna a chur sios 'na amhaich 's chuir e *finish* air companach Raghnaill mhac Ailein Òig.

Ach chuala Raghnall mac Ailein Òig mu dheidhinn seo agus thuirt e,

"Uill, ma chaidh mo chompanachsa a mharbhadh a raoir théid mise marbhadh a nochd air neo marbhaidh mise esan."

Agus 's ann mar sin a bh'ann. Nuair a thànaig an oidhche dh'fhalbh Raghnall mac Ailein Òig agus chaidh e dhan ghleann 's thànaig Colann gun Cheann mar a thànaig an oidhche roimhe. *Start* am baiteal 's ma thoisich bha Raghnall a'cumail ris, agus chaidh aig Raghnall air tionndadh mu'n cuairt *slick* air – air Colann gun Cheann – agus bha a choltas air gu robh e a'dol a chur *finish* air glan. Dh'iarr e'n uair sin fàbhar air; a ligeil *clear* agus gun a mharbhadh.

"Ligidh," thuirt esan, "ma gheallas tu aon rud dhomhsa. Cha fad's a bhitheas duine dha'm fhuil ann an Albainn, nach tig thu dhan ghleann seo tuilleadh."

Thug e seachad a gealltanas bha seo do Raghnall Mac Ailein Òig 's lig Raghnall *clear* e.

Ach bha sin *all right*. Bha Raghnall mac Ailein Òig aig an taigh. Bha e an sin 's gun na gnothaichean a'cur moran trioblaid air. Agus anuair ud

20 Ranald Son of Young Allan

There were men in the old country who were extremely strong and there still are to this day. Now there was one man they called Ranald son of Young Allan, and he must have been fearfully strong indeed. And his companion was every bit as strong. But there was a glen there – in Scotland – and no one ever passed through that glen after nightfall without being killed. There was a man there called the Headless Body and he killed everything that crossed his path. And that other companion of Ranald's, he went to the glen one night with a gun and the Headless Body met him and the battle began. It must have been a fearsome battle but the Headless Body got a chance to stick the barrel of the gun down the other's throat and it despatched Ranald's companion.

When Ranald got news of this and he said,

"Well, seeing as my friend was killed last night, I'll be killed tonight or I'll kill the Headless Body."

And so it happened. When night came, he started out and went to the glen and the Headless Body approached as it had the previous night. The battle began and Ranald kept pace with it, and finally he managed to do a quick turn-about on it – on the Headless Body – and it looked as if he was going to finish it off completely. The Headless Body asked a favour of him then; to let him clear and not to kill it.

"I will," said Ranald, "if you promise me one thing. That you will not come to this glen again as long as there is blood-relatives of mine here in Scotland."

The Headless Body gave him its promise and Ranald released it.

So that was all right. Ranald was at home, living there and nothing was giving him much bother.

anns an t-seann duthaich bha boireannaich ann agus bha seachd donais annta. Agus nuair a chaochaileadh iad, nam faigheadh iad far na h-eislinnean – 's e eislinnean a bh'ann an uair ud an àite ciste – nam faigheadh iad far na h-eislinnean 's greim amach, bha iad 'nam bòcain a thaobhadh an t-aite an uair sin tuilleadh. Ach bha nighean mhór an sin aig duine beairteach a bh'ann ann an Albainn agus rinn e amach gu robh na seachd donais innte. Ach co-dhiubh chaochail i. Dh'fhalbh e roimhe 's chuir e fios air Raghnall mac Ailein Òig – cha b'urrainn dha cuimhneachadh air duine na b'fheàrr – 's gu robh toil aige 'fhaicinn 's dh'fhalbh Raghnall mac Ailein Òig agus chaidh e a dh'ionnsaigh an àite. Bha aige ri falbh culaidh-eagail do bheinn uamhasach. Ach co-dhiubh feasgar beag rànaig e àite an tighearna a bha seo – 's e a bh'ann – agus thachair an tighearna ris is bha e uamhasach uile gu léir toilichte. Dh'innis e an uair sin mu dheidhinn na h-ighne.

"Uill," thuirt Raghnall mac Ailein Òig, "nam bitheadh fhios agamsa air an sin mu'n do dh'fhalbh mi, cha d'thànaig mi," ars esan. "Ach bhon a thànaig mi, bheir leatha mi."

Agus co-dhiubh bha'n oidhche a'dol seachad. Tacan ro mheadhon-oidhche bha Raghnall 'sa rùm a'*watchadh*. Thug e'n aire dhi 'g éirich far na h-eislinnean. Ma thug, leum Raghnall mac Ailein Òig 's rug e oirre. Thug ise *swing* air Raghnall mac Ailein Òig 's *land* i aig dorust a'rùim. An ath *swing* a thug Raghnall mac Ailein Òig oirre, chuir e air a druim dìreach air an eislinn i. Ach co-dhiubh thug ise *swing* eile air Raghnall mac Ailein Òig is thug i cho fada ri dorust an taighe e. Thug Raghnall mac Ailein Òig *swing* eile oirre-se agus chuir e air a druim dìreach air an eislinn i agus chum e ann a'sin i gus an do ghair an coileach 'sa mheadhon-oidhche. Cho luath 's a ghaireadh an coileach bha i réidh tuilleadh.

Ach co-dhiubh 'sa mhadainn air la'r-na-mhàireach *start* Raghnall mac Ailein Òig dhachaidh. Bha e a'coiseachd 's a coiseachd thron bheinn a bha seo agus chaidh e air chall. Ach bhuail e an uair sin allt agus thòisich e air coimhead air an allt 's lean e'n t-allt sin 'san dòigh air an robh e a'ruith agus thànaig e amach an uair sin feasgar beag gu àite 's bha taigh ann an sin. Agus chaidh e a dh'ionnsaigh an taighe agus bha cailleach mhór ruadh an sin agus nighean uamhasach uile gu léir briagh còmhla rith'. Ach chuir e seachad an oidhche còmhla riuth' seo agus bha sin *all right* 's chaidh Raghnall mac Ailein Òig dhachaidh. Agus an ceann bliadhna bha leanabh gille aig an té ruadh a bha seo. Ach chuala Raghnall Mac Ailein Òig mu dheidhinn na h-ìghneig, agus dh'fheith e rithe gus an robh an gille suas 'na mheud. Thuirt e,

At that time in the old country there were women possessed by seven demons. And when these women died, if they managed to get up ooff the planks – the dead laid out on planks in those days instead of in coffins – if they got up over the planks and got a grasp on the outside, they became spectres that would come to haunt that place from then on. A wealthy man in Scotland at that time had a big daughter and he decided that she was possessed by the seven demons. It happened that she died, so the man set out and sent for Ranald – he could think of no better man – saying that he would like to see him. Ranald started out toward his place and he had to cross a fearsome mountain on the way, but in the early evening he reached the place of this man who was a laird. The laird was very pleased indeed to meet him and told Ranald about his daughter.

"Well," said Ranald, "had I known about this before I left I would not have come. But since I have, take me to her side."

Now the night was passing, and a short while before midnight Ranald was in the room keeping watch. He noticed her rising up from the planks, and when he saw this Ranald leapt and caught hold of her. She gave Ranald a swing and landed at the door of the room. The next swing that Ranald gave her put her flat on her back on the planks. She gave Ranald another swing and took him as far as the door of the house. Ranald swung at her again and put her flat on her back on the planks and he held her there until the rooster crowed at midnight. As soon as the rooster crowed she was finished for good.

On the morning of the following day Ranald started out toward home. He walked and walked over the mountain and finally lost his way. But then he came across a brook and he began to look at the brook and to follow the direction in which it ran. In the early evening he came out at a settlement, and there was a house. He went up to the house and there was a big, old, red-haired woman living there together with an exceedingly fine-looking girl. Ranald passed the night with them there and that was fine, and then he went home. A year later the red-haired girl gave birth to a boy. Ranald heard about the girl and he waited until the boy was well grown.

"Tha mi dol a choimhead an e mo mhac tha seo."

Ach co-dhiubh dh'fhalbh e 's rànaig e àite na cailliche ruaidhe a bha seo 's bha an nighean ann 's bha an gille ann agus rinn iad toileachadh mór ris 's dh'fhuirich e còmhla riu. 'S a mhadainn la'r-na-mhàireach dh'fhalbh iad air n-ais, e fhéin 's an gille – thug e leis do dh'Albainn e – agus dé thuit a bhith a'tachairt anns an t-sabhal aig Raghnall Mac Ailein Òig ach bha mart mór, uamhasach an sin a fhuair bàs agus bha i ri tharraing amach. Ach nuair a rànaig iad an taigh thuirt Raghnall Mac Ailein Oig,

"Théid sinn a dh'ionnsaigh an t-sabhail 's tarraingidh sinn amach am mart tha sin mun tig sinn astaigh."

"*All right*," thuirt an gille.

Chaidh iad a dh'ionnsaigh an t-sabhail 's chaidh iad astaigh. Chaidh Raghnall Mac Ailein Òig air a'cheann astaigh dhen bhàthaich 's rug e air casan deiridh a'mhairt. Rug an gille bha seo air a casan cinn agus thòisich iad air tarraing. Bha Raghnall mac Ailein Òig 'ga cumail 's bha am fear eile 'ga tharraing. Cha robh am mart a'gluasad.

"O 'ill' òig," thuirt Raghnall Mac Ailein Oig, "chan e mo mhac a th'annad nam b'e nach fhalbhadh am mart."

Nuair a chual' an gille òg a bha seo sin, dh'fhalbh esan dh'a h-ionnsaigh mu chuairt 's thug e spìonadh air a'mhart. Dh'fhuirich an darna leth dhi aig Raghnall mac Ailein Òig 's thug an gille leis an leth eile. Nuair a thug e'n aire dha sin, dh'fhalbh e an uair sin 's chaidh e 's thug e dhachaidh an nighean a bha seo agus thug e dhachaidh a'chailleach. Phòs e an nighean agus tha iad an sin a dh'ionnsaigh a'latha an diugh cha chreid mi. Cha chreid mi gun do ghluais iad as an t-seann duthaich bhuaidhe sin 's dhealaich mise riuth'

Then he said to himself,

"Now I'm going to see if this really is my son."

So he left his home and arrived at the place of the old, red-haired woman, and the girl was there and the young lad and they greeted him warmly, so he stayed with them. On the morning of the following day they started back, Ranald and the lad – he took him back to Scotland – and it just happened that there was a very large cow that had died in Ranald's barn and had to be pulled out. When they reached the house Ranald said,

"We'll go to the barn an we'll pull out that cow before we go into the house."

"All right," said the lad.

They went over to the barn and went inside. Ranald went to the inner end of the byre and he took hold of the cow's back legs. The lad caught hold of her front legs and they both began to pull. Ranald was holding her and the boy was pulling, but the cow didn't move.

"Oh young lad," said Ranald, "you are no son of mine if the cow won't even move."

When the young lad heard that, he went around to the cow and gave her a violent pull. One half of the cow stayed with Ranald and the lad took the other half with him. When Ranald saw that he went and brought the girl and the old woman home with him. He married the girl and I believe that they are there to this day. I don't think they left the old country since then, and that's where I left them.

21 Mac 'ic Ailein agus an Gearran Ruadh

Tha e coltach gu robh Mac 'ic Ailein air a ghlacadh agus gu robh iad a'dol a chuir às dha. Agus fhad's a bha e ann an àite a bha seo ann an teàrainteachd, bhiodh e dol a null far a robh nighean òg a bhiodh a'bleoghainn a'chruidh. Agus bheireadh e dhi làn soitheach beag do dh'fhìon – stòpa beag do dh'fhìon – agus lìonadh ise an uair sin a'stòpa dha do bhainne blàth bhon bhó.

Agus a'lath' bha seo thuirt i ris,

"Cum thusa na h-eich air ais gus am bith iad gu math fad air n-aghaidh le cion uisge, gus am bi fìor phathadh trom orra. Agus nuair a bhios iad gu math tartach bheir thu gu uisg' iad. Agus gabh beachd an uair sin an t-each as doimhne a thìodhlaigeas a bhus anns a'loch; sin a'fear as fheàrr anfhadh, agus 's e as duilghe tighinn suas ris a thaobh tha e na's seasmhaiche na càcha."

Agus rinn Mac 'ic Ailein sin. Fad lathaichean bha e gabhail beachd agus chum e an uair sin beachd air an each luath a bha seo. Agus a'latha [seo] nuair a bha 'n t-àm gus a bhith suas fhuair e leum air druim an eich a bha seo agus chuir e gu astar e. 'S thuirt e,

"Chan fhaigh sibh mis' an diugh!"

Agus tha mi creidsinn nach fhaigheadh nuair a bha an t-each aige a b'fheàrr anfhadh a bh'ann, nach cumadh càcha ris 's nach tigeadh iad suas ris co-dhiubh.

Agus sin na naidheachdan a fhuair mi air Mac 'ic Ailein agus air na h-eich.

21 Clanranald and the Red Gelding

It seems that Clanranald had been captured and that they intended to kill him. And while he was being held secure in a place there, he would go over to where there was a young girl who was milking the cows. He would give her the contents of a small vessel full of wine – a little stoup of wine – and then she would fill the stoup with warm milk from the cow.

One day she said to him,

"Hold back the horses until they are really suffering from lack of water and truly thirsty. And when their thirst has become intense lead them to the water. Then observe which horse sticks its nose deepest into the loch, for that is the one with the best wind, and the one most difficult to catch up with, because its endurance is greater than the others'."

And that's what Clanranald did. For days on end he observed them, and he began to notice one particular swift horse. And on this day when his time was about to be up, he managed to jump on the back of that horse and let it run. And he said,

"You'll not get me today!"

And I believe that they couldn't, since that was the horse with the best wind there and the others couldn't catch up to him or even keep up with him.

And those are the stories that I got about Clanranald and the horses.

CUID A SIA

Uirsgeulan Eile

PART SIX

Other Legends

22 Riley 's an Deamhan

Am fear seo bh'as a'Phòn Mhór, bha e còmhnaidh seo o bhliadhnaichean bhuaidh'. Ach gu leòr dha na daoine a b'aitne dhomhsa, chunnaic iad e. Agus as an aimsir a bha sin bha daoine gu math goirid dhen a h-uile sian; gu h-àraid nuair a thigeadh toiseach an t-samhraidh 's àm na curachd bhiodh an t-airgead car gann.

Ach Riley a bha seo, cha robh móran dhen t-saoghal aige fhéin agus bha e amuigh feasgar. Cha d'rinn e móran astar co-dhiubh nuair dh'amais duin' uasal ris agus bhruidhinn iad ri chéile 's dh'fhoighneachd an duin' uasal dha ciamar a bha e faighinn air aghaidh 's O, ghearain e nach robh e faighinn air aghaidh – nach robh sian an t-saoghail aige 's àm na curachd a nist air tighinn 's gu robh e gann do dh'airgead. 'S O, bhruidhinn an duin' uasal ris agus thuirt e ris a nist,

"Uill, théid agamsa air airgead a thoirt dhut, ach gu feum thu gealltanas a dheanamh dhomh."

"Uill, ma théid agad air airgead a thoirt dhomhs' a tha mi riatanach air; ge b'e dé tha dhìth ort, nì mis' an gealltanas dhut."

"O, bheir mi dhut an t-airgead, ach gu feum thu mis' a choinneachadh uair eile far a bheil sinn ann a'sheo, agus gun geall thu gu falbh thu còmhl' rium."

Uill, bha an duine bochd, bha e air a bith cho truagh dheth 's bha e cho toilichte airson an t-airgead fhaighinn agus ghabh e 'n t-airgead. Agus cha robh e a'cur smaointinn air gu dé bha e deanamh 'san àm.

Ach nuair a thill e dhachaidh chuimhnich e air a'ghealltanas a rinn e dha 's gu feumadh e a choinneachadh 's falbh còmhl' ris. Agus as an àm cha robh ach aon sagart as an sgìreachd mu chuairt. Bha sagart ris an canadh iad Father McKegney ann an Sudni 's, O, bha sgìreachd mhór aig an t-sagart ri dheanamh eadar a h-uile h-àit' a bh'ann. Agus dh'inns' an duine dha na nàbannan mu chuairt am bargan a rinn e – an gealltanas a rinn e dhan duine bha seo – agus gur e 'n Donas a bh'ann.

22 Riley and The Devil

There was a man from Big Pond here years ago, and many people I used to know had actually laid eyes on him. Now in those days, people were short of pretty much everything, especially around the beginning of summer[1] and planting season when money was scarce.

Now this man Riley, who did not possess much in terms of worldly goods, was out one afternoon. He had not gone far when he encountered a gentleman; they addressed each other and the gentleman asked how he was getting along and Riley complained that he wasn't getting along at all – he had nothing to his name with planting time coming on and he was short of money. The gentleman spoke to him,

"I can give you money, but in return you must make me a promise."

"Well, if you can provide money that I need, I'll promise anything you wish."

"Oh, I'll give you the money, but you must meet me once again here where we are now, and you must promise to leave with me."

Poor Riley had been in such a sorry state, and was so pleased to have the money, that he accepted without a thought about what he was doing at the time.

But when he was back home he recalled his promise to the gentleman: that he would have to meet him eventually and depart with him. In those days there was only one priest in the surrounding district: a Father McKegney in Sydney, who had a large area to administer with all the settlements it contained. So Riley told his neighbours about the bargain and the promise he had made to the gentleman, and that it was the Devil himself.

1 May in the traditional system of counting the months.

O, chaidh brath a chur air an t-sagart 's thànaig e à Sudni feasgar a bh'ann a'sheo agus chruinnich na nàbannan a bha mu chuairt – na nàbannan astaigh còmhla ri Riley. Nuair a bha an t-àm a'tighinn goirid bha Riley a'fàs gu math iongantach 's bha e fàs fiadhaich. Aig deireadh [a'ghnothaich] fhuair iad e fhéin a chur dhan leabaidh 's chaidh maidean is gnothaichean a chur ris an dorus.

Thànaig an duin' uasal a bha seo. Bha e 'g obair air 's a'cur throimh' chéile amuigh 's ag iarraidh astaigh. 'S fhuair an sagart astaigh 's fhuair e leabhar-ùrnaigh 's na gnothaichean a bh'aige 's chaidh e air a ghlùinean. Agus bha botul aige, botul beag 'sa robh pìos beag do choinneal ann – bha 'choinneal laist' aige. O, bha a'bhéist a bha amuigh air thuar an gnothach a dheanamh air tighinn astaigh agus bha am fear a bh'as an leabaidh, Riley, fhuair e faighinn clìor 's bha na daoine ag iarraidh amach. Dh'fhoighneachd an sagart dhan fhear a bha amuigh,

"A nist, am fàg thu an duine seo agam fhad's a mhaireas a'choinneal?" Cha robh cus dhen choinneil ann – cha mhaireadh i fad'.

Fhreagair esan,

"Bidh e agad e fhad 's a mhaireas a'choinneal."

Cha d'rinn a'sagart ach séideadh às a'choinneal 's rinn e às i 's rinn e sios as a'bhotul a'choinneal 's tha iad a'cantainn gu deach a'choinneal sin a cur dhan Ròimh 's gu bheil i as a'Ròimh an diugh.

Agus sin mar a chuala mis' an naidheachd.

The priest was sent for, and the evening he came out from Sydney the neighbours had gathered around and were in with Riley. As the time approached Riley began to act strange and unruly. Finally they managed to get him onto a bed and brace the door with sticks and the like.

The gentleman appeared, storming and blustering outside in his efforts to get in. The priest, who was inside, got out his prayer-book and other effects and went down on his knees. Now he had bottle, a small one, with a short candle stub in it, which he had lit. Meanwhile the brute was outside, about to break in, and Riley, who was in the bed, had freed himself and those inside with him wanted out. Then the priest asked the man outside,

"Will you leave this man with me as long as the candle lasts?"

There was not much left of the candle, so it would not last long.

The man replied,

"He's yours as long as the candle lasts."

So the priest simply blew the candle out; he extinguished it and thrust it into the bottle, and people say that the candle was sent to Rome and that it is in Rome to this day.

And that's how I heard the story.

23 Caiptean Dubh Bhaile Chròic

Tha mi dol a dh'innse sgeulachd dhuibh air fear ris an abradh iad Caiptean Dubh Bhaile Chròic a bha thall anns an t-seann dùthaiche. Agus an dòigh a thànaig an naidheachd aig' a nall dhan dùthaiche seo measg nan daoine againne mar seo, bha e am measg Caiptean Tulach anns an t-seann dùthaiche a bha 'na athair na nighinn a bha 'na sìn seanmhar dhomhsa. Sin mar a thànaig a'sgeulachd a nall a'seo ugainne. A bharrachd air a'sin bha Dòmhnallach 'na shaighdear aige a shàbhail as an oidhch' uamhasach a thachair: a thànaig e fhéin a nall as an t-seann dùthaich. Tha na daoine aige fuireach faisg air far a bheil sinne ann a'seo.

Ach an naidheachd mar a dh'imireas mi h-innse, 's e caiptean air arm anns an t-seann dùthaiche agus bha e glé dhéidheil air gach baiteal anns am biodh e a chosnadh. Bha caiptean ainmeil eile anns an t-seann dùthaich ris an abradh iad Caiptean Tulach. Agus bha e cho ainmeil air cosnadh anns gach baiteal anns am biodh e is gun tànaig Caiptean Dubh Bhaile Chròic a bha seo air astar mór air muin eich dh'a fhaicinn airson comhairl' fhaighinn air ciamar a reachadh e mu dheidhinn baiteal sònraichte a bha seo a chosnadh. Sin a thug a choimhead air Caiptean Tulach e. Ach air a'rathad a'tighinn cha robh e eòlach agus thadhail e aig taigh-sgoileadh a bha sin airson sgeul fhaighinn air far a robh Caiptean Tulach a'fuireach. Dar a chaidh e astaigh dhan taigh-sgoil thuirt a'bhan-sgoilear ris nach robh e furasda dhi sgeul ceart thoirt dha air an rathad, ach gu robh nighean aig Caiptean Tulach anns a'sgoil agus gu ligeadh i dhachaidh tràth i 's gu faodadh i dhol dhachaidh còmh' ris agus gu sealladh i dha far a robh h-athair a'fuireach. Agus sin mar a bh'ann: chaidh i air muin eich còmh' ris thron choillidh 's bha aca ri dhol mu cheithir mìle mun ruigeadh iad àite Caiptean Tulach. An deaghaidh dhaibh ruigeachd bha feasgar ann 's bha iad astar mór air tighinn 's an t-each a'fàs sgìth 's thuirt Caiptean Tulach ris gum b'fheàrr dha fuireach còmh ris-san an oidhche sin. Sin a rinn e, agus dh'innis e dha a h-uile sian mar a bha e dol a dheanadh

23 The Black Captain from Baile Chròic

I'm going to tell you a story about a man they called the Black Captain from Baile Chròic over in the old country. And the way his story came over to this country with our own people was this: it was associated with a Captain Tulloch in Scotland who was father of the girl who became my own great grandmother. That's how the story came over here to us. What's more, a MacDonald who was a soldier with him [the Black Captain], survived that terrible night and came over from the old country. His descendants live not far from where we are here.

As for the story I have to tell, this man was a captain over an army in the old country and he was very set on winning every battle he engaged in. Now there was another famous captain in Scotland called Captain Tulloch, who had a name for winning every battle in which he took part, so the Black Captain from Baile Chròic came a great distance on horseback to see him for advice as to how he would go about winning a certain battle. That's what brought him to see Captain Tulloch. But on his way there he was not familiar with the surroundings and he stopped in at a schoolhouse for directions to where Captain Tulloch lived. When he entered the schoolhouse the schoolmistress said it was not easy to give him clear directions as to the way, but that a daughter of Captain Tulloch's was at the school and she would allow the girl to go home early to accompany him to her home and show him where her father lived. And so it was: she accompanied him on horseback through the woods, and they had to travel about four miles before reaching Captain Tulloch's place. When they arrived it was evening; they had travelled a great distance and the horse was tired, so Captain Tulloch told him it was best to spend the night there.

airson am baiteal sònraichte a bha seo a chosnadh. Agus co-dhiubh an deaghaidh dha Chaiptean Tulach an gnothach fhaighinn amach mar a bha air an dà thaobh thuirt e ris gun tugadh e dha comhairle 'sa mhadainn mu falbhadh e dé b'fheàrr dha dheanadh.

Thànaig a'mhadainn 's dar a bha Caiptean Bhaile Chròic a'falbh, a'chomhairle a thug Caiptean Tulach air, 's e gun a dhol a bhaiteal idir: gun cailleadh e am baiteal; nach robh dòigh aig' air am baiteal a chosnadh; gu robh tuilleadh 's a chòrr 'na aghaidh anns na h-uile dòigh; nach robh dòigh aig' air a'bhaiteal a ghléidheadh. Thionndaidh e 's thuirt e ri Caiptean Tulach ged a dh'fheumadh e cuideachadh fhaighinn bhon Donas gu robh e dol dh'fheuchainn ris a'bhaiteal a chosnadh 's gu robh e glé chinneach as, bho nach fhaigheadh e cuideachadh ann an dòigh sam bith eile gun cuidicheadh an Donas e.

'S nuair a fhruig e dhachaidh an oidhche sin, chaidh e mach, dh'iarr e air an Donas tighinn far a robh e agus comhairle thoirt dha air ciamar a ghléidheadh e am baiteal sònraichte seo. Cinneach gu leòr, cha robh e mach fada dar a thànaig an Donas agus *start* e air toirt dha sgeul air ciamar a choisneadh e 'm baiteal. Ach thuirt e ris,

"Mun dean mise sin – mun toir mi dhut sgeul 's mun toir mi dhut cuideachadh – imiridh tusa ghealltainn gum bi tu agamasa dar a bhios am baiteal seachad."

Agus thuirt Caiptean Dubh Bhaile Chròic ris,

"Tha sin tuilleadh 's luath orm," thuirt e. "Bu toil leam roinn do bhaitealan a chosnadh mun tiginn gu'm cheann."

Agus thuirt an Donas ris,

"Uill, *all right*, matà. Nì mise bargan riut. Bheir mi dhut fichead bliadhna bhon oidhch' a nochd gus am feum thu a bhith agamasa airson do chuideachadh anns a'bhaiteal seo 's anns na h-uile baiteal anns am bi thu cosnadh."

Agus bha Caiptean Dubh Bhaile Chròic a'faicinn gu robh ùine mhór a bha seo 's gu faigheadh e gnothaichean a chur air dòigh mun tigeadh an Deamhan dh'a shireadh a thoirt dh'a thaigh fhéin. Ach cinneach gu leòr mun do dh'fhalbh e dh'inns' an Deamhan dha dé dh'imireadh e dheanadh airson am baiteal a chosnadh 's thuirt e ris a bharrachd air a'sin,

"Bidh mi fhìn còmh' riut ged nach bi thu 'gam fhaicinn airson am baiteal sònraichte seo a chosnadh 's a h-uile baiteal eile 'sam bi thu." Ach thuirt e ris, "Tha pàirt dhe na saighdearan agad nach eil idir 'nad fhàbhar: tha iad 'nad aghaidh. Agus imiridh tu cur às dhaibh no cha bhi e math dhut."

He did so, and told the Captain everything he intended to do in order to win that particular battle. And after Captain Tulloch had found out how things stood on each of the opposing sides, he said he would give the visitor his advice before he left in the morning as to what his best course of action would be.

Morning dawned and as the Captain from Baile Chròic was leaving, the advice that Captain Tulloch gave him was not to go to into battle at all: he would lose the battle, and he could not possibly prevail or win because there was too much against him in every way. The other turned and said to Captain Tulloch, though he would be compelled to enlist the Devil's support, he was going to try to win the battle, and that he was quite certain that if help was coming from no other quarter, it would come from the Devil.

When the captain arrived home that night he went outside and asked the Devil to come to him and give his advice as to how he could win this particular battle. Sure enough, he had not been there long before the Devil arrived and began describing to him how to win the battle. But the devil said to him,

"Before I do that – before I outline this for you and give you my help, you must promise be to be mine when the battle is over."

But the Black Captain of Baile Chròic replied,

"That's too soon for me. I intend to win a number of battles before I'm through."

So the Devil said to him,

"All right, then. I'll make a bargain with you. I'll give you twenty years from tonight until you're to be mine as my due for helping you in this battle, and in every battle you win."

Now the Black Captain saw this would be a long time, and that he could set things up before the Devil came for him to take him away to his own place. But sure enough, before he left the Devil told him what he had to do to win the battle and he added,

"I'll be by your side to win this particular battle and every other battle you engage in, though you won't see me. But," he continued, "some of the soldiers are not loyal to you; they're against you. And you had best do away with them or it will not go well with you."

Uill thuirt esan,

"Ma gheobh mis' amach có dhe na saighdearan nach eil leam cuiridh mi às dhaibh as a'mhionaid," thuirt Caiptean Dubh Bhaile Chròic."

Uill thuirt an Donas ris,

"Tha cù dubh còmh rium-asa a'seo agus fàgaidh mi agad e. Agus saighdear sam bith nach eil leat innsidh an cù dubh seo dhut có dhiubh a tha 'nad aghaidh."

"Och," thuirt Caiptean Dubh Bhaile Chròic, "ciamar a nì an cù dubh sin sin 's nach urrainn dha bruidhinn?"

Uill thuirt esan ris,

"Thig an cù dubh suas, cuiridh e shròn air na h-uile saighdear a tha 'nad aghaidh 's bidh fhios agad an uair sin nach eil iad sin leat."

Sin mar a bh'ann. Chaidh e measg nan saighdearan 's chaidh e leis a'chù dhubh bha seo 's reachadh an cù dubh bho shaighdear gu saighdear. Ge b'e có 'n saighdear a chuireadh e a shròn air, bha fhios aig Iain Dubh Bhaile Chròic gur e sin fear a bha 'na aghaidh. Chuir e gu bàs iad 'sa mhionaid. Mharbh e iad uile 'sa mhionaid, an fheadhainn a bha 'na aghaidh. Ach dar a lean iad amach *history* nan saighdearan a chaidh a mharbhadh fhuair iad amach gur e daoin' a bh'annta nach robh math 'nan caitheamh-beatha idir, tha thu tuigsinn. 'S mar seo cha d'fhuair aonfhear aithreachas a dheanadh – chaidh am marbhadh 'sa mhionaid – 's bha iad aig an Deamhan anns an dòigh sin. 'S shin an dòigh a ghabh an Donas airson am faighinn dha fhéin anns a'mhionaid. Ach dar a thànaig am baiteal sònraichte sin dheth an uair sin cinneach gu leòr ghléidh Iain Dubh Bhaile Chròic am baiteal 's cha robh daoine a'tuigsinn ciamar a b'urrainn dha a dheanadh. Ach rinn e glé fhurasda 'n gnothach. Agus gach baiteal anns a robh e as a dheaghaidh sin, bhiodh e dol amach an oidhche ron bhaiteal, bha e coinneachadh air an Donas, a'faighinn comhairle bhuaidh' ciamar a reachadh e mu dheidhinn am baiteal a chosnadh 's bha e 'gan cosnadh uile.

Ach bha'n ùine dol seachad 's dol seachad 's mu dheireadh thall bha i tighinn gu ceann nach biodh an ùine fada gus am biodh na fichead bliadhna suas. Agus *start* Iain Dubh Bhaile Chròic a'deanadh planaichean airson an gnothach a dheanadh air an Deamhan fhéin an uair sin. Agus dé rinn e ach thog e caisteal mór cloich agus bha e air a bholtadh 'na chéil' uile gu léir 's bha 'm balla a bh'ann, rinn e cóig traighean a thighead e. Agus chuir e geataichean mór', mór' trom do dh'iarunn air an taigh 's bha e deanadh amach nach b'urrainn dhan Deamhan ruigeachd air an taobh astaigh dheth sin. A bharrachd air

The Black Captain said,

"If I find out which soldiers are not loyal I'll do away with them immediately."

The Devil replied,

"I have a black dog here and I'll leave him with you. Any soldier who is not loyal, the black dog will tell you which of them oppose you."

"But," said the Black Captain from Baile Chròic, "how can the black dog do that when it can't speak?"

The Devil replied,

"The black dog will come up and place its nose on every disloyal soldier and you'll know then they're not on your side."

And so it happened. The Captain went among the soldiers with the black dog, and the black dog would go from one soldier to another. Whatever soldier the black dog touched with its nose, Black John of Baile Chròic knew that man was a traitor and he put him to death immediately. He executed them all on the spot, those who were against him. But when they traced the histories of the soldiers who were executed they found out that these were not men of good character, you understand. And because of that none of them had a chance to do contrition – they were executed instantly – and so they belonged to the Devil. That was the device the Devil employed to get them for himself straightaway. So when that particular battle was fought, sure enough Black John of Baile Chròic carried the day and people could not understand how he did it, but success came easily to him. And every battle he fought after that he would go out the night before and meet with the Devil and get his advice on how to win, and he won them all.

But time passed and at long last it was approaching the time when the twenty years would soon be up. And Black John of Baile Chròic started to lay his plans to cheat the Devil himself. So what did he do but build a great stone castle, all bolted together, and he built the walls five feet thick. He put great, heavy iron gates on the living quarters, and reckoned then that the Devil could never penetrate that.

a'sin fhuair e roinn do ruma agus cóig ceud dhe na saighdearan a b'fheàrr 's bu làidir' a bh'aig' airson a gheàrd an oidhche a bha 'n Deamhan a'tighinn dh'a shireadh. Bha e deanadh amach gun deanadh e an gnothach air an Deamhan mar seo. Agus bha dithist aige air an taobh amuigh cuideachd: 's e Camshronach a bh'ann a'fear dhiubh a's 's e Peutanach a bh'ann a'fear eile dhiubh 'nan *watchmen a'watch*adh a bheil fhios agad gus an tigeadh an Donas gus innse dhaibh air an taobh astaigh gu robh e an deaghaidh tighinn air 's gum biodh e deiseil airson airson Caiptean Dubh Bhaile Chròic a gheàrd.

Ach dìreach dar a thànaig meadhon-oidhche cinneach gu leòr – bha na saighdearan gabhail dramaichean 's bha iad a'faireachdainn math 's bha seo airson misneach mhór thoirt dhaibh airson an Donas *fhight* – thànaig gnogadh uamhasach aig an dorust agus dar a thànaig an Donas theich na dithist a bha mach. Agus dar a ghnog e aig an dorust dh'fhosgail iad *shutter* beag airson faicinn amach ach gu dé bha mach. Dé a chunnaic iad ann a'sin ach coltas beathach mór coltach ri gobhar mhór uamhasach 's bha na sùilean aige *sink*te staigh 'na cheann 's bha iad mar gum biodh iad 'nan cnapan teine staigh 'nam broinn. Agus na fiaclan a bh'ann, bha iad a'gràdhainn gun coltaicheadh duine iad coltach ri gràipean buntata – shin a'seòrsa fiaclan a bh'ann. Agus dh'fhoighneachd iad dheth có esan na gu dé bha e deanadh a'siod 's thuirt esan,

" 'S mise Gobhar Ifhreann a'tighinn a dh'iarraidh Caiptean Dubh Bhaile Chròic nuair a bha am bargan againn air a dheanadh," thuirt esan, " 's tha na fichead bliadhna suas a nochd aig meadhon oidhche. Agus," thuirt e, " 's fheàrr dhuibh mise ligeil astaigh no mura lig sibh astaigh mi 's e as miosa dhuibh p-fhéin."

"O," thuirt iad ris, "chan eil duine no'n Donas dol a dh'fhaighinn astaigh a'seo a dh'fhaighinn greim air Caiptean Dubh Bhaile Chròic."

"Uill," thuirt e riu, "tha mise dol astaigh a dh'aindeoin dé nì sibhse na duin' eile."

Ach a'la'r-na-mhàireach nuair thànaig daoine far a robh an caisteal bha 'n caisteal sin air a chur 'na ghainmhich – air a chur 'na smàlan mar gum biodh e 'na ghainmhich – 's na bha 'na bhroinn uile marbh. 'S dar a thànaig daoine mu chuairt a dh'fhaighinn an cuid dhaoine a bha 'nan saighdearan aig Iain Dubh Bhaile Chròic fhuair iad a h-uile fear riamh dhiubh marbh fon droighneach 's fon ghainmhich a bha sin – bha chlach air a deanadh 'na gainmhich – ach cha d'fhuair iad riamh Caiptean Dubh Bhaile Chròic, na a chorp na sian eile. Fhuair iad na cuirp aig càch' uile. Chan fhac' iad sgeul riamh air bhon latha sin

In addition he brought in a good amount of rum and five hundred of his best and strongest troops to guard him the night the Devil was to come for him. He thought he could get the best of the Devil that way. And he had two more men placed on the outside as watchmen – one was a Cameron and the other was a Beaton – to keep watch, you know, until the Devil came and to tell those inside that he had arrived and to be ready to protect the Black Captain.

Sure enough, just as midnight came around – the soldiers had been having drams and were feeling good, which was intended to give them courage to take on the Devil – a terrible knocking was heard at the door, and when the Devil arrived the two men on the outside fled. And when the Devil struck the door the men inside opened a little shutter to see what was outside. What did they see but a huge beast resembling a terrible goat, its eyes recessed back in its head and glowing as if they contained fiery coals. Its teeth, people said later, looked something like forks for digging potatoes – that's the kind of teeth it had. So they asked the beast who it was and it was doing there and it answered, "I'm the Goat from Hell coming for the Black Captain from Baile Chròic since we made our bargain. The twenty years are up at midnight tonight, so you had better let me in, for if you don't it will be the worse for you."

"Oh," they replied, "neither men nor the Devil will get inside here to seize the Black Captain from Baile Chròic."

Said the Devil, "I'm going in whatever you or anyone else does."

On the following day when people came to the site of the castle, it had been reduced to sand – to rubble that looked like sand – and everyone inside was dead. And when people came to take away their relatives who had been soldiers for Black John from Baile Chròic, they found every single one there dead under the sand and the rubble – the stone had been reduced to sand – but they never found the Black Captain from Baile Chròic, the body or anything else. They found all the others' bodies, but no trace of the Captain

dh'ionnsaigh a'lath' an diugh. Agus na dithist a bha muigh: theich iad, ach cha d'fhuair iad riamh dhachaidh. 'S bha 'n Camshronach a bha seo, bha e falbh còmh' ri nighean shònraichte ann an Albainn. Bha iad dol a phòsadh an ùine gun a bhith fada. 'S thànaig a'spiorad aige far a robh i an oidhche sin agus dh'innis e dhi mar a dh'éirich amach. Agus thànaig stoirm shneachdda nach cualas riamh ann an Albainn a leithid 's bha na h-uile sian air a *chover*adh fo shneachd. 'S thuirt ise ris,

"Ciamar is urrainn dhuinn an corp agad fhaighinn" – bha iad airson an corp aige bhith air a thìodhlaigeadh – "nuair a tha e fon t-sneachd'? Cha bhi dòigh againn air fhaighinn gus a leagh a'sneachda seo air falbh."

O, thuirt e rith',

"B'fhìor thoil leam an corp a bhith air a thìodhlaigeadh," thuirt esan, "ann an ùine gun a bhith fad'. Agus a'*shawl* a tha mu'd amhaich," thuirt e rith', "ma thomhaiseas tu e trì fichead agus deich trupan bho *corner* an taighe a'dol an ear gheobh thu 'n corp agamasa fon t-sneachd ann a'sin. Agus an uair sin bhon àite 'sam bi an corp agamasa tomhais deich trupan fichead e air adhart a rithist as an aon rathad is gheobh thu corp a'Pheutanaich fon t-sneachda mar sin."

Cinneach gu leòr chaidh coimhead is chaidh na cuirp fhaighinn mar a dh'inns' e dhi agus cho fad 's a's fhiosrach mis' shin agaibh sgeulachd Iain Dubh Bhaile Chròic dhuibh mar a thànaig i nall am measg nan daoin' againn – mo shìn sheanmhar a *ride* air muin eich còmh' ris agus còmh' ris an Dòmhnallach a thànaig a nall agus a tha a'sliochd aige timcheall oirnn ann a'seo. Bha e 'na shaighdear agus an oidhche shònraichte bha seo bha e tinn 's cha b'urrainn dha tighinn, agus bha a'naidheachd aigesan. 'S thànaig e dhan dùthaiche seo as an t-seann dùthaiche a bha e 'na shaighdear aig Iain Dubh Bhaile Chròic thall as an t-seann dùthaich.

from that day to this. The two who were outside and had fled never reached home. Now the Cameron soldier had been going with a certain girl in Scotland. They were to be married shortly, and his spirit came to her one night and told her what had taken place. And a snowstorm came, the like of which had never been heard of before in Scotland and everything was buried in snow. So she asked the spirit,

"How can we find your body under the snow – (they wanted his body to have a proper burial)? There will be no way to find it until the snow melts away."

The spirit answered,

"I very much wish for my body to be buried before too much time has passed. Now the shawl that is around your neck, if you measure out seventy lengths of it from the corner of the building toward the east you will find my body under the snow there. Then from my body measure thirty lengths further in the same direction and you'll find the body of the Beaton man."

Sure enough, a search was mounted and the bodies were located where he had told her.

And that, to my knowledge, is the story of Black John of Baile Chròic for you as it came over with our people – my great grandmother who accompanied him on horseback – and with the MacDonald who came over and whose descendants are still around here. He was a soldier, and that particular night he was ill and couldn't come [to the castle], so he knew the story. He came to this country from Scotland where he was a soldier with Black John of Baile Chròic.

24 Cù Glas Mheòbail

Tha mi dol a dh'innse naidheachd dhuibh mu dheidhinn seòrsa do bhòcan a bha mun cuairt. Dh'abradh iad Cù Glas Mheòbail ris. 'S e fear dha na Dòmhnallaich às Meòbail a th'annam-as, agus bha poidhle 'g ràdhainn gu fac' iad e 's poidhle eile 'g ràdhainn nach fhac' iad riamh e is a h-uile sian. Ach tha mi gu math cinnteach gu faca mis' e.

[Bha] mi coiseachd a'rathaid mhóir oidhche 's thànaig cù beag, glas. Choisich e làmh rium. Agus chaidh e a'falach – chaill mi 'n sin e. Agus bha sneachda beag air an talamh agus choimhead mi: chithinn na luirgean agam fhìn, ach chan fhaicinn [na luirgean] aigesan air la'r-na-mhàireach.

Mu sheachdainn an deaghaidh sin dh'eug piuthar dhomh 'n Halifax. Thànaig an corp aice air ais 's chaidh i tìodhlaigeadh ann an Creiginis. Rinn mis' amach gur e Cù Glas Mheòbail a bha sin. Sin naidheachd cho dìleas 's a th'agam-as air.

An deaghaidh Prionns' Teàrlach, bha iad dol a mharbhadh a h-uile duine a bh'as an arm eile – 'san arm aig Prionns' Teàrlach. Agus theich iad seo; thànaig fear astaigh 's thuirt e riu',

"Nam bithinn's 'nad àitesa a nochd, dheanainn mo leaba 'sa fhraoch a nochd," thuirt e ris a'Chù Ghlas.

Agus studaig iad gu robh rudeiginn ceàrr agus dh'fhalbh iad.

Fhuair [na saighdearan] iad ann an uamha shuas 'sa choillidh, agus chaidh aonfhear astaigh air a ghlùinean far a robh iad agus stob e an claidheamh 'sa chù. 'S thànaig e amach 's fuil a'choin aige air a'chlaidheamh is choimhead e dhan chomanndair e 's,

"O, tha e cinnteach gu leòr gun do mharbh thu iad leis a'sin."

Sin na chuala mise riamh mu dheidhinn.

24 The Grey Hound of Meoble

I'm going to tell you a story about a sort of spectre that used to be about that they called the Grey Hound of Meoble. Now I'm one of the MacDonalds from Meoble, and many claimed to have seen it, others that they had never seen it, and so on. But I'm quite certain that I saw it.

One night I was walking along the main road when a small, grey dog approached. He walked alongside me and then disappeared – I lost sight of him. There was a light snowfall on the ground and when I looked I could see my own tracks, but I could not see its tracks the next day.

About a week following that, one of my sisters died in Halifax. Her body was returned to Creignish and she was buried there. Now I thought at the time that it was the Grey Hound, and that's as accurate an account as I can give.

After Prince Charlie, they were going to eliminate everyone that was in the other army – that is, in Prince Charlie's army. So those who were in danger fled, and someone came in and said to them,

"If I were you, I'd make my bed in the heather tonight," he said to the Grey Hound.

So those who were there decided something was not right and and left the place.

Soon the [enemy]soldiers found them in a cave in the forest, and one of them entered on his knees to where they were hiding and drove his sword into the dog. He came back out and showed the dog's blood on the sword to the commanding officer.

"Oh, sure enough, you killed them with that."

And that's all I heard about it.

25 Am Fear a dh'Fhalbh Oidhche na Bainnse 's nach do Thill

'S e seann stòiridh a bh'ann a chuala mise nuair a bha mi glé òg mun fhear a dh'fhalbh oidhche na bainnse 's nach do thill. Dh'fhalbh e bhon bhainis a dh'iarraidh buideal ruma. Air a thilleadh chaidh e astaigh a thaigh nan sìthein 's dh'fhuirich e *spell* a'sin 's bha e'n dùil nach robh e fad sam bith astaigh ann an taigh nan sìthein.

Nuair a dh'fhalbh e às an taigh a bha seo, chan aithnigheadh e duine. Bha e *travel*adh ['s] thànaig e gu taigh ann a'sin 's bha seann duin' ann – faisg air ceud bliadhna. 'S dh'fhoighneachd e dhan duine seo nan cual' e riamh bhith bruidhinn air an fhear a dh'fhalbh oidhche na bainnseadh 's nach do thill.

"Chualaidh mi mo sheanair a'bruidhinn air," thuirt esan. " 'S e sìn seanair dhomhsa a dh'inns' an stòiridh dha'm sheanair."

Chum e air adhart. Thànaig e gu pàileist ann a'sin 's chaidh e astaigh far a robh pears'-eaglais. Dh'inns' e dhan phears'-eaglais a bha seo gur esan an duine a dh'fhalbh oidhche na bainnse 's nach do thill. Thuirt a'sagart ris,

"Thig thus' astaigh dhan eaglais," thuirt e, " 's thig suas dh'ionnsaigh na h-altarach."

'S thànaig e amach 's bheannaich e an duine. Dh'fhalbh an duine 'na *dhust* sios air an ùrlar. Bha an duine bha seo a dh'fhalbh oidhche na bainnse 's nach do thill, bha còir aige bhith marbh ceudan bliadhna ron àm.

Sin té dhe na seann stòiridhean a chuala mise nuair a bha mi òg.

25 The Man Who Went out on the Night of the Wedding and Never Returned

This is an old story I heard when I was very young about a man who went off on a wedding night and never returned. He had left the wedding to fetch a bottle of rum. On his way back he entered a fairy dwelling and remained there for a time, thinking that he had not been inside the dwelling for long at all.

But when he left the fairy dwelling, he didn't recognise a single person. He travelled until he came to a house where there was an old man nearly a hundred years old. So he asked the man whether he had ever heard mention of the man who went out on the night of the wedding and never returned.

"I heard my grandfather speaking about it," the old man replied, "and it was my own great grandfather who told my grandfather the story."

So he continued on his way until he came to a palace, which he entered. A clergyman met him, and the man told him that he was the man who went out on the night of the wedding and never returned. The priest said,

"Come to the church and approach the alter."

The priest came out and blessed the man, and the man turned into dust on the floor. The man who went out on the night and never returned should have died centuries earlier.

And that's one of the old stories I used to hear when I was young.

26 Am Muileann Dubh

Trup a bha sin an Albainn, bha duine tinn fuireach ann a'sloc a dh'àite an taobh thall dhen allt mhór a bha seo 's chuir iad fios dh'ionnsaigh an t-sagairt. Bha an creideamh an uair ud, dh'fheumadh sagart falbh 'san oidhche agus nuair ruigeadh e an taigh 'sa robh an urra thinn, dh'fheumadh iad bratan a chur air na h-uinneagan no bhiodh na Sasannaich a'coimhead astaigh agus geidsearan aca dhen a h-uile seòrsa – saighdearan – 's bha cead ac' air do chur 'sa phrìosan.

Ach co-dhiubh an oidhche seo bha 'n sagart – dh'fhalbh e air muin eich – agus bha e dol sios seachad air a'mhuileann-bleith a bha seo anns an allt is dh'fhairich e am port a bha seo. 'S bha e fhéin 'na fhìdhleir ['s] 'na leth sheòrs' do phìobaire agus dh'fhairich e am port "Nead na Circe Fraoich". Agus nuair a dh'fhairich e am port, bha am port cho sunndach 's cho math 's chuir e stad air an each 's bha e 'g éisdeachd gus a robh am port deas. 'S nuair a bha am port deas dh'fhairich e gàire mór, cridheil astaigh 'san dorchadas anns a'mhuileann.

"Chaill thu an t-anam!" thuirt am fear a bha astaigh. "Chaill thu an t-anam!"

'S bha e gàireachdaich 's bha e magadh air 's ann an uair sin a chuir a'sagart na stiorapan ann an taobh an eich. Dh'fhalbh e dh'ionnsaigh an àit' a robh aige ri dhol far a robh an duine tinn 's nuair a fhruig e bha 'n duine marbh.

Agus dh'fhalbh e 's chrois e 'm port; bha e 'gràdhainn nach robh còir aig feadhainn a bhith cluith' a'phuirt gu bràcha tuilleadh. Ach tha e air a chluith' dh'ionnsaigh a'lath' an diugh. 'S seo mar a bha e falbh:

Tha nead na circe fraoich
Anns a'mhuileann dubh, 'sa mhuileann dubh
Tha nead na circe fraoich
As a'mhuileann dubh bho shamhradh.
'S tha 'm muileann dubh air thurraman
'S tha 'm muileann dubh air thurraman

26 The Black Mill

Once in Scotland, there was a man living in a hollow on the far side of a large brook who was seriously ill, so the priest was sent for. The religious situation in those days was that the priest was obliged to travel at night, and when he reached the house where the ill person was, people had to cover the windows or the English would be looking in, and they had gaugers of every kind – soldiers – with the power to throw you in prison.

This night the priest went out on horseback, and he was riding past a mill in the stream and he heard a tune. He himself was a fiddler as well as being something of a piper and he heard the tune "The Moor-Hen's Nest." And when he heard the tune, it was so cheerful and well played that he brought the horse to a stop and listened until the tune was finished. And when it was, he heard a great, hearty laugh coming from the darkness inside the mill.

"You have lost the soul!" said whoever was inside. "You have lost the soul!," laughing and mocking him.

The priest drove the stirrups into the sides of the horse and made for the place he had to visit where the sick person was, but when he arrived the man was dead. So the priest went and put crosses on the tune, saying that people should never play it again. But it's played down until this very day, and here's how it went:

The moor-hen's nest
Is in the black mill, the black mill,
The moor-hen's nest
Is in the black mill since summer.
The black mill is shaking,
Shaking, shaking,

'S tha 'm muileann dubh air thurraman
'S tha togairt dol a dhannsa
'S tha iomadh rud nach saoil sibh
'Sa mhuileann dubh, 'sa mhuileann dubh
'S tha iomadh rud nach saoil sibh
'Sa mhuileann dubh bho shamhradh
'S tha 'm muileann dubh air thurraman
'S tha 'm muileann dubh air thurraman
'S tha 'm muileann dubh air thurraman
'S tha togairt dol a dhannsa

Sin agad a'stòiridh bh'air "Nead na Circe Fraoich", port cho math 's a chaidh a dheanamh riamh. Bhiodh iad 'ga ghabhail nam b'e an deamhan a rinn e, nach biodh?

The black mill is shaking,
And eager to go dancing.
Many things you would not imagine
Are in the black mill, the black mill,
Many things you would not imagine
Are in the black mill since summer.

And there's the story of "The Moor-hen's Nest," as good a tune as was ever made. And people would play it even if it had been composed by the Devil himself, wouldn't they?

27 Cnàimh a'Sileadh Faladh

Bha soitheach Geangach ag iasgach amach bho Mhargrìdh bho chionn fhada. Agus 's e *dories* a bh'aca an uair ud – dithist anns a h-uile *dory* a'*trawl*adh. Tha sheans' gun tànaig rudeiginn eadar an gill' òg a bha seo agus leth-sheann fhear a bh'as a'bhàta 's spad an seann fhear an gill' òg 's dh'fhalbh e an comhar a'chùil amach 's chaidh e fodha 's chaidh a bhàthadh.

Nuair a thill e air ais air bòrd an t-soithich thug e seachad stòiridh gun do thuit am fear amach 's gun deach a bhàthadh, 's O, bha sin *all right*. Cha robh an còrr ann mu dheidhinn. Ach an ceann dà bhliadhna bha gill' òg eile còmhl' ris an t-seann fhear seo 'san *dory*. Bha iad ag iasgach 'san aon àite 's dé thànaig anuas air an dubhan ach cnàimh. Agus nuair a bhiodh cnàimh amach 'sa chuan biodh a h-uile sian a bh'air air a chriomadh dheth aig an iasg a bh'aig grunnd a'chuain; cha robh ann ach cnàimh geal. Ach thòisich an cnàimh air sileadh fuil dhearg. 'S ghabh iad iongantas 's thug iad air bòrd an t-soithich e 's thuirt an ceaptan a'cheud rud,

"*You're guilty of murder*" thuirt e. "*That's proof enough for me,*" thuirt e.

'S chuir iad a'ghas làmh air 's thug iad air ais e dha na *States* 's chan fhac' iad riamh tuillidh a bhos an rathad seo e. Ach cuimhnichibh air *power* an Fhear a bha gu h-àrd nuair a thug E an fhuil às a'chnàimh gus innse gu robh am fear eile – gu robh e *guilty*.

27 The Bleeding Bone

A long time ago there was a Yankee vessel fishing out off Margaree. In those days dories is what they used, with two men trawling in each dory. Now it seems that something came between the young lad who was in one of the boats and the older man; the older man struck the the lad, knocking him over, and the lad fell backwards and out of the boat so that he went under and was drowned.

When the older man went back on board the ship he provided the story that the lad had fallen overboard and drowned. That was all right, and there was nothing more said about it. But two years later there was another young lad in the dory with the older man. They were fishing in the same place, and what came up on the hook but a bone. Now when a bone had been out in the sea everything would be nibbled off of it by the fish, and there would be nothing left save the white bone itself. But this bone started dripping red blood which astonished them, so they took it aboard the ship and the captain said first thing,

"You're guilty of murder!" said he. "That's proof enough for me."

So they handcuffed the older man and took him to the States, and he was never seen again in these parts. But just think of the power of the One on high when He made blood come out of the bone to make it known that the other man was guilty.

28 A'Cluich Chairtean leis an Donas

Fear a mhuinntir *Prince Edward Island*, dh'fhairich mi e 'g innse 's chuala mi uair no dhà e 's a bharrachd, 's an duine seo, tha daoine fìrinneach [ann]. Thall ann am *Prince Edward Island* bha iad a'cluith' chairtean ann an taigh aon oidhche, a'*gambl*eadh. Agus bha an dala taobh a'call agus bha iad a'dol far a chéil' ann. Agus thuirt fear dhiubh,

"B'fheàrr liom gun tigeadh cuideiginn astaigh air mo thaobhsa ged a b'e an Donas a bhiodh ann."

'S cha robh iad uamhasach fada, thuirt a'fear seo, nuair thànaig duine *slick, slick* astaigh 's dh'fhoighneachd iad dha a robh nòisean aig' a dhol a chluith chairtean 's O, 's esan a bhà 's reachadh e air taobh an fhear a bha call.

Ach co-dhiubh, bha a'fear seo 's e 'g éirigh air gléidheadh 's air gléidheadh 's thòisich an taobh eile air a dhol far a chéile mu dheidhinn seo. Thuit cairt, 's nuair a chrom iad sios a dh'iarraidh na cairte thug a'fear seo 'n aire gu robh brògan eich air an duine. Leum e suas 's dh'inns' e seo dhan fheadhainn a bh'ann 's thòisich iad air ùrnaigh bheannaicht' a dheanadh, agus dh'fhalbh a'fear sin amach clìor glan – clìor thro mhullach an taighe. Agus rinn e toll a'sin a loisg e suas nach do ghabh dùnadh gu bràch 's cha do dh'fhuirich duine 'san taigh sin. Agus 's e fìrinne ghlan a bh'ann; chan e naidheachd bhreugach air dòigh sam bith a bh'ann. Agus chuala mise siod agus dh'inns' muinntir an Eilein e, agus bha e cho ceart 's a ghabhadh e. Agus thuit an taigh sin, no chaidh a chur 'na theine ach chan fhanadh duine. Ge b'e gu dé a bh'ann, uill cha *ventur*adh duine ri *start*adh air *fhix*eadh suas.

28 The Cardplayers and the Devil

I heard a man from Prince Edward Island telling this, and I heard it from him once or twice and more, and this man – they're truthful men. Over in Prince Edward Island they were playing a game of cards one night in a house – gambling. One side was losing and falling out over it, and one of them said,

"I'd rather someone came in on my side, even though it was the Devil himself."

And according to the man I heard, it was not very long before a dapper man entered the house, and those there asked him if he had a mind to play cards, and yes, he did indeed, and he would join the losing side.

Soon this man began winning and winning, and the other side began to fall out over this. A card fell on the floor, and when they bent down to recover it, one of them noticed that the newcomer was wearing horseshoes. Up he leapt and told his companions, and they began to recite a prayer, and the newcomer took off right through the roof. And he burned a hole in it that could never be closed over, and no one ever again lived in the house. It's the honest truth, and not a lie in any way. I heard it, the people from the Island told it, and it's as right as can be. Now the house fell down, or was set afire, and no one would stay there; whatever it was, no one would attempt to begin to fix it up.

CUID A SEACHD

Boban Saor

PART SEVEN

Tales of Boban Saor

29 An Diachainn a Chuireadh air Boban Saor

Naidheachd a chuala mi mu dheidhinn Boban Saor. 'S tha e coltach gun d'fhuair e fios air dòigh air choireiginn – sanais – gu robh feadhainn a'seo a'dol a thighinn a chuir deuchainn air: a dh'fheuchainn a robh e cho math air an t-saoirsneachd 's air a h-uile sian 's a bha 'san t-seanchas.

Agus cinnteach gu leòr, bha e sealltainn 's bha e cumail sùil amach 's chunnaic e an fheadhainn a bha seo air astar bhuaidhe agus tha mi cinnteach gun do thuig e có a bh'ann: 's e coigrich a bh'annta. Agus thuirt e ris an fhear a bha ag ionnsachadh na saoirsneachd aige gu robh iad seo a'tighinn.

"Agus théid thusa," ors' esan, "an darna taobh agus suidhidh mise ag obair," ors' esan, "aig a'bhòrd-obrach. Agus 's mis'" ors' esan, "a tha ag ionnsachadh na saoirsneachd agadsa. Agus théid thusa a null; théid thu 'nad shìneadh."

Agus thànaig iad astaigh agus dh'fhoighneachd iad airson Boban Saor agus bha esan ag obair 's thuirt e gu robh e thall ann a'sin 'na shìneadh. Agus lean e roimhe a'lòcradh samhach a bha dol ann an tàl 's bha an tàl aige air a suidheachadh anns a'ghlamradh aig ceann a'bhùird-obrach. Choimheadadh e air an tàl 's bheireadh e suathadh beag leis a'lòcair 's bheireadh e sùil eile 's suathadh 's nuair a bha i deiseil thilg e i 's chaidh i as an tàl.

Agus choisich an dithist ud amach. 'S nuair a chaidh iad amach thuirt fear dhiubh ris an fhear eile,

"Am faca tu," ors' esan, "a'rud a rinn a'fear a tha ag ionnsachadh na saoirsneachd aige?"

"Uill," ors' esan, "nuair théid aige an fhear ud air a leithid sin a deanamh, gu dé," ors' esan, "a théid aig an fhear a tha 'ga ionnsachadh a dheanamh?"

Agus thill iad dhachaidh. Cha do chuir iad deuchainn idir air Boban Saor.

29 How Boban Saor Was Put to the Test

There was a story I heard about Boban Saor, and it seems that he received news one way or the other – a message – that people were going to come and put him to the test: to find out if he was as good at carpentry and everything else as the stories maintained.

So sure enough he was looking and keeping and eye out and he saw these people some distance away and I'm sure he understood who they were: strangers in the district. So he said to the lad who was learning carpentry from him that those people were coming.

"Now," Boban Saor said to him, "you'll gooff to one side and I'll sit here busy at the work bench. And I'll be the one who is learning carpentry from you. So go over there now and stretch yourself out."

So the people came in and they asked for Boban Saor and there he was working and he said that Boban Saor was over there stretched out. And he continued planing a handle that was to go into and adze which was fastened in the vice at the end of the work bench. He would look at the adze and give the handle a little touch with the plane and then look again and another touch and when it was ready he threw the handle and it went right into the adze.

The two visitors just turned around and walked out. And when they had come out one of them said to the other,

"Did you see what his carpentry apprentice has just done?"

"Well," replied the other, "if the lad can do that, what is his teacher capable of?"

And the two of then returned home and they never again tried to test Boban Saor.

30 Boban Saor a'Tadhal air a Mhac

Agus an gille aig Boban Saor agus na nàbuidhean, cha robh gin dhiubh réidh: e fhéin cha robh e réidh riu. Agus gu math tric bhiodh an gille a'sealgaireachd agus 's e saigheadan a bhịodh aige. Agus dh'fhoighneachd e dhan bhean,

"C'àite," ors' esan, "a bheil na saigheadan a bh'aig a'ghille?" ors' esan.

"Tha iad ann a'seo," ors' ise.

'S thug i a nall *buncha* dhiubh. Thug e aon té às agus chuir e ri ghlùin i 's bhrist e i.

"[Chan eil] sgath spionnaidh [a']siod," thuirt esan, Boban Saor. Rug e sin air a'*bhunch* agus chuir e còmhl' iad agus thuig iad e.

"A, tha siod gu math làidir. Gléidhidh iad."

Seo nuair a rinn i mach gu robh e gòrach.

"Agus thug e null gu abhainn mi," ors' ise, "agus," ors' ise, "thug e sgrìob le bhat' ann am meadhon an t-sruth' 's dh'fhoighneachd e dhiom," ors' ise, "a robh mi faicinn sgrìob. Chan eil," ors' ise, "ach mar a chithinns'", ors' ise, "a'sruth a dol."

" 'S eadh," ors' esan. " 'S a bheil fhios agad," ors' an gille, "dé bha e mìnigeadh? Tha mise an seo fhéin," ors' esan, "an làthair nan nàbuidhean uileadh. Chan eil mis' ach 'nam ònrachd," ors' esan. "Nan tionndadh iad orms'," ors' esan, "gu dé dheanainn riu? Tha mi a cheart cho lag," ors' esan, " 's a bha 'n t-saighead a bha siod 'na h-ònrachd."

Agus gu dé," ors' ise, "a bha e mìnigeadh nuair a thug a null gu abhainn mi?"

'Sin," ors' esan, "a bhith 'gad fhàgailsa astaigh leat fhéin ann a'seo ged thigeadh fear eile dhachaidh," ors' esan, "agus a dhol còmh' riut," ors' esan, "cha bhiodh fhios aig duine, agus," thuirt esan, "chan fhaic 's mur an innseadh tu fhéin e."

30 Boban Saor Calls on his Son

Boban Saor's son and the neighbours were not on good terms, he himself did not get along with them. And often the lad would hunt using arrows. One day Boban Saor asked his son's wife,

"Where are the arrows the lad was using?"

"They're right here," she replied.

She brought over a bunch of them, and Boban Saor took out one of the arrows, put it over his knee and broke it.

"No strength there," said he, Boban Saor.

Then he grasped the bunch of them and put them together and they understood him.

"But those are strong. They'll hold."

Now on one occasion the lad's wife thought Boban Saor was crazy:

"He took me over to the river" said the wife, "and he made a line with a stick in the middle of the current and he asked me if I saw the line. There's nothing but what I see here: the current flowing."

"Just so," said Boban Saor.

"And do you know," said the lad, "what he meant? Here I am confronted by all the neighbours. I am all on my own. If they were to turn on me what could I do about them? I am just as weak," he continued, "as that arrow by itself."

"And what," asked the wife, "did he mean when he took me over to a river?"

"That," replied the lad, "had to do with leaving you alone here at home, and if someone were to come in and engage with you," he said, "no one would know or see it unless you told them about it yourself."

The Reciters

Over generations the extended family of DAN ANGUS BEATON (*Dan Angus Fhionnlaigh Iain 'ic Iain 'ic Fhionnlaigh Mhóir*) of Blackstone, Inverness County, have been recognized as skilled storytellers, fiddlers, pipers, and singers, continuing an extensive and important stream of Gaelic tradition from the Scottish mainland. From the very beginning of his long life Dan Angus was heir to a wealth of legends originating in Scotland, as well as many local legends from the island. His tales, which make for compelling listening in Gaelic or English, were transmitted within his family over generations and include family accounts of the privations following the '45 and the story of his great-great-grandfather Fionnlagh Mór Beaton of Achluachrach, Lochaber, who, during the time of the Highland Clearances, gave the factor a thorough thrashing before he boarded the emigrant ship to settle in the New World. His accounts of encounters with the supernatural, many of them based on his own direct experience, rank among the best of those recorded in the island. He was noted for his generous and constant support over the years to Gaelic events and activities, and his storytelling was featured in local radio broadcasts.

HECTOR CARMICHAEL, Monroe's Point, Victoria County, was a primary source for the fine repertoire of humorous stories retained on the North Shore. In addition he was one of the last songmakers active in the area. He specialised in humorous songs that employed a gentle form of satire or commentary concerning characters and events well known in the community. His songs were often sung at house gatherings, and at the "milling frolics" held for shrinking homespun tweed.

Like many of his contemporaries, ANGUS J. GILLIS of Mabou Harbour, Inverness County, spent much of his adult life "working away" from the island, yet he maintained close ties with his community and its Gaelic traditions. When he and his wife, Katie Margaret, returned to Mabou Harbour to retire, theirs was one of the few remaining Gaelic-speaking households at the time of recording. Angus's interests in tradition, like his other interests, were lively and varied, covering old versions of songs, settlement legends, and local versions of tall tales. From his familiarity with Highland history through reading, he was acutely aware of the value of the oral legacy of which he himself was part.

NEIL JOHN GILLIS (*mac Ruairidh 'ac Nìll 'ic Iain 'ic Eóghainn*), Jamesville, Victoria County, was raised in the Iona area near the geographical centre of the island, one of the two regions (along with Big Pond in Cape Breton County) where the traditions of the island of Barra, in the Outer Hebrides, were particularly strong. He has described clearly the occasions in his boyhood when his close relatives John and Charles MacInnis (*Iagan Pheadair Ruaidh* and *Teàrlach Pheadair Ruaidh*), renowned storytellers from the nearby community of Castle Bay, would visit, bringing people of all ages together for extended storytelling sessions. He recalled the tale printed in this collection (5, Sgeulachd nan Gillean Glasa "The Grey Lads") during a recording session near Iona in 1981, having last heard it as a young boy fifty-five years earlier on one of these occasions (MacNeil: xxxiii). He was also a valued source of humorous stories, accounts of second sight, proverbs, and songs.

ALEC GOLDIE, Irish Vale, Cape Breton County, was raised in Middle Cape by a family of MacLeans of Barra background (*Caluim Iain Chaluim*, *Mìcheal Iain Chaluim*), well known for their songs and stories, who were close neighbours of Joe Neil MacNeil. In addition to the material printed here from the Finn Cycle, he contributed an important item of religious lore with parallels in medieval continental Europe, and local settings and airs to well-known traditional songs. His renditions of Gaelic songs were widely appreciated and the numerous recordings he made were an accessible and entertaining source for local and visiting folklore collectors.

ANGUS ('ANGUS CÙ') MACDONALD (*Aonghus Dhòmhnaill Iain Ruaidh*), Mabou, Inverness County, was a widely appreciated and entertaining personality with a large variety of interests and a detailed knowledge of his native area. During his lifetime he engaged in a great variety of occupations in the locality, working as a storekeeper, a lobster fisherman, and a blacksmith. His resulting breadth of experience gave rise to a thoughtful and frequently amusing perspective that characterised his storytelling and guaranteed the attention of his audience.

DOUGALL ('DOUGIE THE GILL') MACDONALD'S house was situated high on a hill in the farming and fishing community of Creignish, Inverness County, overlooking the Strait of Canso and the Nova Scotia mainland. His knowledge of tradition from that part of Inverness County was extensive, covering local history, fairy, witch and devil legends, second sight and divination, cures for cancer and spells for staunching blood (*casg fala*), historical legends from Scotland, local custom and belief, and humorous anecdotes.

The Boisdale area of Cape Breton County where JOE LAWRENCE MACDONALD grew up was settled by pioneers from South Uist and Barra and retained its active oral and musical traditions during most of his life. While a young man in nearby Ironville he took a keen interest in the songs and tales transmitted within his immediate family and in the neighbourhood beyond, at the same time attaining a high level of literary skill in Gaelic. Over several decades Joe Lawrence was a popular singer at house *céilidhs* and community events. He was unfailingly generous in sharing his knowledge with collectors in the field and made a lasting contribution as an exceptional fieldworker in his own right.

HUGHIE DAN MACDONNELL could trace his family origins back to Keppoch in Lochaber, and his repertoire, with its mainland associations, would seem to confirm this. He was raised in Deepdale, Inverness County, close to the coalmines of Inverness, where he worked for most of his life. His family were well known as musicians and dancers, a tradition that continues to this day. Like many of his counterparts in Cape Breton and Scotland, he developed a conscious interest in stories early in his youth. He was one of the best reciters recorded on the island, and the fact that he was not recorded more extensively during the 1960s is one of many opportunities lost.

ANGUS MACEACHERN (*Aonghus a'Bhùidseir*) who lived with his brother Andrew in Little Judique, Inverness County, had a fund of humorous stories and repartee associated with local characters.

PATRICK MACEACHERN (*Pàdraig Aonghuis Iain 'ic Dhòmhnaill 'is Phàdraig Bhàin 'ic Raghnaill*). Glendale, Inverness County, was first recorded in 1963 when he provided an earlier rendition of the tale printed in this collection (8). During Patrick MacEachern's lifetime the parish of Glendale was rich in song, story, and music, and his repertoire reveals a strong adherence to the extensive and conservative body of tradition associated with the Clanranald territories in the western Highlands. During his youth a primary source for many of his longer tales was his maternal grandmother, Isabel, whose own grandfather, Roderick ('Ruairidh Mór') O'Handley, arrived as a settler from South Uist in Scotland. His paternal forebears were immigrants from Arisaig, on the Scottish mainland, and brought with them legends from that area. Patrick's store of tales, which he recited in the kitchen while reclining in a rocking chair beside the stove, included one rare old tale from the Finn Cycle in a variant known in Scotland from a sole recitation noted down by the famous collector John Francis Campbell in 1860 as well as prayers and religious tales, legends from the western mainland of Scotland, and accounts of the first settlers around Glendale

JOE MACINTYRE, Boisdale, Cape Breton County, in addition to the legend in this collection, recorded legends of witchcraft, fairy lore, the exploits of the Morar aristocrat Raghnall mac Ailein Òig (see 20), and local history, together with a fine rendition of a song from the Jacobite rising of 1745.

DAN MACKENZIE lived at the mouth of Benacadie Pond (*Pòn na Maiseadh*), Cape Breton County, located in the central area of Cape Breton that was settled predominantly by families from Barra and extended to the communities of Iona and Christmas Island. His repertoire included further adventures of the Black Thief, as well as a variety of well known international tales.

JOE ALLAN MACLEAN (*Eòs Ailean mac Ruairidh Chaluim Ghobha*) of Rear Christmas Island, Cape Breton County, first recorded for me in the late 1970s when he was entering his tenth decade and became one of my most dedicated sources. He had worked most of his life as a rural blacksmith. Although he suffered constant pain in his legs during the entire four-year period of our recording together, he never let his physical discomfort deter him from the important task of recording his tradition to the best of his ability. At each of our sessions he allowed himself one drink of rum to relieve his aches, then proceeded to recite with total absorption the material that he had carefully prepared in his mind for the occasion. The extent of Joe Allan's abilities was considerable, ranging from obscure wonder tales, through fragments of ballads from the Finn Cycle, to settings of mouth music, and fairly recent humorous songs composed in his native parish. At the end of each session he would silently berate himself for not recalling more material and, with great effort, accompany me to the door, urging me to return soon and promising to make a better showing at our next session.

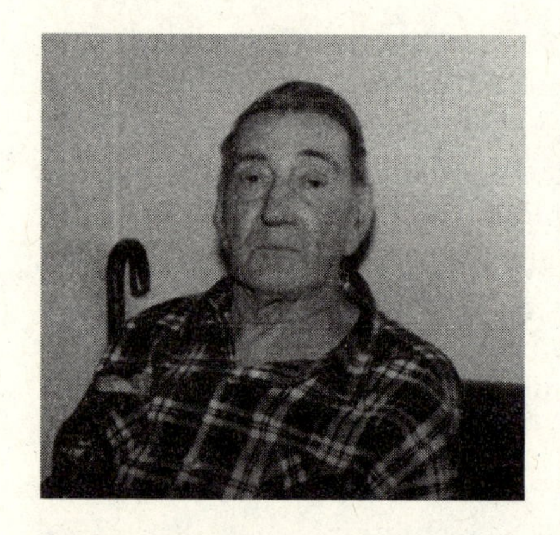

ARCHIE DAN MACLELLAN (*Gilleasbuig Eóghainn Dhòmhnaill 'ic Aonghuis*), Broad Cove, Inverness County, recorded an impressive variety of items in an almost offhand way as part of his cordial and generous style of hospitality. In addition to their value as pure entertainment, however, Archie Dan's contributions rank among the very best gathered from Gaelic tradition bearers. His specialities included a series of beautiful and dignified old prayers and religious verses, firsthand encounters with the experience of second sight, engaging accounts of local bards and characters of note accompanied by the appropriate songs, and a raft of witty and penetrating local anecdotes that would be the pride of any Gaelic settlement. His sister Flora appeared to know most of Archie Dan's material by heart as well and was his constant companion during recording sessions, occasionally discreetly prompting him. To Flora's remarkable memory we owe international tales that are unique among folktales recorded in Cape Breton.

JOE NEIL MACNEIL (*Eòs Nìll Bhig*), Middle Cape, Cape Breton County, was recognised as a primary source of Gaelic folklore in the mid 1970s, although he had been recorded by at least one researcher before that time. Over the next decade, methodical recording revealed the true and astonishing extent of his oral repertoire, which included tales of nearly every variety, oral history, genealogy, song texts, puirt-a-beul (mouth music), folk belief, lexicography, and much more. His enormous contribution to regional folklore archives was made possible by a remarkable oral memory, which enabled him to recall some tales that he had not heard recited since the age of eight or younger. His belief in the value and future of his first language was constant; that and his skill in the spoken language have served to inspire language learners on the island. To spend time with Joe Neil was to have access to his entertaining, occasionally provocative commentary in Gaelic on the world, past and present. His working life was spent in Cape Breton as an itinerant electrician, sawmill operator, mechanic, and carpenter. Late in life he was recognised at home and abroad as an eminent Canadian story-teller. He was recorded for the archive of the School of Scottish Studies, University of Edinburgh, and was awarded the Folklore Studies Association of Canada's Marius Barbeau Medal in 1989 and an honorary degree from Saint Mary's University, Halifax.

JOHNNY WILLIAMS (*Johnny Aonghuis Bhig*) of Melford, in southern Inverness County, possessed a knowledge of spoken Gaelic that would be envied by specialists in the language. He enjoyed offering lucid and insightful explanations of the difficult passages that frequently occured in his large repertoire of songs, many of whose settings may well derive from the Inner Hebrides and the western mainland of Scotland. With his deep, resonant voice and fine sense of timing, Johnny's were among the best recordings of Gaelic singing that I have gathered, or indeed heard. His father Angus was an accomplished bard. For this reason Johnny took a keen interest in the compositions of local bards in the area extending from his native Melford to River Denys and was able to provide a detailed account of the circumstances surrounding each locally composed song. From his mother's side of the family, he drew on a rich tradition of song from the once vigorous Gaelic area of Glenville (*An Gleann Dubh*) in Inverness County. Over his long life he absorbed, with no apparent effort, all varieties of Gaelic lore; at age ninety and still physically active he continued to be one of the most respected exponents of Gaelic folklore on either side of the Atlantic.

Notes

I INTERNATIONAL TALES / SGEULACHDAN EADAR-NÀISEANTA

(ATU numbers refer to the classification system for international folktales [Uther: *passim*]; ML refers to Christiansen's system for migratory legends).

1 Mac an Iasgair Mhóir (The Big Fisherman's Son).

Joe Neil MacNeil. Middle Cape, Cape Breton County
C18 A1 Feb.1976. Printed in *C.B. Mag.* 16 (June 1977): 24–32; 17 (August 1977) and in Ronald Caplan, ed., *Down North: The Book of Cape Breton's Magazine* (Toronto: Doubleday Canada 1980): 83–96.

ATU 300 The Dragon Slayer (+ 302, 303, 314A, 316).

A famous international wonder-tale with a wide distribution throughout Europe, where it likely originated in its present form, and as far east as India. Parts of it are very old, appearing in the ancient Greek myth of Perseus and Andromeda (Thompson: 24–33).

Fhuair mi pàirt dhen sgeulachd seo ann an leabhar-sgeulachd – fhuair mi an toiseach aice ann. Chan e nach chuala mi pàirt dhen sgeulachd aig dithist o chionn mu leth-cheud bliadhna air ais. Chuala mi cuid mhór dhi aig fear, Aonghus Mac'Illemhaoil, agus bha e fhéin glé mhath gu innse sgeulchdan. Agus chuala mi cuid eile dhi aig Ceit Nic Uaraig: bha i fhéin math gu sgeulachdan, ach bha i air fàs car beag diochuimhneach is lig i à cleachdadh na sgeulachdan as an àm. Agus tha mi cinnteach a nist gur fheudar dhomh an sgeulachd a roinn eadar na rudan a bha 'nam chuimhne a chuala mi aig Mac'Illemhaoil; cuiridh mi 'nan àite fhéin iad. Agus a' chuid a chuala mi aig Ceit Nic Uaraig, cuiridh mi sin sios anns an t-suidheachadh aca fhéin. Agus a' chuid a fhuair mi anns an leabhar, feumaidh mi sin a chur 'na àite fhéin.

(Part of this story I found in a book of tales – that is where I found the first part. But that is not to say that I did not hear some of this tale before – from two reciters some fifty years ago. I heard a good deal of it from one Angus MacMullan who was very good at telling stories, and I heard some more of it from Kate Kennedy; she was also a good story-teller but by that time she had grown a little forgetful from letting her stories go out of use. Now I'm sure that I must divide the story between the things I remember hearing from MacMullan which I'll put in their proper place; and what I heard from Kate Kennedy, which I'll include in its own setting; and I must also put the part I got from the book in its proper place).

For Angus MacMullan and Kate Kennedy see MacNeil: 232–5, 40–1.

2 Am Fear a Fhuair Paidhir Bhròg an Asgaidh (The Man Who Got a Pair of Shoes for Free).
Hector Carmichael. Monroe's Point , Victoria County
208A6 19/4/79.

ATU 1559C* Some Things Not for Sale.

Found among modern Irish storytellers, and in medieval Icelandic sources. Although a Scottish version has been collected in Shetland, this Cape Breton version is the only one known to have been recorded in Scottish Gaelic.

3 Na Beanntaichean Gorma (The Blue Mountains)

Joe Neil MacNeil. Middle Cape, Cape Breton County
J. Shaw Coll. C14 B12 February 1976.

ATU 400 The Man on a Quest for His Lost Wife.

Close parallels have been recorded in the Highlands, including the island of Barra in the Outer Hebrides where Joe Neil's forebears and much of his tradition originated. The tale is popular throughout Europe and extends into western and northern Asia (Thompson: 91–2.)

4 Sgeulachd nan Gillean Glasa (The Grey Lads)
Neil John Gillis. Jamesville, Victoria County
302 A10-304 A1 (4/12/80); 305 A7 – 306 A1 (5/1/81).

ATU 1651 Whittington's Cat. The tale has been recorded in the Highlands since the mid nineteenthcentury but is rare in Cape Breton

5 Am Fear a Chuir am Bàs 'sa Phoca (The Man Who Trapped Death in a Sack)

Joe Neil MacNeil
355A1 26/9/87

ATU 330 The Smith and the Devil.

Joe Neil gives his source as Donald (Dòmhnall Chaluim Iain Chaluim) MacLean, a member of a family originating in Barra and renowned for songs who lived close by in Middle Cape (MacNeil: 118–27). In the Highlands the story is well represented among Barra and South Uist storytellers. It is also known in Cape Breton as *Jack o' Lantern.*

6 Iain Òg Mac na Banndraich (Young Ian the Widow's Son)

Joe Lawrence MacDonald. Boisdale, Cape Breton County
205A2–206A1 12/4/79.

ATU 563 The Table, the Donkey and the Stick.

Joe Lawrence provides an account of how he learned the story:

Chuala mi an sgeulachd seo aig Johnny Dhòmhnaill Iain Mhóir. Bha e fuireachd ann an Cal' an Iarainn. Nàbaidh a bh'ann agus bha grunn mór do sgeulachdan aige agus bhiodh e tighinn feasgar an deaghaidh na dinneireach Didòmhnaich agus bhiodh e 'g innse nan sgeulachdan gus am biodh e mu mheadhon-oidhche. Agus 's e Barrach a bh'ann agus bha iomadh sgeulachd uamhasach aige: feadhainn ghoirid 's feadhainn fhada.

(I heard this story from Johnny Donald Big John. He lived in Ironville. He was a neighbour of ours and knew quite a large number of stories. Sometimes he would come in the evening after supper on Sunday and tell stories until midnight. He was of Barra background and he had many terrific stories: short ones and long ones).

Another Cape Breton version of the tale is printed in Hector Campbell: 11–18.

II STORIES ABOUT ROBBERS AND THIEVES / ROBAIREAN IS MEÀIRLICH

7 Conall Ruadh nan Car (Red Conall of the Tricks)
Hughie Dan MacDonnell. Deepdale, Inverness County
J. Shaw Coll. 5 A3
Summer 1964.

Printed in *C.B. Mag.* 21 (December 1978): 13–21.

ATU 953 The Old Robber Relates Three Adventures to Free His Sons.

A romantic international tale well known in Scotland, Ireland, and on the Continent, from where it passed into Gaelic tradition, probably during the Middle Ages (Thompson: 172). A version from Lauchie MacLellan of Dunvegan, Inverness County, is printed in MacLellan: 306–25.

8 Sgeulachd a' Chòcaire Ruaidh (The Red Cook)
Patrick MacEachern. Glendale, Inverness County
344A1-345A1 3/6/82. Based in a transcription by Peggy McClements.

ATU 956B The Clever Maiden Alone at Home Kills the Robbers + ATU 954 The Forty Thieves (Ali Baba).

9 Meàirleach Dugh a'Ghlinne (The Black Thief of the Glen)
Dan MacKenzie. Benacadie Pond, Cape Breton County
241A3 15/12/79

10 An Dithist Ghadaiche Ainmeil (The Two Famous Thieves)
Joe Neil MacNeil.
330A7 18/11/81.

III TALL TALES / RÒLAISTEAN

11 Mar a Chaidh Aonghus Bàn a Shealgaireachd (Angus Bàn Goes Hunting)
Angus (Angus Cù) MacDonald. Mabou, Inverness County
351A3 30/9/82.

ATU 1890F Shot Causes a Series of Lucky or Unlucky Accidents+1894+1895+1889B. Also found in the Münchausen cycle of exaggerated tales.

12 An Sagart Bàn 's an Sgadan (The White Priest and the Herring)
Angus MacDonald, Mabou.
351A4 30/9/82.

13 An Cù Glic (The Wise Dog)
Joe Neil MacNeil.
335A4 22/1/82.
Cf. ATU 1920F* Skillful Hounds

14 Am Fear a Chaidh an Ceann a Ghearradh Dheth (The Decapitated Man)
Joe Neil MacNeil.
C23 Side 1 29/10/88.

A few close parallels have been recorded elsewhere in North America. However the striking connections – and the probable antecedents by way of Newfoundland – are with a much older European tradition of tall tales dating from as far back as the sixteenth century.

15 An t-Ugh Mór (The Big Egg)
Joe Neil MacNeil.
18/11/81 330A9

ATU 1960J The Great Bird + ATU 1960L The Great Egg

16 Pìos dhen Adhar (A Piece of the Sky)
Angus Gillis. Mabou Harbour, Inverness County
301A9 1/12/80.

Cf. MacLeòid 1969: 102–6, 1974: 85–90.

17 An t-Uircean Bàithte (The Drowned Piglet)
Angus MacEachern. Little Judique, Inverness County
348A12 29/9/82

IV TALES OF THE FIANN / SGEULACHDAN NA FÉINNEADH

18 Oisean an Déidh na Féinneadh (Oisean, the Last of the Fiann).
Joe Neil MacNeil
334A6-335A1. 18/1/82 .

In this once-popular tale from the Fenian cycle of stories and ballads, Oisean, the son of the leader of the warrior band, Fionn mac Cumhail, is portrayed as the lonely survivor of an earlier heroic age peopled by giants. For further stories of Fionn and his warrior companions from Cape Breton sources see MacNeil: 46–56, 60–75: MacLeòid, 1969: 94–101; 1974: 77–85.

19 Fionn agus An Leac (Fionn and the Lintel-Stone)
Alec Goldie Irish Vale, Cape Breton County
229A3 19/7/79

Bhiodh an stòiridh seo 'ga innse gu math tric as an àite 'san deachaidh mo thogail: àite Chaluim Iain Chaluim agus bràthair Chaluim Iain Chaluim, Mìcheal Iain Chaluim. Bhiodh iad ag innse na stòiridh seo gu math tric, gu h-àraid ann an oidhche gheamhraidh.

(This story used to be recited often in the house where I was raised, in the house of Malcolm MacLean and his brother Michael. They used to tell this tale frequently, especially on a winter's night.)

For this family of MacLean storytellers see 6 above.

The meaning and function of the *speil (mhuc)*"'a drove (of pigs)" (<Lat. *spolium*) is obscure in the story and the word is no longer understood by modern storytellers.

V HISTORICAL LEGENDS AND CLAN TRADITIONS / SEANCHAS AGUS EACHDRAIDH NAM FINEACHAN

20 Raghnall mac Ailein Òig (Ranald Son of Young Allan).

Hughie Dan MacDonnell. Deepdale, Inverness County
J. Shaw Coll. 6A2 Summer 1964.

Printed in *C.B.Mag.* 13 (June 1976): 18–19.

Raghnall mac Ailein Òig, born in Cross, Morar, in the seventeenth century, was a member of the MacDonald aristocracy and famed for his piping and his exceptional physical strength (Maclean: 64–7).

21 Mac 'ic Ailein agus an Gearran Ruadh (Clanranald and the Red Gelding).
Joe Neil MacNeil.
350 A5 30/9/82.

VI OTHER LEGENDS / UIRSGEULAN EILE

22 Riley 's an Deamhan (Riley and the Devil)
Joe MacIntyre. Boisdale, Cape Breton County
265A6-266A1 5/5/80

23 Caiptean Dubh Bhaile Chròic (The Black Captain from Baile Chròic)
Dan Angus Beaton. Blackstone, Inverness County
42A8-43A1 22/3/78.

The legend is based on an actual event, a snow avalanche in 1799 known as the Gaick Disaster, which involved Capt. John Macpherson of Ballachroan, a character well known for his underhanded recruiting activities in the Highlands for the British Army (Maclean: 91–4). Variants are widely distributed throughout the western Highlands and Cape Breton.

24 Cù Glas Mheòbail (The Grey Hound of Meoble)
Dougall ('Dougie the Gill') MacDonald., Creignish, Inverness County
297A4 24/10/80.

The appearance of the Grey Hound is associated with the Morar branch of the MacDonalds (*Sìol Dùghaill).* See Maclean: 67.

25 Am Fear a dh'Fhalbh Oidhche na Bainnse 's nach do Thill (The Man Who Went Out on the Wedding Night and Never Returned).
Johnny Williams. Melford, Inverness County
300A12 13/11/80.

The visit to the Otherworld/Fairyland and the return to the everyday world years later is a common theme among Highland storytellers and survives as the well known story of Rip van Winkle. See Thompson: 265 (Motif D1960.1).

26 Am Muileann Dubh (The Black Mill)
Angus Gillis.
302A3 1/12/80.

27 Cnàimh a'Sileadh Faladh (The Bleeding Bone).
Angus Gillis.
302A4 1/12/80.

A variant of ATU 780 The Singing Bone, where a hidden murder is brought to light through divine intervention. In its form this rendition assumes the character of a legend, with its specified geographical location and explicit moral at the end.

28 A'Cluich Chairtean leis an Donas (The Cardplayers and the Devil)
Archie Dan MacLellan . Broad Cove, Inverness County
104A1 28/9/78.

A migratory legend (ML 3015 The Card-players and the Devil) recorded in Scotland, Ireland, Scandinavia, and as far east as Estonia.

VII TALES OF BOBAN SAOR / BOBAN SAOR

29 An Diachainn a Chuireadh air Boban Saor (How Boban Saor Was Put to the Test).
Joe Neil MacNeil

J. Shaw Coll. C24 side 2 3/4/89.

There are no other known versions of the story from Cape Breton. Its currency in Scotland before the time of emigration, however, is likely as shown by a single variant recorded in North Uist in the early 1970s. Stories of the ingenious artisan Boban Saor were popular throughout Scottish Gaeldom, and in Ireland under the name Gobán Saor. The first part of the name derives from the early Irish smith-god Goibniu, one of the gods of craftsmanship. For additional Cape Breton examples see MacNeil: 324–37.

30 Boban Saor a'Tadhal air a Mhac (Boban Saor Calls on his Son).
Joe Allan MacLean. Rear Christmas Island, Cape Breton County
298A5 28/4/78; 69A5 27/10/80.

Select Bibliography

Bruford, Alan, and D.A. MacDonald. *Scottish Traditional Tales*. Edinburgh: Polygon 1994.

Campbell, Hector. *Luirgean Eachainn Nìll: Folktales from Cape Breton*. Edited by Margaret MacDonell and John Shaw (Stornoway: Acair Limited, 1981).

Campbell, John Francis. *Popular Tales of the West Highlands*. 2nd ed. 4 vols. 1890–3. Reprint. Detroit: Singing Tree Press 1969.

Campbell, John Lorne. *Songs Remembered in Exile*. Aberdeen: Aberdeen University Press 1990.

Cape Breton's Magazine. Wreck Cove, NS 1973–

Christiansen, Reidar Th. *The Migratory Legends*. Helsinki: Academia Scientiarum Fennica 1958.

Delargy, James. "The Gaelic Storyteller." From the *Proceedings of the British Academy* 31 (1945): 1–47.

Maclean, Calum. *The Highlands*. (1959). Inverness: Club Leabhar 1975.

MacLellan, Angus. *The Furrow behind Me*. Translated by John Lorne Campbell. London: Routledge & Kegan Paul 1962.

MacLellan, Lauchie. *Brìgh an Òrain/A Story in Every Song. The Songs and Tales of Lauchie MacLellan*. Edited and translated by John Shaw. Montreal & Kingston: McGill-Queen's University Press 2000

MacLeoid, C.I.M. *Sgeulachdan a Albainn Nuaidh*. Glascho: Gairm 1960.

MacNeil, Joe Neil. *Tales until Dawn/Sgeul gu Latha: The World of a Cape Breton Gaelic Story-Teller*. Edited and translated by John Shaw. Edinburgh: Edinburgh University Press; Montreal: McGill-Queen's University Press 1987.

Thompson, Stith. *The Folktale*. New York: Holt, Rinehart and Winston 1946.
– *Motif-Index of Folk-Literature*. 6 vols. Copenhagen and Bloomington, Indiana: Rosenkilde and Bagger, 1955–58.
Uther, Hans-Jörg. *The Types Of International Folktales: A Classification and Bibliography; Based on The System of Antti Aarne and Stith Thompson*. Helsinki: Suomalainen Tiedeakatemia, c2004.
Whyte, Betsy. *The Yellow on the Broom*. London: Futura Publications 1986.
– *Red Rowans and Wild Honey*. Edinburgh: Canongate 1990.
Williamson, Duncan. *The Horsieman*. Edinburgh: Canongate 1994.